鞍馬天狗とは何者か

大佛次郎の戦中と戦後

小川和也
Ogawa Kazunari

藤原書店

鞍馬天狗とは何者か／目次

鞍馬天狗とは何者か

大佛次郎の戦中と戦後

凡例

・資料からの引用の出典は本文中の（　）内に記した。
・（　）内のうち、年月日だけのものは、大佛次郎の一九四四年九月一日から四五年一〇月一〇日までの『敗戦日記』（草思社、一九九五）からの引用で、発表された日ではなく、日記が記された日を指している。
・また、他の日記からの引用の場合も同様で、日記名の後に続く年月日は日記が記された日を指している。
・なお、引用文中の旧かなづかいは、適宜、新かなづかいに改めた。
・また、引用文中、〔　〕内の語句は筆者が補ったものである。

はじめに

鞍馬天狗とは、いったい何者であろうか？

頭巾を被って白馬にまたがり、颯爽と駆けてゆく姿、あるいは、多数の敵に囲まれても、剣によって突破する、ドえらくチャンバラの強い漢《おとこ》、そして、少年杉作と堅い友情に結ばれ、不義を憎む。また、桂小五郎や西郷隆盛らとともに、新選組と戦いながら、虎視眈々《こしたんたん》と幕府を倒そうとする志士でもある……。

大衆向けの娯楽読み物『鞍馬天狗』の作家・大佛次郎は、一高から東大へ進み、外務省に勤務し国家官僚となったエリート出身という特異な経歴をもつ。娯楽読み物だけではなく、一九三〇年代に著した『ドレフュス事件』『ブゥランジェ将軍の悲劇』などのノンフィクションは、日本における軍国主義の台頭を批判し、警鐘を鳴らしていたことで著名である。

また、フランス語に堪能《たんのう》であった大佛は、作家以前、ロマン・ロランなどの翻訳者として文筆活動をしており、フランス文学を軸にしたその教養のレベルはきわめて高い。晩年は、パリ・コミューンを題材にした『パリ燃ゆ』、明治維新史を描いた『天皇の世紀』など、日本文学に稀で骨太な歴史叙述を手掛けた。

鞍馬天狗はあの戦争を挟んで、四〇年余りもの長きに渡って新聞・雑誌の紙誌面を飾った。ここで「あの戦争」とは、一九三一年の「満州事変」に始まり、一九四五年に終わった十五年戦争を指している。本書は、戦後六〇年が過ぎた今日、大佛次郎という一人の作家の戦中から戦後にかけての軌跡をたどることを通じて、大佛が生み出した大衆時代小説のヒーロー・鞍馬天狗の意義を改めて問いなおすものである。

本書の起点となったのは、加藤周一が敗戦後に記した「戦争と知識人」（一九四九）という論文である。半世紀以上の時を経て、この論文が、今日なお、われわれに新鮮味をもって語りかけてくるのは、それが実際に戦時下を生きた著者の生々しい体験に裏打ちされながら、同時代の知識人の動向を客観的に俯瞰《ふかん》して「地図」として提示し、戦時下の緊張感を伝えながら、同時に、広いパースペクティヴを与えている点にある。

この論文で、戦争への協力という観点からみた日本の知識人のアキレス腱は、二つ挙げられている。ひとつは、その教養・思想の源泉がマルクス主義など、「外来」であったこと、そして、もうひとつは、その思想が「肉体化」・「生活意識」化されていなかったために、状況に応じて衣替えするように、容易に脱ぎ捨てられたということ。その結果、ほとんどの知識人は多かれ少なかれ、戦争に協力した。

さらに加藤は、戦後を射程にいれながら、次のような問題を提起する。

……重要なのは、戦後の民主主義の積極的な担い手の多くが「祖国日本」にしろ、「国民の義務」にしろ、少なくとも気持の上で「戦争に協力した」知識人の一部であって、日本ファシズムの戦争努力に協力を拒否した知識人が、必ずしも戦後の社会での民主主義建設のために――ということは、再びファシズムと戦争に日本国民をひきずりこまないために――積極的な力になったとはいいきれないということである。

大多数の「国民」は戦争に協力した。そこで、反戦の知識人は、「国民」から孤立した。一方、戦争協力の知識人は「国民」とともにいた。これを戦争責任という観点から見れば、孤立をも辞さず誤った戦争に荷担しなかった知識人たちは、全く正しかったといえる。

ところが、戦時下の反戦的な知識人は、必ずしも戦後、反戦平和運動と結びついた民主主義の運動に参加したわけではなく、戦後民主主義の指導者は、戦争協力した知識人が多かった。「国民」は戦時動員され、総力戦の担い手でもあったが、戦後の民主主義の担い手でもある。反戦の知識人が必ずしもデモクラットでなく、他方、戦時下に「国民」の側にいた知識人のなかにデモクラットがいた、という一種のねじれた関係がそこにある。

そこで、本書では、「戦争と知識人」という問題をさらに進めて、「知識人と国民」という問題を提起したい。その理由は以下のとおりである。

戦時下に、孤高を守り、反戦を貫いたごく少数の作家は、永井荷風、石川淳、宮本百合子らを始めとして、いわゆる純文学者のなかに見られる。では、「国民」にむけて作品を書いていた大衆作家はどうであったのか。吉川英治、山岡荘八ら、大衆とともにいた彼らのほとんどは、無論、積極的な戦争支持者であった。しかし、そのなかで、独り異彩を放っているのが大佛次郎である。

大佛が軍国主義に対して、批判的であったというのは、通説化している。だが、戦時下に反戦の精神をもった知識人は、基本的に「沈黙」せざるを得なかったのに対して、大佛の場合、雑誌・新聞に執筆しつづけていた。「沈黙」せず、戦時下に発言しながら抵抗を貫いた例外的な知識人……。そんな例外はあり得るのだろうか。そこで、大佛に関する伝記・評伝・研究をひもといてみた。

ところが、当時の小説など、その作品についての評論は多いものの、大佛が、あの戦争をどう捉え、何を考え、どう行動したのか、いま一つその具体像、実像は見えてこない。つまり、戦時下における大佛の思想と行動は、いまだひとつの謎となっており、「空白」に等しいように思われる。また、その「空白」と対応するように、戦時下の作品のなかで、戦後の著作集・全集などに未収録、あるいは、未再刊の一群の作品が存在していることがわかった（巻末附表1参照）。そして、その作品をみてゆくなかで、従来の大佛のイメージを覆す驚くべき事実を発見した。

筆者は、この「空白」を埋める作業を進めるなかで、次第に、この作業は単に大佛次郎という一作家研究において重要であるのみならず、戦中・戦後の日本人を考える上でも大きな意義を持ってくるのではないかと考えるようになった。なぜなら、大佛は、戦前から戦後を通じて、「国民」に支持された「国民」的文学作家でありつづけたからである。

では、「国民」文学とは何か。かつて、「昭和国民文学全集」という全三〇巻のシリーズが刊行されたことがある（筑摩書房、一九七三〜七四）。その第一巻は吉川英治、第二巻が大佛次郎である。以下、直木三十五、林不忘、角田喜久雄、木々高太郎、横溝正史、夢野久作、舟橋聖一、丹羽文雄、松本清張、司馬遼太郎など、これらの作家たちの顔ぶれから、この全集が、いわゆる大衆小説の全集であることがわかるだろう。実際、少数の知識人や小説愛好家に読まれる「国民」文学というものはありえない。何が、「国民」文学かを決めるのは、第一義的には、読み手の側、つまり大衆であり、「国民」文学は、日本人の意識・教養のレベルを反映する。

しかし、「国民」文学には、別の定義も存在する。例えば、林達夫は、「漱石ほど持続的に広汎な読者を掴んでいる作家はない」と述べている。林は、ある時期にバーッと読まれ、すぐに忘れられる流行作品を批判し、漱石文学が「次々と世代を征服し、あらゆる階層に『愛読者』を獲得してゆく」と、その作品の持続性を重視する（「決定版『漱石全集』」一九三五）。漱石と鷗外も、「国民」的作家と呼ばれることがある。それは、時代を超えて「国民」に読み継がれる普遍性をもつ文学、つまり、「古典」という定義によるものである。この定義によれば、大衆小説即「国民」文学ではない。作品の質が問われてくる。

鞍馬天狗は、戦前の「大正デモクラシー」期に、呱々《ここ》の声を上げた。戦中に「国民」とともにいた大衆作家・大佛次郎と、「国民」的英雄・鞍馬天狗の歩みには、日本、および、日本人の歩みが反映されている。また、このシリーズは戦前・戦中・戦後の長きに渡って読み継がれ、作品数も四七作に到っており、大衆文学としてすでに「古典」的位置を占めている。

いったい大佛は鞍馬天狗とともに、あの戦争という煉獄のなかを、どのように潜ったのだろうか。そして、そこで、視たものは何か。さらに、それは、戦後の彼らの歩みのなかに、どのように影響してくるのだろうか……。鞍馬天狗とは何者か。戦前から戦後にかけてのヒーロー・鞍馬天狗の正体を突き止めるには、作者がどのように「国民」と向き合い、時代と格闘したのか、殊に「空白」になっている戦時下の格闘の跡を追求することが不可欠であると考える。

本書では、戦中から戦後にかけての大佛次郎という作家と「国民」の関係を問い、その歩みの軌跡を明らかにすることで、鞍馬天狗の精神というべきものを明らかにしたい。

序章　大佛文学の世界

1　市民社会のヒーロー・鞍馬天狗

大佛次郎といえば、谺《こだま》のように帰ってくるのが、鞍馬天狗である。あるいは、大佛次郎という作者は知らなくとも、鞍馬天狗なら知っているという人も少なくないだろう。鞍馬天狗は、時に大佛の分身として、時に頼もしい友人として、大佛という作家と切っても切れない関係にあり、この作家の代名詞となっている。

鞍馬天狗は、戦前の関東大震災後に生まれた。いうまでもなく、彼は、実在の人物ではなく、時代小説のヒーローであり、大佛が創造した架空《フィクション》の人物である。それは、ちょうど、「大衆《マス》」が歴史の地平に姿を現した時代であり、例えば、チャップリンが、山高帽にドタ靴、ダボダボのズボンとステッキにちょび髭の「チャーリー」という像を造り、映画ファンを魅了したことに象徴されるような大衆文化の勃興期であった。大衆文化は、第一次大戦という総力戦の時代に現れた大衆《マス》の存在を前提に、新聞、大衆雑誌、映画などのマス・メディアの発達によって開花する。鞍馬天狗も、それらマス・メディアによって「国民」大衆を魅了した。鞍馬天狗は、新聞小説時代のヒーローである。

大佛が最初に書いた新聞小説は、一九二六年、『大阪朝日新聞』に連載された、『照る日くもる日』である。そして、大佛を一躍「国民」的作家に押し上げたのは、翌年、『東京日日新聞』に連載された『赤穂浪士』の大ヒットであった。これは二八年に改造社から上中下三冊として単行本化されるが、筆者がもっている改造社版の上巻は同年一二月一日の発行本で、すでに九〇版となっている。初版は一〇月一五日であるから、一カ月半、毎日一版ずつ刷り重ねた計算になる。

『赤穂浪士』は、大佛の時代小説観、あるいは、その文学観を知る上で、非常に重要である。この作品について、大佛は、次のように語っている。

赤穂浪士を新聞に書いたのは、昭和二年のことで、私が二十九歳から三十歳の時である。……忠臣蔵と注文されて私もやりにくかった。忠臣蔵や大石内蔵助は、当時までの日本人には忠義の精髄と無条件で信じられていることだった。新しくそれを書く。……そのためには、大衆の根の深い俗信に挑戦することになる。これは新聞小説としては、その時代では危険な仕事であった。……〔新聞の時代小説は〕古い講談に代ったばかりで、興味本位の、派手な筋で、古風な人情道徳によって人を満足させるように考えたものだった……歴史にあった事件を、西洋文学風に写実的手法で扱うことは夕刊の小説ではなかったのだ。私は忠臣蔵の書体をリアルに書こうと望んでいる。いきおい読んで難しいものに成りかねぬ。これが伝奇好みで道徳的な読者の喜ぶものになるはずはない。私が考えたのは、忠臣蔵に出ない人間を創作して、伝奇小説ふうに筋を進め、これに忠臣蔵の筋を折り込むことであった。

(「赤穂浪士」『神奈川新聞』一九六八・三・一九。傍線は引用者による。以下、引用文中の傍線、および傍点は本書を通じて引用者のもの)

新聞小説は、大衆の世界である。それは、講談を引き継ぎ、「古風な人情道徳によって人を満足させる」ような世界である。一方、大佛の頭のなかにある文学的世界とは、西洋文学であり、それをそのまま描けば、新聞小説としては失敗する……。大佛は自己の教養、または文学的世界と、大衆のそれとのギャップを明白に意識していた。そのうえで行った工夫が、小説の舞台設定、つまり時代背景と物語のあらすじを大衆の世界に置きながら、「忠臣蔵に出ない人間」、すなわち蜘蛛の陣十郎・堀田隼人・お仙らを創造することであり、これらのフィクションによって、「史実によりながら自由な解釈をほどこして展開させる」というものであった。

大佛は、忠臣蔵を「赤穂浪士の復讐事件」と呼んでいる。この「赤穂浪士」という言葉に注意したい。前の引用の傍線部にある、一般に用いられることが多い「忠臣蔵」という呼称には、大石内蔵助以下を、主君の無念を晴らす、「忠臣」として捉える価値判断がすでに含まれている。「赤穂義士」という言葉も、討ち入りを「義挙」として称えている点で同じである。これに対し、「赤穂浪士」は、御家取り潰しに遭い、御家奉公ができなくなった浪士集団というニュートラルな意味しか持たない。

忠臣蔵に対する既成のイメージは根強い。講談を聴く大衆は、それが事実であるかどうかは、余り問題にせず、主君への忠誠に命を懸けて、苦節を乗りこえ、用意周到に討ち入り計画を実現する、その誠心誠意の純粋さとチームワークに涙する。それは一種の浄化《カタルシス》である。

しかし、大佛の『赤穂浪士』は、蜘蛛の陣十郎・堀田隼人・お仙といったフィクションを投げ込むことによって、より史実に近づこうとすると同時に、従来の忠臣蔵イメージを組みかえようとする大胆な試みであった。つまり、それは、通俗的な講談的世界に踏み込みながら、西洋文学の手法を持ち込むことで、新聞小説のスタイルの旋回を狙ったものである。大佛自身、この『赤穂浪士』によって、「それから、夕刊小説に、リアルな歴史も迎えられる途がひらけたと不遜に言ってよい」（前掲紙）と自負している。

鶴見俊輔は、大衆小説の特質を新聞・速記術・大衆雑誌といった通信様式の発達とともに、明治以前の、戯作文学・人情話・落語・講談などの伝統芸術と、西洋近代小説が混淆《こんこう》したものである、と指摘している（「『鞍馬天狗』の進化」一九五八）。『赤穂浪士』は、まさに、そのような小説として描かれたのである。

大佛文学において、この伝統的土着的世界と、外来の近代的な世界の混淆・融合は、鞍馬天狗という像に象徴される。大佛が造型した鞍馬天狗は、幕末維新という時代背景を舞台に活躍する志士であるが、フォークロアにおける鞍馬天狗伝説は、古くそれ以前から存在する。

そもそも「天狗」とは、山岳信仰によるもので、中世には、修験者（山伏）と結びついた存在として民衆に根を下ろしていた。また、黒田俊雄は、軍記物『太平記』のなかで、天狗は「政治的変革の超越的な力」を象徴する存在であった、と指摘している（『日本中世封建制論』一九七四）。要するに、天狗は、人力の及ばない霊力を帯びた存在として人々に信じられていた。

そして、江戸時代の中後期、鞍馬天狗は大勢の民衆の前に姿を現すようになる。十八世紀後半の天明期は、連続的な悪天候と凶作により、全国的な飢饉となり、餓死者が多数出、特に冷害のひどかった東北地方では、飢人相食《あいは》むという凄惨な事態となった。米価は徐々に高騰し、ついに天明七（一七八七）年五月、江戸では下層民を中心に、米屋を襲う、大規模な打ちこわしに至る。蜂起した民衆は、鳶口・玄能・棒・斧・鍬・鋤などを手に、鉦・太鼓・半鐘などを鳴らしながら、江戸市中を進んだ。この蜂起の先頭に立ったのが、天狗である。

あふれものどものそが中に、年十五六の大わらはの、いつも衆人に先きだちて、檐《のき》に手をかけ、矮楼《ニカイ》に飛び入り、奮撃すること大かたならず。これは人間わざならで、必天狗なるべしとて、牛若小僧と唱へつゝ、人みな戦《おのの》き怕《おそ》れし……

（滝沢馬琴編『兎園小説』一八二五）

「是れ凡人にあらず、天狗なるや」というように、蜂起勢のなかで、もっとも活動的で身軽なものが、天狗・牛若小僧（牛若丸）・神使・弁慶・金剛力士などに象徴され、その怪力乱神《かいりょくらんしん》ぶりが恐れられ、また、称えられた。なかでも、天狗の目撃譚が最も多数記録されているが、なぜ天狗とともに牛若小僧、つまり義経や弁慶が現れるのだろうか。この点に関して、岩田浩太郎は、義経伝説が鞍馬天狗信仰に結びついていたからであろう、と推測している。義経伝説では、義経に兵法を伝授するのは鞍馬天狗である。また、岩田は、天狗が当時、仏法の世を破壊する妖怪的な存在であるとともに、勧善懲悪を「天」に代行して行う者と考えられ、腐敗した世の中に対する「天」からの警告として受けとめられていた、という（『近世都市騒擾の研究』二〇〇五）。

江戸の大打ちこわしを目の当たりにした杉田玄白は、「若し今度の騒動なくば、御政事は改まるまじなど申す人も侍り」と述べている（『後見草』一七八七）。実際、将軍の御膝元・江戸と天下の台所・大坂を中心に起こった天明期の都市騒擾により、老中・田沼意次は失脚、替わって徳川吉宗の孫・松平定信が老中となり、田沼の政治を一掃し、いわゆる「寛政の改革」に着手する。定信は、同僚の老中に対して、「町人・百姓下賤の者に候とて、あなどり申すまじき事」と諭したという（藤田覚『松平定信』一九九三）。

もとより、このとき庶民に目撃された鞍馬天狗も実在ではなく、架空の存在である。だが、ルソーの社会契約論がフィクションでありながら、社会変革の思想的背景として力をもったように、重要なのは、民衆に信じられた鞍馬天狗とその物語が、現実を動かす力をもったという点であろう。鞍馬天狗は都市騒擾のシンボルとして民衆とともに国家権力を揺るがし、政権交代をもたらした。つまり、歴史を動かしたのである。

大佛も、この民間伝承的存在《フォークロア》としての天狗を意識していた。大佛は倒幕の志士の名を「鞍馬天狗」と名付けた理由について、「もちろん、謡曲の『鞍馬天狗』から思いついた」ものだ、と述べている（「鞍馬天狗と三十年」『サンデー毎日』一九五四・一一・一〇）。

謡曲とは、能の詞章、いわば台本である。大佛は歌舞伎や能に関する造詣が深かったが、能の『鞍馬天狗』は、宮増作の五番目物で、話は、京都鞍馬山の僧侶（ワキ）が大勢の稚児を連れて花見に出かけるところから始まる。花見や舞に興じる一行、そこに、山伏（前ジテ）が乱暴にも割り込んでくる。僧侶の一行は、その場から離れるが、稚児が一人だけ残る。その稚児は、猛き山伏を恐れず話しかける。やがて、その稚児が、平家に追われ、鞍馬山で難を逃れていた源義朝の遺児・牛若丸、すなわち源義経であったことが判明する。そして、山伏は、鞍馬山の大天狗であることを打ち明け、翌日、兵法を伝授することを約束する。日が変わり、薙刀を持つ牛若丸のところに、大天狗（後ジテ）が天狗たちを引き連れて現れる……というものである。今日も義経伝説が日本各地に残され、大河ドラマの主人公となるように、源義経は、日本歴史のスター的存在だが、鞍馬山の大天狗こと鞍馬天狗は、この義経伝説と結びつき、庶民的な世界に棲んでいたのである。大佛は、自己が創造した鞍馬天狗をヨーロッパの小説の主人公と比較して、次のように述べている。

アルセエヌ・ルパンや、ダルタニヤンにくらべて、なんと彼は、日本的で、つつましく、時には気弱くさえ見えることであろう。これは生まれた社会にもよることである。西欧の世界では、女色も金銭の追求も、人間に許された徳性なので、ダルタニヤンも、ルパンも、その性質を濃く厚く持っていて、たくましい。鞍馬天狗君は、彼らにくらべれば、どこまでも道徳的で、清潔なのだ。それが彼の弱味でさえある。やはり彼は古風な日本人なのだ。シトロエンを飛ばすこともない。やっと、夜の闇に浮く白い馬だ。（前掲「鞍馬天狗と三十年」）

このように、大佛は、鞍馬天狗が土着的道徳観、あるいは、通俗的な観念のなかから生まれた日本のヒーローである、という点を強調している。

しかし、それは西欧の大衆小説のヒーローと比較してのことであって、鞍馬天狗は、大佛が生きた「大正デモクラシー」という時代背景の刻印を受けており、単に「古風な日本人」ではない。

市民社会は、人々が自己の労働力を商品とする、対等な個人として立ち現れる経済構造、つまり、資本主義的な市場に、その基礎を置くが、「大正デモクラシー」期から一九三〇年代後半にかけて、後進国日本にも、そうした市場が成立する。つまり、大正期は、大衆社会的現象の始まりであるとともに、市民社会的な指向性を孕んだ時代でもあった。

このころ、農村から大都市へ人口の流動・集住が加速し、核家族化が始まる。当時の「♪今日もコロッケ、明日もコロッケ……」という歌の流行は、このような核家族消費者を相手にした惣菜屋の成立を意味している。

和洋折衷の「文化住宅」が生まれたのも、大正期である。文化住宅とは、応接間や個室のある住宅のことで、一九二〇年に姿を現した。また、それまで、共同炊事場・共同トイレであった木賃アパートに対して、一九二五年、神田に炊事場とトイレを各戸に備えた「文化アパート」が建つ。こうして、農村における地縁・血縁から離れ、都市に住む核家族のなかから、サラリーマンや賃労働者が生まれる。つまり、当時の「自由」は、個別化の加速と関係している。そして、労働者は労働組合を組織し、資本家や国家権力と対立するようになる。

村上光彦は、「鞍馬天狗は待たれていた存在だ」と述べている（『大佛次郎』一九七七）、確かに、鞍馬天狗は、こうした時代状況を担って生誕した。その生誕は、大正末期の一九二四年、博文館発行の娯楽雑誌『ポケット』に発表された「快傑鞍馬天狗　第一話　鬼面の老女」によってである。読者からの好評をうけ、『鞍馬天狗』シリーズは、以降、十五年戦争を挟んで、戦後の一九六五年まで、実に、四〇年の長きに渡って書き継がれることになる（巻末附表2参照）。

鞍馬天狗の魅力に関しては、すでに、多くの論者によって述べられている。ここでは、筆者の関心から、その特徴を列挙してみよう。

①鞍馬天狗は、幕末維新の倒幕派の志士である。

その思想は尊皇攘夷論から出発している。しかし、幕府方の開国論者・勝海舟とも通じているように、鞍馬天狗はあまりその観念性を出さない。また、倒幕のためならなんでもするのではなく、目的のために手段を選ぶ。

②鞍馬天狗は、常に「独り」である。

鞍馬天狗は、尊皇攘夷派、あるいは、勤皇派と接点をもち、西郷隆盛や桂小五郎らと結び、新選組と闘う。しかし、決して徒党を組まない。常に独りで自ら信じることのために闘う、徹底した個人主義者である。したがって、彼は幕府という封建的な体制が、個人を抑圧していると信じて戦っているが、維新後、戊辰戦争に勝利した薩長政権が専制化するのを見ると、「御一新というのは二階だけ変わったということに話が落ちるのかね。幕府が倒れて、薩長その他から人が出て別の幕府が出来ることとなのか？」と、今度は、維新政権に抗議するようになる（『新東京絵図』一九四七）。角兵衛獅子の杉作少年と行動をともにすることも少なくないが、杉作は鞍馬天狗を「小父さん」と呼び、擬似家族的な父子関係を創らない。鞍馬天狗は杉作の個性を尊重し、両者は個人同士の厚い友情で結ばれている。

③鞍馬天狗は、武士身分を否定する武士である。

怖ろしく腕の立つ剣客でありながら、鞍馬天狗は二本差しという武士身分にこだわらない。むしろ、武士身分を自己否定し、封建身分制度と闘う。そんな鞍馬天狗の倒幕観は、杉作という少年に語る「みんなが、武士の家に生まれなくても誰でも学問をして偉くなれるような世の中になる。小父さん達がそういう世の中をこしらえようと思って、今働いている」という言葉によく表れている(『角兵衛獅子』一九二七)。身分・地縁・血縁ではなく、「学問」によって主体形成した諸個人が織りなす市民的社会を目指して闘う。それは、「封建は親の敵」と批判した福澤諭吉の個人主義、あるいは、「進歩的」社会観に繋がるものである。そして、その社会観の背景には「天賦人権」論がある。

④鞍馬天狗は、人道主義者《ヒューマニスト》である。

鞍馬天狗は、イデオロギーによって、現実を判断しない。状況のなかに飛びこみ、状況のなかで考える実践主義者である。したがって、体制の側に属し敵方である近藤勇とも、時に休戦協定を結び、フェアプレイの精神によってコミュニケートする。そして、彼は、無目的なテロリズムを許容しない。『鞍馬天狗』シリーズには、山嶽党という一種の無政府主義者の秘密結社が登場する(『山嶽党奇談』一九二八)。鞍馬天狗は、「主義もなく主張もなく、人の命を奪おうとする山嶽党は、敵味方の陣営を区別することなしに、広く万民の敵」であり、「人道の敵」と批判し、山嶽党の本拠地へ独りで乗り込む。急進化した山嶽党主義《ジャコビニズム》が目的を見失い、社会の動乱者となるのを批判するのである。

⑤鞍馬天狗の「個」は社会化されたものである。

鞍馬天狗は常に独りであり、「個」として存在する。だが、その「個」のありかたは、社会と距離を置き、自己の世界に閉じこもるようなものではない。天下国家への関心をもち、社会変革の可能性を信じて疑わない。現実逃避型の「個」ではなく、また、自己の欲望のみを追求する利己的な「個」でもなく、政治状況のなかに身をおき、必要があれば他の「個」と連帯して権力と闘う社会化された「個」である。

⑥鞍馬天狗は不死身である。

どんな窮地に追い込まれても、決して希望を棄てず、明るい精神を保ちつづける。泣き言をいわず、仲間を励まし、自らを叱咤する。そして、その活動舞台は、夜の闇である。その態度は常に闊達でうしろめたい影がなく、鞍馬天狗は光源のように周囲の闇を照らす。

以上であるが、鞍馬天狗の特徴はまだまだたくさんあるし、『鞍馬天狗』シリーズは息がながく、そのなかで微妙に変化する面がある。例えば、戦前・戦中の倒幕の志士・鞍馬天狗は、頭で考えるよりも、熱いハートで行動するが、戦後の鞍馬天狗は、戊辰戦争、あるいは、明治維新の意義を考え、内省的な相貌をもつ。右に挙げたのは、シリーズを通しての理念型である。

鶴見俊輔は、大佛の『鞍馬天狗』に代表される時代小説には、「市民的精神がまげものの形をかりて、日本の国家のなかではめずらしく純粋かつ一貫した仕方で成立」しており、独立した「個人」の自由主義の立場から、権力批判を行っていると指摘している（前掲「『鞍馬天狗』の進化」）。これは卓見である。

市民的精神が結実した文学とは、近代ロマン主義文学の世界である。ロマン主義の徹底した孤独は、近代的自我の解放を高らかに謳うものであった。そして、理念的な市民社会とは、単に資本主義に基礎をおくだけでなく、個人と個人、主体と主体が交際する場 society でもある。つまり、「孤独」の自覚によって自立した諸個人が織りなす「広場」が市民社会ということになるだろう。十八世紀に登場したフランスの「国民国家」とは、このような市民社会の成熟と踵《きびす》を接している。

しかし、日本の近代文学は、いわゆる自然主義文学から白樺派まで、政治・社会と切れたところで成立する傾向の強い私小説が主流となり、日本におけるロマン主義文学は挫折した……というのが通説であろう。

日本の文壇の自然主義文学者たちは、「自然」の意味を、天然、つまり、あるがままとして受け取り、四季の美しさを讃美するか、自己の感情の露出と受けとめ、作家自身を主人公とするような私小説を書いた。西洋の「自然」概念には、自然科学の対象と、ルソーの社会契約論の源泉たる、フィクションとしての「自然」が含まれていたが、日本の自然主義文学者の私小説は、自画像であったといえる。

これに対し、大衆小説のスターは、実在しない架空《フィクション》の設定である。例えば半七という時代小説の架空のキャラクターがいる。それをつくり出した作家は、岡本綺堂である。綺堂は、『修禅寺物語』『尾上伊太八』『鳥辺山心中』などの歌舞伎作品とともに、『半七捕物帳』『青蛙堂鬼談』などの時代小説、『中国怪奇小説集』などの伝奇作品を残した。

大佛は、「日本の文壇文学は、西洋に追い着こうと背のびした努力が目立ち、どうしたものか主として地方から出て来た人々の勉強に任されてあったもので、どことなく汗臭く、胃弱の人間に耐え得ぬ性質が付きまとった」（「綺堂作品」一九六九）と、地方出身の田山花袋らによる文壇文学を批判する。そして、文壇の外にいた綺堂にこそ江戸文化が生んだ戯作者の精神が流れている、と綺堂を擁護する。それだけではない。「綺堂は若い頃英国大使館に職を持っていたくらいで、なまなかの文学者にはないほど外国文学に通暁していた」と欧米文学の素養を評価する。

綺堂の父は幕臣で、維新後、英国公使館の書記を務めた。また、綺堂も公使館で英語を学び、一時期、英国からの留学生の語学教師を務め、英文学に通じていた。綺堂は、江戸文学という伝統の素地の上に、西欧の文学から汲みとったフィクション性を加味してその作品を書いたのである。

過去を舞台にした架空の時代小説は、自己の体験の赤裸々な告白というナイーブな日本的自然主義文学・私小説とは趣を異にしている。ただし、時代小説のヒーローが、すべて大佛が書いたような近代ロマン主義における市民的精神を内包していたか、というと、これには留保が必要であろう。

時代小説で有名な架空のヒーローは、鞍馬天狗の他に、例えば、中里介山の机龍之助、林不忘の丹下左膳、柴田錬三郎の眠狂四郎、池波正太郎の鬼平、笹沢左保の木枯し紋次郎、藤沢周平の青江又八郎などが挙げられる。

日本における大衆時代小説は、一九一三年九月に新聞連載が開始された中里介山の『大菩薩峠』によって幕を開けたとされる。この小説は、太平洋戦争の四一年まで書き継がれた超大作で、その主人公が机龍之助である。机龍之助は、徹底した虚無主義者であり、体制の外に立つ反権力性を持っている。この国家・社会秩序から「自由」な浪人で、怖ろしく腕の立つ剣客という性格は、丹下左膳、眠狂四郎、木枯し紋次郎など、その後の時代小説のヒーローのスタイルに影響を与えている。鞍馬天狗も、体制の外に立つ浪人という点でこれらのヒーローと共通する面がある。だが、鞍馬天狗に特異なのは、その反権力性や「自由」が、幕府という国家体制や社会秩序を変革し、新しい時代の夜明けのために奔走する旺盛な政治的主体性と結びついている点にある。

フランス大革命が第三階級として現れた市民《ブルジョア》階級によって担われたにも拘わらず、封建制から「国民」を解放する民主主義革命となったのは、「第三階級とは貴族と聖職者を除くフランス国民《ナシオン》のことである」（アベ・シェイエス）、つまり、全「国民」を代表する旺盛な変革主体としての自己認識によるものであった。幕末維新の志士・鞍馬天狗も、特定の党派の利益、階級を代表するのではない。彼は、自らが属する武士という身分を否定し、封建制を打倒しようとする。その意味で、鞍馬天狗は、「市民的《ブルジョア》精神」の持ち主であり、旧来の権力者・特権階級を除く、すべての「国民」を代表する。したがって、市民的「自由」の信奉者でありながら「国民主義」者としての一面をもつのである。
鞍馬天狗は、日本におけるロマン主義文学、あるいは、市民社会と文学というテーマを考える上でも貴重であろう。

2　大佛文学の現在

大佛次郎は多作である。例えば、朝日新聞社刊の全集は、『鞍馬天狗』シリーズに代表される時代小説二四巻、『帰郷』に代表される現代小説一〇巻、『パリ燃ゆ』に代表されるノンフィクション五巻、随筆三巻、戯曲一巻の計四三巻である。その他、『天皇の世紀』（一〇巻）などの全集に収録されていない作品も少なくない。大佛は、一九二四年、二七歳で大衆作家としてデビューしてから、第一線で書き続け、一九七三年に七五歳でガンで死去する直前まで、ほぼ半世紀に渡って、新聞・雑誌の誌紙面を飾った。全生涯で書いた作品をすべて収録すると、一〇〇巻ほどに達するのではあるまいか。

「とにかく大佛次郎のように純文学も大衆小説も境界なく、どしどし書くというのが一つの理想であった」というのは、作家の辻邦生である。辻は、「大佛次郎は題材的に幕末や現代や西洋など自由自在であった。私は、大佛次郎のこの広さ、寛達さを一つの理想と考えた」と羨望を含めた賛辞を贈っている（「時代に浮かぶ大佛次郎の顔」一九九七）。確かに大佛のように、時代小説、現代小説、ノンフィクション、随筆、戯曲、翻訳、少年少女小説、童話……と、作家として、散文のあらゆるジャンルで活動した作家はきわめて稀である。

横浜ベイブリッジを最もよく見渡せるスポットの一つが、港の見える丘公園である。その公園を横切ると、正面に煉瓦造りの二階建ての建物が見えてくる。それが大佛次郎記念館である。大佛は、日露戦争後の一八九七（明治三〇）年一〇月九日、横浜市英町で生まれており、港町横浜を題材にした小説も多い。横浜のホテル・ニューグランドに宿泊して執筆していた時期もあり、横浜と縁が深い作家であった。この記念館は、飛鳥田横浜市長、長洲神奈川県知事、朝日新聞社、神奈川新聞社によって準備され、大佛の死後、一九七八年に開館した。

記念館には、大佛の遺族から譲り受けたものと、その後、館で収集したものをあわせ、図書約三万五千冊、雑誌約二万冊という、個人の記念館としては膨大な蔵書と遺品などが収蔵され、また『天皇の世紀』執筆当時の部屋の様子が再現されている。ちなみに、記念館から神奈川近代文学館の間に架かる橋を霧笛橋というが、これは、大佛が港町横浜を舞台に書いた小説『霧笛』にちなんだものである。

また、大佛の死の翌七四年には、大佛の業績を顕彰して、大佛次郎賞が設立された（朝日新聞社主催）。今年（二〇〇六年）で、第三三回を迎えるが、歴代の受賞者の顔ぶれは、梅原猛、中野好夫、吉田秀和、山川菊栄、陳舜臣、堀田善衞、高田宏、丸山眞男、加藤周一、朝永振一郎、内田義彦、鶴見俊輔、大江健三郎、加賀乙彦、井出孫六、司馬遼太郎、山口昌男、吉村昭、北杜夫、萩原延寿、長部日出雄、山本義隆、富岡多恵子……など、文学のみならず、評論、人文科学、自然科学など幅広い分野から受賞者をだしている。また、二〇〇一年度から大佛次郎論壇賞も設けられ、受賞者は脚光を浴びている。

このように、大佛次郎が現代の日本を代表するモニュメンタルな作家であったことは間違いない。しかし、若者の活字離れが進むなかで、大佛文学がいまも読まれているかというと、そうとは言い切れない、いや、かなり危機的な状況とさえいえるだろう。

大佛の没後三〇年にあたる二〇〇三年の四月、大佛次郎研究会が発足した。会長はフランス文学者の村上光彦。顧問は、鶴見俊輔と福島行一。会員として、いいだもも、井上ひさし、早乙女貢、永井路子ら、作家や大学教授、ジャーナリスト、出版関係者など有識者によって構成されている。

だが、『神奈川新聞』は、この会の設立に関して、「没後三十年、大仏作品が書店に見当たらなくなるなど、その文学が次第に世上の関心から離れていくのに危機感を募らせた研究者が立ち上がった」と伝えている（四月三日）。大佛次郎記念館の入館者も年々減少し、設立当初の二〇年ほど前は、年間一二万人あったが、近年は二万五千人ほどに落ち込んでいるという。この記事の見出しは、「大仏文学忘れないで」というもので、大佛次郎研究会の手塚甫は、「若い人は大仏さんの描いたヒーロー『鞍馬天狗』すら知らない」と述べているように、「大佛文学離れ」現象は、特に若い年齢層に甚だしい。ある大学の文学部の授業で、大佛の作品を取り上げたが、その教室のなかで、「オサラギ次郎」と読めた学生は皆無、「ダイブツ次郎」としか読めなかったという話も聞いた。

ちなみに、大佛次郎というペンネームは、大佛が鎌倉大仏の近くに住み、大仏に敬意を示して、「太郎」ではなく「次郎」とした、というのがその由来であるから、「ダイブツ次郎」と読んでもまったく故なしとしないのではあるが、書店ではさすがにそういうことはないだろう……と筆者が大型書店で、大佛作品を探したところ、五十音順で、「あ行」のところに見あたらず、「た行」の棚に数冊並んでいるのを発見した。つまり、その書店では、「ダイブツ」と読んでいるわけである。他の量販書店でも「た行」の棚に並んでいるのを見たことがある。しかも、その書店では、なんと「大沸次郎」というプレートが……。どうも、これは「ダイフツ」と入力してしまったらしい。書店でも忘れられつつあるのだろうか。

しかし、大佛文学が忘れられつつあるという現実と、その現実のままでよいのか、ということは別の問題である。

3 鞍馬天狗のモデル

実は、架空のヒーロー・鞍馬天狗にはモデルが存在する。

中央公論版『鞍馬天狗』シリーズ全一〇巻・三〇話（一九六〇〜六一）を読み通して気づくこと

がある。それは、西郷隆盛、木戸孝允（桂小五郎）、勝海舟、近藤勇など、幕末維新期の実在のスターが登場するのに、なぜか坂本竜馬だけが出てこないということである。鞍馬天狗は倒幕の志士であるから、このシリーズに倒幕派の巨魁・坂本竜馬が出てこないのは不思議であり、ひとつの謎といえるだろう。

この謎について、井家上隆幸・関口苑生は、「鞍馬天狗は、その志なかばにして非命に倒れた坂本竜馬を、虚構のなかに蘇らせた」ものだといっている（『ダカーポ』一九九〇・三）。筆者も、同意見である。前に述べた鞍馬天狗の魅力は、実は、司馬遼太郎が『竜馬がゆく』で描いた竜馬像に共通する点が多い。竜馬は、尊皇攘夷派の志士として出発しながら、武市半平太が主宰する土佐勤皇党などの党派に属さず、幕府方の勝海舟・大久保一翁と交わり、長崎を中心に活動し海援隊をつくる。また、北辰一刀流の剣客でもあり、浪人として一人で行動し、新選組と闘い幕府を倒す。そして、武士でありながら刀にこだわらず、武士という身分を自己否定しようとする。つまり、『鞍馬天狗』シリーズに竜馬がでてこないのは、いわゆる「キャラクターがかぶる」というものので、同じような個性の人物が二人小説に登場すると、その魅力が相殺されてしまうからであろう。

だが、竜馬は本当にでてこないのか、というとそうではない。中央公論版のシリーズは、『鞍馬天狗』全集の決定版ともいわれるが、収められていない戦後の大作が一つある。それは、一九六五年の『地獄太平記』であり、『鞍馬天狗』シリーズの最後の作品である。この作品の後半、鞍馬天狗は「第二次長州征伐」で、幕府と長州が海戦を行っている馬関海峡へ赴く。次の場面は、この海峡がみえる家の二階でお兼という女と鞍馬天狗が話しているところへ、梯子段を昇って少年・杉作が現れたところである。

外から帰って来た杉作が知らせた。

「才谷さんて方が、先生がいるかと言って下に来ています」

「才谷？　梅太郎と言ったか？　それは、たったいま、話していた坂本竜馬のことだ。お通し申せ」

そこに、若さと覇気を漲らせた、光のような竜馬が現れ、「天狗さん！」と懐かしそうに呼びかけるのである。

しかし、この場面は、それまで、『鞍馬天狗』シリーズを読んできた者にとって、奇妙に感じられるはずである。というのは、ここで、鞍馬天狗と竜馬は旧知の仲として親しく話す。それならば、一度くらい、それまでのシリーズで両者は会っていてもいいはずなのだ。『地獄太平記』では、鞍馬天狗と竜馬との出会いは、兵庫に幕府の海軍操練所があった時代のことで、勝海舟が青年を指導していたときであり、二人は「国の未来を談じたことがあった」としているが、これまでのシリーズには、そのような場面は存在しない。

それにしても、この架空の人物・鞍馬天狗と、実在の人物・竜馬が交差する場面は、戦後の大衆文学の特質を象徴するものであり、きわめて印象的である。戦後の大衆小説は、司馬遼太郎と松本清張の登場によって変質したといわれている。それは、フィクション性からノンフィクション性へ、虚構性の強い作品から日常生活と接点のある作品へ変わったということである。

斎藤駿は、戦前の「時代小説のヒーローがおおむね『鞍馬天狗』を筆頭に架空の人物で占められているのに対して、戦後のヒーローは、……圧倒的に歴史上の実在の人物が多い」、つまり、読み手の「われも実在なら、かれも実在」なのであり、「作品と読者との距離が縮まっ」たと指摘する(「戦後時代小説の思想」一九七六)。大佛の架空の人物を中心とした「時代小説」と司馬の実在の人物を中心とした「歴史小説」の違いはこの点に求められる。さきの『地獄太平記』の場面は、あたかも戦前からのヒーロー・鞍馬天狗から、戦後のヒーロー・坂本竜馬へのバトン・タッチのようにみえる。

鞍馬天狗が竜馬と出会い、その後姿を消す……。『鞍馬天狗』シリーズが、そこで終止符を打っているのは、偶然ではない。この『地獄太平記』(一九六五)の連載は、司馬の『竜馬がゆく』が連載されている最中であり(一九六二~六六)、それは、戦後の大衆小説のトレンドの変化を象徴する出来事であろう。大佛の鞍馬天狗は、戦後、司馬の竜馬として生まれ変わったともいえるのであり、実は、戦前に書きはじめられた『鞍馬天狗』シリーズは、戦後性を帯びていたのである。

ちなみに、鞍馬天狗には、黒姫の吉兵衛という泥棒の手下がいるが、司馬の竜馬にも寝待ちの藤兵衛という泥棒の手下がいる。もちろん、これは司馬の創作人物だが、あるいは、司馬の方でも、鞍馬天狗を意識しながら竜馬像を描いたのかもしれない。

『竜馬がゆく』は、日本の大衆歴史小説のなかで、おそらく最も発行部数が多く、読者の多い作品と推測される。この作品でつくられた竜馬像はいまもなお支持され、その人気は衰えていない。日本人が支持する歴史上の人物のナンバー・ワンは坂本竜馬だが、それは、この司馬が創った竜馬像に基づくものである。筆者は、竜馬ファンに、そのエキスがつまった鞍馬天狗の世界に足を踏み入れることをお薦めしたい。

それから、大佛が書いたのは鞍馬天狗だけではない。『鞍馬天狗』シリーズの背景にあったもの、すなわち、独立した主体同士が、その個性によって織りなす、「孤独」と「広場」の関係、文学的市民社会は、『雪崩』『氷の階段』『帰郷』『宗方姉妹』『風船』などの、「現代小説」というジャンルの作品群のなかで全面的に展開する。この性格・心理描写が織りなす文学世界は、日本の近代文学が辿り着いた一つの達成点を示している。また、『鞍馬天狗』や時代小説では、「男らしさ」を強調するが、この現代小説では、『宗方姉妹』を始めとして、非常に魅力的な女性が描かれているのも特徴である。大佛ファンに女性は少ないようだが、現代小説は女性の自立をモチーフにしたものが多い。現代小説によって、女性ファンが増えることを期待する。

『パリ燃ゆ』『天皇の世紀』という歴史文学を含め、これら大佛文学は、従来の私小説を主流とする日本の文学概念では位置付けられないものだ。幅と奥行のある大佛文学は、日本の文学観・文学概念の変革を迫るものである。近年、文学賞の低年齢化が流行しているが、藤本由香里は、それを、「感性を重視した作品や、軽く読めるものが大ヒットする時代」としている（『朝日新聞』二〇〇五・一・三〇）。読まれなくなったのは、大佛文学だけではない。戦後文学者をはじめとする、理性に訴える重厚な内容をもつ文学作品は敬遠されつつある。

大佛次郎という作家が読まれなくなるのは、流行り廃《すた》りの問題ではない。もし、文学が人間の普遍的な精神を描きだすものであり、歴史や政治、時代に対する力を持つものであるならば、「私」の感情を細やかに書くものや変わった風俗を書き込んだものだけであってはならないだろう。大佛文学が忘れ去られるということは、日本の文学世界の狭小化であり、文学の無力化ではないかとさえ思える。また、鞍馬天狗の精神も、決して、過去のものではない。

4　その精神的風土

本書の課題は、戦時下の大佛の「空白」を埋めることであるが、ここで、十五年戦争、すなわち、一九三〇年代に到るまでの、大佛の歩みを簡単に辿ってみたい。

大佛次郎は一八九七（明治三〇）年、横浜市に生まれた。本名・野尻清彦。父政助は、日本郵船会社に勤務。長兄は、野尻抱影で、「星の文学者」として知られる。

小学校のときに東京へ転居。父は単身赴任しており不在で、当時の牛込区の借家に住み、近所の筑土小学校に通った。これは普通の公立小学校で、大佛は「裏長屋の貧民窟」の子どもたちに混ざって学校生活を送った。小学校六年のとき父が帰り、白金に家を買い引っ越すことになる。大佛が一般大衆と集団生活を送ったのは、この筑土の公立小学校時代であったと思われる。

そして、大佛は、府立一中（現・日比谷高校）から一高へ進んだ。一高では、仏法科。早くも文才を発揮し、一高の寮での体験をもとに、『一高ロマンス』を刊行している。また、中学のころ、第三次桂太郎内閣を倒そうとする犬養毅、尾崎行雄らによる護憲運動（大正政変・一九一三）が起り、群衆が国民新聞社を襲撃し、新聞社から抜刀した人物が躍り出てきたところを目撃している。以降、大佛はその青春を「大正デモクラシー」期のなかで過ごすことになる。

一九一八年、一高卒業後、東京帝国大学法科政治学科に入学。吉野作造の講義を受講。河上肇の講習会や有島武郎主宰「草の会」に出席するかたわら、劇団テアトル・デ・ビジュウを結成。二四歳で、原田酉子と学生結婚している。

有島から手ほどきをうけたのは、ホイットマンの詩集の読み方だけではない。マルクスの『資本論』の翻訳はまだ出ていなかったが、クロポトキン、バクーニンなどの左翼思想に接している。大学では、社会問題・労働問題を研究する新人会の近くに位置し、あまり講義には出席しなかったが、河上肇が京都から出てきて、神田の教育会館で行った経済学史の集中講義には熱心に通い、河上が主導する『社会問題研究』が創刊されるとためらわずに読者となった、という。

一九二一年、大学卒業後、鎌倉に住む。最初の家は、長谷の大仏裏。外務省条約局に勤務するも、ほとんど出勤せず、丸善で仕入れた洋書を読み、翻訳家として活動する。大佛は、「クロポトキン、ラッセル、トルストイの影響で、出世というものに憧れなくなった、むしろ、軽蔑するようになった」というように述べている。それならば、なぜ、役人になったか、というと、官僚は民衆を見下しているが、自分はそういう役人に向く性格ではない、外交官なら見たい外国を見て回れるし、役人風を吹かせる必要もないだろう……という漠然としたものだったという。

一九二三年、関東大震災を鎌倉で体験。翻訳の取引先であった雑誌『新趣味』の廃刊にともない、翌二四年三月、いわゆる「まげ物」作家としてデビュー。「まげ物」とは武士のチョンマゲに由来する時代小説の通称である。デビュー作は講談調の「隼の源次」で、このとき、「大佛次郎」という筆名が初めて使用される。さらに五月に「鬼面の老女」が発表され、鞍馬天狗が生まれた。以後、戦争を挟んで一九六五年まで、四七作のシリーズとなる。この年、鞍馬天狗は早くも映画化され、映画もシリーズ化される。歴代の鞍馬天狗役は、尾上松之助、嵐寛寿郎、島田省吾、小堀明男、市川雷蔵らが演じた。

一九二六年、二九歳で新聞小説に抜擢され、『照る日くもる日』を連載（『大阪朝日新聞』）。翌年『赤穂浪士』（『東京日日新聞』連載）が爆発的にヒットする。

一九二九年、三二歳のとき、鎌倉の鶴岡八幡宮の近くの雪ノ下に引っ越し、そこが終《つい》の棲家となる……。

これが一九三一年の「満州事変」前夜までの大佛の歩みである。右のように、大佛は、一中・一高から東大へ進み外務省勤務となるエリート官僚コース、国家機構の中心へと歩みながら、ドロップ・アウトし、大衆時代小説作家に転じた特異な経歴を持っている。

では、一八九七年生まれの大佛は、どのような世代に位置するだろうか。

大佛のほぼ一世代前が、田山花袋・正宗白鳥・徳田秋声・国木田独歩・島崎藤村・幸徳秋水・堺利彦・野上弥生子・河上肇・有島武郎・永井荷風らで、一八七〇年代の生まれ。

次の時期は、日清・日露戦争期に青年期を迎える一八八五年前後に生まれた人々で、石川啄木・大杉栄・志賀直哉・木下杢太郎らがいる。

そして、大佛の世代は一九〇〇年前後に生まれ、「大正デモクラシー」期に青年期を過ごした世代である。この世代には、三木清・野呂栄太郎・中野重治・渡辺一夫・小林多喜二・小林秀雄・川端康成・林達夫・石川淳・中野好夫らがいる。この世代の特色は、マルクス主義を受容するにせよ、拒否するにせよ、マルクス主義が自我形成になんらかの影響を与えている点を特色とする。

また、「大正デモクラシー」の「明るさ」を体験しているこの世代は、次の時期の人たち、すなわち、丸山眞男・日高六郎・荒正人・平野謙・小田切秀雄ら、日本軍国主義の「暗い谷間」を経験した世代と国家体験を分かつ。

大佛が、関東大震災の前に、東京から鎌倉に移住したことは、大震災直後、東京で、朝鮮・中国人を虐殺した民衆の姿を見ず、また、震災の混乱に乗じて無政府主義者・大杉栄と伊藤野枝らを虐殺した国家権力を間近で観察する機会を逸したことになる。大正期の「明るい」デモクラシーの反面は、国内的には治安維持法（一九二五・大正十四）、対外的には対華二一カ条要求であった（一九一五・大正四）。

丸山らが経験した「国家」は、批判を許さず、やたらにぶん殴る恐ろしい「国家」であったが、大佛らその上の世代には、「古き良き懐かしい」日本があり、もし望むなら、自己を同一化しうる存在であり得た。この差が戦時下において国家観の違いを生み、「国家」が遂行する戦争への態度決定を左右する。

5　大佛次郎のイメージ

鞍馬天狗で知られる大佛は、また『ドレフュス事件』『ブゥランジェ将軍の悲劇』『パナマ事件』『パリ燃ゆ』『天皇の世紀』など一連の卓絶した作品を書くノンフィクション作家でもあった（以下、『ドレフュス』『ブゥランジェ』『パナマ』『パリ』『世紀』と略す）。そして、戦時下の大佛に関して、必ずといっていいほど言及されるのが、『ドレフュス』『ブゥランジェ』『パナマ』の三作品である。

この三作品について、大佛自身は「『パナマ事件』は、『ドレフュス』、『ブーランジェ』に続けて書く予定であったが、（一九三〇年代に）折角存在する日本の議会が弾圧を受けて大政翼賛会化に向う時期だったので、フランスの議会のことにしろ、その腐敗堕落と、頽落を書き立てるのは、現状に不都合で独裁勢力の尻馬に乗るように覚えて、筆を折った」（『大佛次郎ノンフィクション全集』

第一巻「あとがき」一九七一）と説明している。

『パナマ』は、一八六九年に開通したパナマ運河を巡って、フランスの議会で発生した一大疑獄事件を描いたものである。この発言のとおり、『パナマ』は戦時下に書きはじめられたものの、ついに発表されることはなく、『朝日ジャーナル』に掲載されたのは、戦後、一九五九年のことであった。『ドレフュス』は三〇年、『ブゥランジェ』は三五～三六年に発表されている。大佛がいうように、『パナマ』がこの二作品に続くものだったとすれば、『ブゥランジェ』以降に掲載が予定されていた作品ということになる。では、この当時の国会の状況はどうであったか。

まず、三五年一月に斎藤隆夫の陸軍パンフレット・軍事費偏重を弾劾した演説があった（衆議院）。このパンフレットは、三四年に陸軍によって発行されたもので、その内容は、「個人主義的自由主義的経済観念」を否定し、「国防国家」建設のため、軍備にさらなる予算を割くべきことを主張するものであった。斎藤は、これを批判し、高橋是清蔵相も同調、広田弘毅外相は「協調外交」を主唱、戦争はしないという方針を打ち出した。要するに、国会は一定の軍部批判を行い、まだ機能していた。

しかし、二月に菊地武夫中将ら、在郷軍人議員が天皇機関説を取り上げ（貴族院）、三月には、「国体明徴決議案」が全会一致で可決する（衆議院）。天皇機関説を退けて、「国体明徴」を唱えた国会は、日本の国制が立憲君主制度ではなく、神の如き天皇を戴く、いわゆる「天皇制軍国主義国家」であることを自ら認めたことになるだろう。帝国議会の落日であった。以降、天皇機関説を唱えた美濃部達吉の三つの著書『逐条憲法精義』『憲法撮要』『日本憲法の基本主義』が発禁処分となり、政府は「万邦無比なる我国体の本義」に基づくことを声明、言論の自由も著しく狭められていく。

このように、三五年は、まさに日本の議会の転換点であったが、こうした議会ですら、無いよりはマシとして擁護しようとした大佛のバランス感覚は注目に値する。この点について、村上光彦は、「文字づらだけ正しい批判でも客観的には反動的な役割を果たすこと」になる場合があり、『パナマ』を断念することで、「作者は右翼のお先棒をかつぐ愚を避けた」と評している（『大佛次郎』一九七七）。

戦前・戦中に雑誌『改造』に掲載された作品は、『ドレフュス』、『ブゥランジェ』の他に「詩人」（一九三三）があり、掲載予定だったものに「地霊」（戦後四六年発表）がある。大佛は、これらの『改造』に発表したノンフィクション作品を、売文社に集った初期社会主義者・堺利彦、荒畑寒村らによる「社会講談」の系譜に位置づけている。

売文社とは、一九一〇年に、文字通り原稿作成と翻訳を請け負う売文会社として設立されたものである。社長の堺利彦によれば、その設立目的は、大逆事件による幸徳秋水の処刑に象徴される社会主義者の弾圧をうけて、「日本の社会主義運動は今正に一頓挫の場合である。従って総ての社会主義者はここ暫く猫をかぶるの必要に迫られて居る」という認識のもと、その「冬の時代」を耐え抜くためのものであった。

『ドレフュス』も『ブゥランジェ』も、だんだんと三〇年代の軍国主義が色濃くなるなかで書かれた作品である。それはどのようなものであったか。

『ドレフュス』は、一八九四年、フランス陸軍のユダヤ人将校アルフレッド・ドレフュスが、ドイツに国防機密文書を密売したという嫌疑で逮捕された事件をテーマにしている。「売国奴」ドレフュスという軍部によってでっち上げられたこの事件に、敢然と立ち向かうのが、エミール・ゾラとクレマンソーである。ゾラは「余は弾劾する！（J'accuse!）」という、ドレフュスの無罪と再審を求める文章をクレマンソー主幹の『オーロール』紙に寄せる。再びドレフュスは有罪を宣告されるが、大統領の特赦によって自由の身となり、最終的には無罪の判決を勝ち取る。大佛は、この作品のなかで、「ドレフュス事件は本人のドレフュスから離れて国家に於ける軍部の地位の問題と書き替えられ、政教分離の問題となって、近代の政治の重要な宿題となった」と述べている。『ドレフュス』は、人種的偏見と結びついた軍人的思考と政教一致がどのように圧政や弊害を生むか、また群集心理の危うさを描き出し、その後の日本の歩みにいち早く警告を発したものとして評価されている。

『ブゥランジェ』は、一八八七年に起こったフランスとドイツの国境紛争であるアルザス・ロレーヌ問題を皮切りに、フランスのなかで軍国主義の象徴として、ブゥランジェという将軍が担ぎ出され、閉鎖的なナショナリズム、つまり、ショーヴィニズムが抬頭する恐ろしさを描いたものである。

『ブゥランジェ』については、後にさらに詳しく見るが、このように、『ドレフュス』も『ブゥランジェ』も、フランスの出来事を題材にしながら、軍国主義と、それに付和雷同する日本人を批判した作品であり、軍国主義への文学的抵抗といえる。そして、右傾化が進む今日、どちらの作品もオンリー・イエスタデイ、あたかも昨日のことであるかのように、非常に新鮮に読めるのは気のせいではない。

だが、三六年の二・二六事件の戒厳令以降、言論弾圧はさらに烈しくなる。その状況下で同じような作品を書き発表することは極めて困難になる。したがって、この系譜が『ブゥランジェ』以降途絶えざるを得なかったのは、当然であろう。

このようにノンフィクション作家としての大佛次郎は、軍国主義に対して批判的であり、ある時期から「沈黙」を守ったごく少数の知識人、石川淳、野上弥生子、堀辰雄、永井荷風、林達夫らと共通の側面が見られる。

井出孫六は、大佛は時代に対して、「つねに醒めた理性と知的余裕」を持っていた、そして、戦時下の『ブゥランジェ』から、戦後に発表された『パナマ』の間にある「三十余年の歳月には、作品活動をいちじるしく妨げた戦争の時代がはさまってくる」が、「作者の強靭な持続力と遡及力にとって、戦争という時代は、大きく見れば、いささかも差し障っていないようにさえ読みとれる」と述べている（『パナマ』文庫版解説一九八三）。渡辺一民も「大佛さんは、……あの暗い谷間の時代にも到底文学作品ではなしえないきびしい現実批判をそこに展開してきたのだった」（『毎日新聞』一九七三・五・二）と述べている。最近でも、山口俊章は、『ブゥランジェ』が「一九三五〜三六年、昭和十〜十一年に雑誌に連載されていた事実は、今もって衝撃的であろう」（「大佛文学を貫くもの」二〇〇四）と、ノンフィクションによる時代への抵抗という作家像を描いている。

では、ノンフィクションから離れて大衆時代小説作家としての大佛次郎は、どうか。ノンフィクション系列が途絶える一方、大佛は鞍馬天狗に代表される時代小説、いわゆる「まげ物」を書き続けた。戦争に反対であれば、筆を折らざるをえなかった状況下で、この「まげ物」は、戦中を通して途絶えることはなく、読者を魅了した。これらの時代小説には、「市民主義、リベラリズムの立場からの時の権力批判」が込められているとされている（前掲鶴見俊輔『「鞍馬天狗」の進化』）。それから、『雪崩』『氷の階段』といった現代小説にも軍国主義という時代の暗さが描かれており、その時代への静かな抗議を読むことは可能であろう。

また、戦時下の大佛次郎を知る重要な資料として、一九四四年九月一〇日から敗戦後の四五年一〇月一〇日に至るまで書き綴られた『敗戦日記』がある。これは、大佛の死後、大佛次郎記念館研究員であった福島行一によって発見されたもので、一九九五年に草思社から公刊された。この日記のなかには、軍部や戦争指導者への批判を散見することができ、全体に、この日記を書いた時期の大佛が非戦的な態度であったことがわかる。

これらの言説や事実は、大佛の手が汚れていなかったこと、つまり、戦争に批判的であったことを窺わせるものである。敗戦直後、戦争協力した大多数の作家たちが逼塞《ひっそく》したなかで、大佛は東久邇宮《ひがしくにのみや》内閣の参与として、颯爽と「国民」の前に立ち、戦後も戦前と同じく作家活動を行うことができた。

このように、大佛が、戦前・戦中・戦後を貫き、理性的で、反軍国主義・反戦的な知識人であったというイメージは、ほぼ通説化しているといえるだろう。

しかし、このイメージは本当に正しいのか、次章はこの検証から始めたい。

第Ⅰ章　大佛次郎の「空白」と「満州」

1　ひとつの謎

大佛の経歴をみるのには、前に述べた朝日新聞社刊の全集のうち、『初期作品集　年譜』（『大佛次郎時代小説作品集』二四巻）の年譜と書誌が詳細であり、かつ便利である。この書誌は、大佛の作品名と掲載誌と掲載年をまとめたものであるが、ここには大きな謎がある。

翻訳・戯曲を除く大佛の作品を、ノンフィクション、小説、随筆（評論を含む）の三つに大別すると、戦時下に書かれたノンフィクションと小説は戦後も再発表されたり、著作集などに再収録されているものが多いのに比べて、逆に、戦時下の随筆は、再発表・公刊されていないものが非常に多い。つまり、戦後の刊行物には、戦時下の随筆が数多く欠落している。

より詳細な書誌は、大佛次郎記念館発行の『おさらぎ選書』に収録されているが、それによって補いながら、さらに調べると、十五年戦争下の随筆は一六五篇であり、そのうち、戦後公刊されているものは、二七篇。実に、八四パーセントほどの随筆が抜け落ちている。特に、太平洋戦争以降の四二年は五篇、四四年は一四篇あるのだが、それらは一篇も公刊されていない。しかも、未公刊の随筆のなかには、「宜昌戦線を見て」「勤王史蹟行脚」「観兵式拝観記」「貫かん我が大義」「戦闘一本の訓へ」「滅敵の議場にきく」……など、きわめて戦時色の強いタイトルのものが多く含まれている。こうした随筆が、戦後、収録されていないのはなぜか。

こう考えていくなかで、その謎をさらに深めるような文章にも遭遇した。それは、比較的近年刊行された、『大佛次郎エッセイ・セレクション』である（一九九六）。その二巻に、敗戦直後の八月二一日、『朝日新聞』に発表された「英霊に詫びる」が収録されている。そこに、「君たちの潔い死によって、皇国は残った……君たちが遺して逝った神州不滅の愛国の信念を、日本の再建に直結する」とある。この件《くだり》をいわば「発見」したとき、ショックと同時に、強い違和感を持った。それは、「神州不滅」という信念が、どのように、戦後に「直結」し得るものなのか？という疑念である。八月一五日に「大日本帝国」は滅びた。つまり、「神州」が「不滅」であるという信念は幻想であり、この日が、日本に侵略されたアジア諸国にとっては、「大東亜共栄圏」からの解放を意味したことはあまりに自明なことではないか……。

筆者は、それまで戦後に刊行された大佛作品のほとんどすべてに目を通していたが、こうした文章に出くわしたのは、このセレクションが初めてであり、反戦の知識人というイメージをもっていただけに、どう理解してよいのか困惑した。

さらに同じセレクションには、もう一つ、「英霊に詫びる」の四日前、八月一七日に発表された「大詔を拝し奉りて」(『西日本新聞』)がある。そこには、「起とう、やり直すのだ。父祖の百年の努力を破壊したおのれらがより堅固な日本を築きあげて、今上陛下の御代を後代に輝くものとせねばならぬ、戦争以上の勇気と犠牲とが需《もと》められている、男らしく立直ろう」とある。

もとより、戦時下に発表された文章に関しては、注意を要する。時に死の危険、時に拘禁の可能性のある厳しい言論弾圧を前提にすれば、それをそのまま作家の思想、あるいは、本心を表明したものと解釈することはできない。発表された時期、場所、戦略などいろいろな面を考慮する必要がある。

しかし、これらの文章は、軍隊組織が事実上壊滅し、言論弾圧から解放された敗戦後に発表されたものである。そこで、昭和天皇の「御代を後代に輝」かそうという主張、これはいったい何を意味するのだろうか?

これまで、大佛の天皇観に言及した研究は、あまり多くないが、例えば、鶴見俊輔は、次のように述べている。鞍馬天狗が誕生したシリーズ第一作「鬼面の老女」で、鞍馬天狗が「申すまでもない。拙者は父祖代々、天下は天子の天下と心得ている」と述べているように、初期の鞍馬天狗はバリバリの勤皇の志士である。この点に関して鶴見は、「どうしてこんな天皇中心的、家族中心的な権威主義思想をもっていたか。その理由は、まげもの作家として出発した当時の大佛次郎がこのような思想をもっていたことに求められるべきではなく、当時の大佛次郎がまげもの小説というジャンルを本格的なものとして理解していなかったことに求められる」(『鞍馬天狗』の進化」一九五八)という。要するに、鞍馬天狗の勤皇ぶりは、大佛自身のものではなく、大衆に迎合し、大衆の天皇観にあわせたということである。この見解にしたがえば、大佛自身は、「神州不滅」「今上陛下の御代」などということは信じていないが、それを信じていた「国民」のために、あえてそうした言葉をもちいているということになるだろう。

しかし、これに対して、村上光彦は、大佛は「すくなくとも戦前には、天皇制を日本精神の根幹と信じて疑わなかったのではあるまいか」、また、「天皇の赤子の意識をもつ明治の人として、心からまことの愛国、まことの武士道の形を描きつづけたのだ。……ファシストでなく、軍国主義者でなく、いやヒューマニストであってさえ、天皇制の内側にあるかぎり、人は職域奉公を信じて、心底から戦争に協力するばあいがありえたのだ。事実は事実として、そのとおり認めなくてはならない」(『大佛次郎』一九七七)と興味のある指摘をしている。つまり、大佛は天皇制支持者でありその心理は「職域奉公」という形で「心底」からの戦争協力につながっているというのである。

戦前の日本において、天皇は「国家」の最高権威であり、天皇を支持していれば、個人の意志・精神が「国家」を超えることはできず、国家システムとしての天皇制に取り込まれ、結局のところ、「国家」が遂行する戦争に協力せざるを得ない……という筋道は見やすいが、それは抽象的な一般論である。

また、一口に戦争協力といっても、そのバリエーション、グラデーションは多様である。例えば、徳富蘇峰のような皇国史観で戦争を推進した文学者、また、「生きることとは、死ぬことである」というような弁証法的浮世風呂理論や大陸侵略を親鸞の教えの真実として肯定した京都学派や日本浪曼派のように、若い命の「散華」に理論的・倫理的なバックボーンを与えた軍国主義の旗手、高見順のように嫌々でサボタージュしながらの小説家、「一国民」として自覚的に協力した英文学者・中野好夫……などなど戦争協力の程度・内容は異なる。

それから、天皇支持が戦争協力への要因であったとしても、大佛の場合、例えば、高村光太郎のように「天皇あやうし、ただこの一語が私の一切を決定した」というような、天皇への思いによってのみ、戦争協力が決定されたのかどうか、という問題もある。大佛の『敗戦日記』に多くみられる言葉は、天皇よりもむしろ「国民」であり、作品のなかで見られるのは、「日本」「祖国」という言葉である。南原繁のように、天皇を敬いながら、一貫して反戦を貫いた知識人もおり、大佛の戦争協力は、天皇というファクターだけでは説明できないだろう。

管見の限り、大佛の戦争協力を指摘しているのは、村上が唯一の例である。しかし、村上の基本的な視点は、軍国主義に対して、「異議申し立て」を続けた作家という点にあり（『朝日新聞』二〇〇三・三・二四）、その天皇観と戦争協力の具体的な内容には触れておらず、また、両者の関係も述べられていない。

果たして、大佛の戦争協力は事実なのだろうか。さきの敗戦後の「神州不滅」という言葉は、それまで「君達」、すなわち、戦死した「国民」が用いてきたものを取り上げただけなのか、それとも大佛自身がその言葉を信じていたのか明らかではない。この言葉を内側から理解するためには、大佛が戦争にどのような態度をとったのか、を明らかにすることから始める必要があるだろう。

2 危険な「第一歩」

大佛次郎の戦争責任……。これまで誰も追求することのなかった、この重たい問題を考えるには、その協力の実態を明らかにすることが不可欠である。大佛は、本当に戦争を支持したのか。もし、支持したとすれば、それはいつごろ、どういう理由であったのか、そして、それはどのような形で行われたのか。

実は、筆者を含めて、これまでの反戦の知識人という大佛のイメージは、戦後公刊された戦時下の作品によってつくられている。しかし、すでに述べたように、戦時下に執筆された作品、特に新聞・雑誌に掲載された随筆には、未公刊のものが多い。では、そこには何が書かれているのか。そこで、戦後未公刊の随筆のうち、タイトルから特に気になるもの五〇篇ほどをピックアップし調査した。その結果は……。

これまで、大佛の反軍国主義のメルクマールとされてきた作品『ドレフュス』と『ブゥランジェ』のうち、『ブゥランジェ』の発表年が遅く、三五年一月から翌三六年九月まで、雑誌『改造』に連載された。内容は、一八八七年、アルザス・ロレーヌ州近くの村で起きた拉致事件に端を発する、ドイツに対するフランスのナショナリズムの盛り上がりのなかで、ブゥランジェ将軍という作り上げられた英雄が誕生し、フランスが右傾化していく潮流と、コンスタン内相を中心とする共和国フランスが対決し、ブゥランジェ主義が「しゃぼん玉」のようにはじけて消滅する過程を描いている。

ブゥランジェ主義を批判した一節に、「ブゥランジェストの精神状態と云うのは、どの政党にもいる不平の徒と共通する。……つまり、両院の八百人の議員が何年もかかって出来ないで未来へ持越された仕事を軍人がたった一人で五分間でやってのけるのだろうと途方もない夢を見る単純な人間の思想なのだ」とある。これはフランスに舞台を置きながら、軍国主義に傾斜する日本の風潮を批判したもので、ブゥランジェ将軍は二・二六事件の荒木貞夫大将と二重写しになっている。『ブゥランジェ』を書きながら、日本の戦争に協力することはできない。すなわち、協力があったとすれば、三六年以降ということになるだろう。

そこで、『ブゥランジェ』以降、同じく『改造』に発表された随筆をみてみよう。「1938」

年と西暦で表紙に記された四月号は、『改造』創刊二〇周年記念号である。誌面構成は、中野正剛の「ヒットラーとムッソリーニ」や国策を支持する御用学者の文章が載る一方、軍部批判演説で四〇年に国会議員を免職される斎藤隆夫の「戦時議会の感想」や、すでに教職から追放された瀧川幸辰の「フォイエルバッハとカスパー・ハウザー」、スメドレーの「共産党従軍記」なども掲載されている。

大佛はこの号に、「明るい時代」と題して、これまでの『改造』と自分の関係をふり返っている。大佛によれば、『改造』第一号を手にしたのは、東大生のころ、「右翼団体の圧迫が吉野（作造）博士に加わった時」であるという。年譜で見ると、それは一九一八年、大正七年のときのことで、「浪人会事件」と呼ばれるものである。

大佛にとって、『改造』の思い出は、吉野作造の思い出とともにある。そのころ大佛は、他の講義には出ず、吉野の教室へ早くから詰めていた。それは、「先生の身辺に不安を感じた」からであり、他の学生とともに、右翼から吉野を護るボディガードを自任していたからである。

そして、吉野は右翼団体が要求した立会演説会に出席した。場所は神田の南明館で、会場の外では、会場に入りきれない学生たち千人余りが、警官隊と対峙していた。学生たちは、報告と報告の合間に、明治憲法（大日本国憲法）の「臣民権利義務」の条項を大声で読み上げ吉野を擁護したという。これが浪人会事件である。

この「臣民権利義務」とは、憲法第一八条以下三二条までの条目を指している。そして、そこには、例えば、第二三条「日本臣民ハ法律ニ依ルニ非スシテ逮捕監禁審問処罰ヲ受クルコトナシ」、また、第二九条「日本臣民ハ法律ノ範囲内ニ於テ言論著作印行集会及結社ノ自由ヲ有ス」とある。「印行」とは、出版のことを指しており、日本が法治国家であり、法律に基づかない、不当な拘禁や弾圧を受けないことが明記されていた。

この「臣民権利義務」制定については、次のような挿話がある。それは、枢密院での草案段階で、森有礼が「臣民に権利があるとは何事か、臣民の分際にしろ」と批判したのに対し、枢密院議長であった伊藤博文が、「憲法制定の精神は、第一には、君権の制限、第二には、臣民の権利の保護にある。したがって、憲法には臣民の権利を記載する必要がある」と応じたというものである。

さて、大佛たち学生の奮闘により、吉野の演説は無事終了し、学生たちは吉野を迎え、吉野を囲んで通りを「凱旋」した。学生たちが、憲法の人権条項を読み上げながら、右翼と戦い、国家権力と対峙し、吉野を護ったというこのエピソードは、まさに、「大正デモクラシー」期の日本を象徴するものであり、感動的な出来事である。大佛の作品に吉野作造と「大正デモクラシー」の影響がみられるのは、これまで指摘されてきたとおりであるが、その背景には、体を張った、生々しい体験があった。思想とは体験から出発するものである。

しかし、大佛は、これを「僕らの生涯の中でも世の中の一番明るい時代だった」と過去形で述べている。つまり、三八年の段階で、振り返ってみているのである。そして、そのころの『改造』の「編輯も今日のように複雑に苦しまずに出来たのではあるまいか」と、暗に軍国主義下での総合雑誌の誌面構成の難しさに触れている。事実、これより間もなく、『改造』の誌面は一変し、表紙は西暦ではなく「皇紀」で記されるようになり、ついには、四三年、横浜事件により弾圧され、『中央公論』とともに、「自主廃業」に追いこまれる。

ちなみに、横浜事件とは、太平洋戦時下の特高警察による、研究者・編集者に対する言論・思想弾圧事件である。『改造』一九四二年八月号・九月号に掲載された細川嘉六論文を共産主義宣伝として、神奈川県特高警察が家宅捜索した。その際、ただの温泉旅行であった一枚の写真（富山県泊町で写したもの）を押収し、「共産党再興会議」としてでっち上げ、その写真に写っていた雑誌『改造』『中央公論』、岩波書店、日本評論社、朝日新聞社の編集者らを、多数検挙した。厳しい拷問と獄中生活が原因で四名が死亡している。

大佛がその事件を予感するかのように、かつての「大正デモクラシー」のころを「明るい時代」と回想することで、一九三〇年代後半を、黄昏《たそがれ》を迎えて暗く成り行く時代のように匂わせているのは興味深い。『ブゥランジェ』の精神は、この随筆を『改造』に寄せた三八年まで持続しているとみてよいだろう。

では、その翌年の随筆を見てみよう。それは、『アサヒ・スポーツ』の三九年一〇月号の「第一歩」という題である。すでに大陸では「盧溝橋事件」「上海事変」「南京事件」が起こり、この五月にはノモンハンで大敗していたが、雑誌の特集は東京六大学野球であり、表紙は、八人漕ぎのレガッタの若者たちの絵が飾り、ここには戦争の影はみえない。にもかかわらず、大佛が寄せた随筆は、六大学野球やオリンピックでの日本の若者たちの行進の拙さを指摘したもので、「来朝したヒトラ・ユーゲントを見た人々はまだ記憶していよう。森の若い木を見るような、たくましい体格の美しさ……その完璧な訓練と一挙一動の見事さを」と述べている。つまり、日本の若者たちよ、ヒトラー・ユーゲントに見習え、というわけである。ヒトラー・ユーゲント Hitler jugend とは、ナチスの青少年組織であり、一五歳〜一八歳を主力とする団体である。

ここで、大佛のヒトラー・ユーゲントの讃美はナチズム自体にあるのではなく、その行儀のよさにあるのだ、という解釈もあり得るが、ここではそれを採らない。なぜなら、大佛は、これ以前、三三年に、長谷川如是閑や横光利一らと連名で、「時代に光あれ！」という題で、ナチズムによる焚書《ふんしょ》を弾劾しているからである。この声明を出した母体は、徳田秋声を会長とする学芸自由同盟であり、メンバーには他に、菊池寛、広津和郎、三木清、谷川徹三らがいた。

この声明は、「僕らは祖国と同じくドイツを敬愛した」が、それは、「ゲーテ、ベートーヴェンで代表される真実のドイツ」であり、ナチズムのような「病的な発作の状を示す」ドイツではない、という趣旨のものである。ここでナチズムに対する反撥は明らかであり、大佛は、ナチズムがどのようなものか、明白に認識していたはずである。この地点から考えると、ナチズムを体現する青少年団を称え、日本の若者を批判することは、大きな後退といわねばならない。

ユーゲント来日は、この随筆の前年の三八年八月一六日である。彼らは、汽船グナイゼナウ号に乗り、一日停泊した後に横浜に上陸した。その後、東京駅に向かい、黒の制服で身を固めナチのハーケンクロイツの旗を先頭に行進した。日本側は、大日本少年団連盟二四〇名を始め、帝国少年団協会、東京女子青年団など、二七七〇名の青年を組織して迎えた。このとき、日独両国の国歌吹奏、宮城遙拝などがあり、日本側の青年らも折り目正しく迎えたと報道されている（『都新聞』一九三八・八・一七）。

したがって、大佛が指摘したのは、彼ら以外の日本人学生の行儀の悪さである。そうした学生のなかに、当時一高生であった加藤周一がいた。加藤はいう。「ヒトラー・ユーゲントの一隊は招かれざる客であった……招かれざる客には白眼を以て応じ、相手にもしなかった」（『羊の歌』一九六八）。制服を着て一糸乱れぬ隊列で、駒場の一高（現・東大）の正門をくぐったユーゲント一行を待っていたのは、隊伍を組まず、「なるべく薄汚い恰好をして煙草なんかを吸い、塀に寄りかかってお互いに話をしながら、珍しい動物をみるよう」にダラケていた一高生たちであった。それは、「ファシズム」を批判する「挑発的な敵意のある態度」として、自覚的にとったものであったという（『加藤周一講演集2』一九九六）。しかし、それは、塀で囲まれた一高という場所での例外的な出来事である。

さらに大佛の批判は、若者から日本人全体の生活態度に及び、「アジアを指導する民族の権威がどこにある」、そして、「醜くなく歩くことを知っている日本人は、実に軍人だけ」であり、「八紘一宇の理想を実現する基礎は、よい日本人を出来るだけ多く作ることなのだ」と、日本の軍人や国策を讃美している。戦時中に頻繁に叫ばれたこの国策スローガンの「八紘一宇」とは、天下の四方四隅を意味する「八紘」を一つにまとめ、世界を一つの「家」とするという意味である。このとき、大佛は、ユーゲントを批判した一高生の側ではなく、ユーゲントを歓待した人々の側にいた。

実は、三三年の「時代に光あれ！」は、ナチズムを批判することを通じて、同年に起きた京都大学の瀧川事件を批判することを目的としていた。瀧川事件とは、京大法学部教授・瀧川幸辰の著作を発売禁止とし、さらに休職処分としたのに対し、京大法学部の教授・スタッフや学生が抵抗した事件である。しかし、三九年の「第一歩」では逆に、ナチズムによって組織されたユーゲントの評価が、日本における軍人や国策への接近と連動している。

繰り返すが、「第一歩」が掲載された『アサヒ・スポーツ』はスポーツ誌であるためか、全体に軍国主義の色彩は薄く、大学野球と競漕の他は、プロ野球、釣り、競馬、水泳、ゴルフ、相撲の記事だけである。このなかで、日本人の歩き方を強引に「八紘一宇」に結びつけて批判しているこの随筆は、異質であり、誌面から浮き上がっているように見える。この随筆が書かれたのとちょうど同じころの三九年九月一日、ナチス・ドイツはポーランドに侵攻し、第二次大戦が始まっていた。この随筆は、大佛が「アジアの盟主」・「大東亜共栄圏」という国策の方へ踏み出した、まさに「第一歩」なのではないか。

このように戦後未公刊の随筆から、大佛の軍人や国策に対する態度の変化が、三八年春から三九年秋の間に起こったことが窺えるが、そうだとすれば、この間に、いったい何があったのだろうか？

3 「満州」という旋回軸

大佛は、二つの随筆、つまり、吉野作造の思い出を語った「明るい時代」とユーゲントを賛美した「第一歩」の間の三八年八月に朝鮮と「満州」を訪問している。そのときの体験を基に書かれたのが「満洲の旅を終へて」（『朝日新聞』一九三八・一〇・一三〜一六）と、「松花江」（『改造』一九三九・二）という随筆である。松花江とは、中国東北地区の川で、黒竜江（アムール川）の支流であり、沿岸に、吉林、ハルビンなどの都市がある。この随筆「松花江」には、「満州事変」以降の大陸における日本人について、次のような感想が認《したた》められている。

異民族と接触する場合に、相手をなるべく未開の状態に置くか麻痺させて自然と敗頽の道に導くのが白色人種の実際的だとする人道的手段ならば、日本の理想は全然別の道を歩くのは当然のことである。……憚りなく云えば王道とか五族協和とか云う倫理的な言葉は、ひとのとおりは誰にも容易に頷くことが出来て実は各自が勝手な理解の仕方をしている如何にも東洋的な言葉だったのである。しかし、その一片の言葉に最初に憑かれて誠実に自分たちの理想を具体化したのは満洲国の若い日本の官吏であった。日本人は不思議な民族だと云うより他はない。……僕の出会ったこのタイプの人たちは新しい実験の機会を恵まれた学徒のように熱心だったし、日本の理想を人道の軌道の上に置いて推進させようとしているのである。異民族に向ける目にヒュウマニチイを失くしてはいないのである。

達意の文体をもつ大佛にしては、文意がやや通りにくいかもしれないが、要するに大佛は「満州」で「五族協和」を侵略のスローガンとせずに実践する一群の日本人に出会った。この「五族」とは、「満州」に住む、「清漢蒙朝日」すなわち中国、満州、モンゴル、朝鮮、日本の五つの民族を指している（ただし、この五つの民族は、時期により異なる）。彼らは、アジア人を隷属させる「白人」たちと違って、この五つの民族が協調するという理念、日本的な人道主義を実践する人々であったという。そして、

ここでは単純に人を支配し規律しようとしているばかりでなく、人間の住む世界に対する敬虔な精神が燃えているのだ。旅へ出て人は異国の人情や風物を眺め祖国を見なおすのである。僕は満洲に来て日本人の持っている頼もしい素質を発見した。この事実は、僕をすぐ民族的楽観の頂点に跳び上らせるものとは云へない。この良い日本人を出来るだけ多く作ると云うことにまだ内地の問題が残っているからである。

大佛は、現地の官僚からの「良い日本人」を送りこんでほしいという要請に応え、「良い日本人を出来るだけ多く作る」ということを内地の義務とした。この波線部が、さきの『アサヒ・スポーツ』の随筆「第一歩」の「八紘一宇の理想を実現する基礎は、よい日本人を出来るだけ多く作ることなのだ」という箇所と符合していることがわかるだろう。つまり、三八年から三九年にかけての大佛の変化は、この「満州」体験によるものであった。

では、大佛にとって、「満州」とは何か。大佛の後の回想では、一高時代、ボート部所属の友人に「君は神経が細っこいから満鉄にでも入って、広い大陸を相手に修養したら良かろうぜ」といわれたという。その後、作家となり「満州」を数度訪れ、そのとき、深く交流していたのが、「南満洲鉄道の人々」であった。「私は、交際しながら知的な満鉄人が好きであった」（『宗方姉妹』大佛次郎自選集現代小説5「あとがき」一九七二）と告白しているように、大佛にとっての「満州」とは、まず第一に、満鉄の人々に他ならない。

満鉄、正式名称「南満州鉄道株式会社」が日本の国策の枠組みを超えるものではなく、植民地支配の拠点となった客観的な歴史的事実は動かないとして、その事実を指摘するだけでは、当時、満鉄に集った人々、そして、その人々に共感を寄せた大佛の思想を内在的に理解することはできない。

満鉄と一口にいっても、その組織は巨大であり、鉄道による輸送だけを業務としていたのではない。満鉄は、日露戦争後、一九〇六年、資本金二億円で創立された。ポーツマス条約により日本はロシアが敷設したハルビン〜旅順間の東清鉄道の路線と、撫順・煙台などの炭鉱の経営権を所持した。それを引き継いだのが満鉄である。港湾、炭鉱などの営業権をもち、鉄道沿線の広大な付属地で地方行政、文化事業を行っていた。太平洋戦争前までは、ニューヨークのイースト街にも事務所を構えていた。社員数も、職員、雇員、傭員、嘱託などすべて合わせて、敗戦前は、一四万人の日本人が所属しており、朝鮮人・中国人の社員を含めると、二〇万人に達していたという。さらに、その家族をいれると、大都市の人口ほどになるだろう。まさに、「マンテツ・キングダム」すなわち「満鉄王国」といわれた所以である。

このように巨大な満鉄のなかで、大佛が接した社員は、「満洲人その他の異民族に対しても、親愛の情を抱いている人、政治を離れて深い交際をしているように見受けた人々」、あるいは、「東亜経済調査部の人々」たちであったという（前掲『宗方姉妹』「あとがき」）。ただし、「東亜経済調査部」という名称の部署はない。これは大連本社の満鉄調査部と東京支社の「東亜経済調査局」が混じってしまったのであろう。いずれにせよ、大佛は大陸で調査部関係者と接し、強いシンパシーを抱いていたと推測される。

実際、調査部には、大佛のような経歴の持ち主が少なくない。その一人が、『満鉄に生きて』（一九六四）という著書を書いた伊藤武雄である。伊藤は、大佛よりも二歳年上の、一八九五年生まれで、一高→東大法科の出身である。しかも、伊藤は、大佛同様、吉野作造の講義を聞き、浪人会事件のとき、右翼から吉野を警護した東大新人会の発足当時のメンバーである。伊藤は、一九二〇年に、満鉄調査部に入社した。伊藤のみならず、満鉄調査部には東大、あるいは、京大から多くのエリートが入社している。大佛自身、「私に満鉄行をすすめたボート選手は、若し、その口車に乗って満洲へ行ったら私がどんな人間になっていたか、恐らく想像のつかぬ結果を見たのに違いない」と、満鉄入社後の自己を夢想している（前掲『宗方姉妹』「あとがき」）。

ただし、大佛は、国策を鵜呑みにしたわけではない。大佛には、一九三九年から四〇年にかけて、『都新聞』に連載していた『氷の階段』という現代小説がある。これは「個人本位で自由主義的な家の贅沢」を書いたもので（『氷の階段』大佛次郎自選現代小説2「あとがき」一九七三）、ここには贅沢を敵視する国策に対する明らかな反撥がある。大佛が戦争支持に回ったのは国策への共鳴ではない。大佛の心を動かしたものは人、つまり、「我々に課せられた義務は、この若々しい情熱を失望させてはならぬ」と述べているように、現地で「五族協和」を実践せんとする人々の情熱に呼応しようとするものであった。

「五族協和」の可能性を信じ、実践する人々、それは、例えば、五味川純平が描く『人間の条件』の主人公・梶大介に近い人物たちだったろう。五味川は、一九一六年大連生まれ。大連の中学を出、東京外大の英文科に進み、卒業後、「満州」に帰り、戦時中、鞍山の昭和製鉄所に勤務した。その後、兵隊として召集される。津波のように押し寄せるソ連軍と戦い、激戦のなか命を拾って、敗戦を迎えたという経歴をもつ。『人間の条件』は一九五八年に完結し、その年、二四三万部を売り上げる大ベストセラーとなり、仲代達也主演で映画化され、映画もヒットした。

『人間の条件』の主人公・梶は、内地で左翼運動をし、弾圧が厳しくなると「満州」へ亡命するように逃れ、満鉄調査部に籍を置いたのち、鉱山の労務主任として、強制労働させられている中国人約一万人を管理する。そこで、殺人的な労働条件を改善し、彼等を「人間」として扱う「条件」を整えようとする。しかし、労働条件の改善は、採掘成績の向上に繋がり、それは「聖戦遂行」に荷担することになる。これは、梶の信条に反する。梶は、この葛藤に良心の痛みを感じる。この梶の「人道主義」と、タフで骨太なその行動力は、鞍馬天狗に通じるものがあるように思われる。

もちろん、こうした「人道主義」は日本側からみてのものである。大佛も「ヒュウマニチイ」と述べているが、『五族協和』をスローガンとした満洲国の民族政策は、異民族を無理矢理に日本民族」の「見果てぬ夢」の「同行者」あるいは、「同伴者（時には共犯者）」にするものであり、現地では、「同行」を拒んだ少なからぬ人々がいたことを忘れてはならない（川村湊『満洲崩壊』一九九七）。

4　吉野作造の影響とアジア主義

また、大佛は「満州」で、意外な読者層に遭遇している。

「五族協和」という友好的な建前をそのまま実践することは、軍隊に象徴される暴力と強制による植民地支配、すなわち、侵略という現実としばしば衝突する場合があった。実際、大佛が満鉄を訪れたとき、次のような現地の声に接している。

　どこへ行っても『ドレフュス』がよかった、愛読したと言葉をかけてくれる人があるので、思いがけないことに感じたのを記憶する。段々、威権を加え満洲に束縛を加えて来た軍部に対して、この人たちは力で反抗出来なかったとしても、批判的に見て積極的不満を覚えているように見た《ママ》。

（前掲『宗方姉妹』「あとがき」）

大佛は、こうした読者に接して、内地で失われつつある「自由」な空気を感じたようである。一九三八年に「満州」に赴いた大佛は、その後も、三九年、四〇年、四一年と「満州」を訪れている。実際、大佛が満鉄を訪れていたころ、九州大学出身の調査部員・具島兼三郎は、一九三六年に成立した日独伊三国同盟に反対する論文を『満鉄調査月報』に掲載している（一九三九年一〇月号・四〇年一月号）。これは「国策」批判であり、満鉄王国のなかには、「満鉄リベラリズム」と呼ばれるような空気が存在したのである。

この具島が満鉄に入社したのは、三九年四月。満鉄では調査部を拡充して、二千万円の予算で（現在の一〇〇億円以上）、一八〇〇人体制のいわゆる大調査部が誕生する。そのため、具島や堀江邑一、岡崎次郎、伊藤好道、山口正吾、石堂清倫、伊藤律ら、内地から左翼主義者が大量に採用された。また、共産党から「転向」した佐野学、戦後共産党で活躍する中西功も、調査部に所属していた。

尾崎秀実のように、近衛内閣の「東亜新秩序」理論の理想的な面の実践を説きながら（『現代支那論』一九三九）、中国人の民族運動、抗日統一戦線の力を認識し、「支那の自己解放のための終局の目的を達する」ことを目指していた人々もいた（『尾崎秀実著作集2』一九七七）。

また、「満州」の農村調査・分析には、日本国内で弾圧されたマルクス史学の「日本資本主義発達史講座」（講座派）の手法、特に、山田盛太郎の分析手法が用いられたのである。国内では弾圧が進んでいたが、植民地経営の名において、大陸では思想的「自由」の雰囲気が残されていた。

左翼の人々だけではなく、太平洋戦争時には、二〇〇〇人を越えた嘱託には、井上日召、河本大作らの大陸浪人や軍人、その他に、中江丑吉（兆民の子）や、橘樸《しらき》らの学者やジャーナリストもいた。マイクの前で直立不動の姿勢で「赤城の子守唄」を唱ってデビューした歌手・東海林太郎も満鉄マンであり、右から左まで、まことに多士済々、幅広い人物が所属していた。

満鉄人・伊藤武雄によれば、満鉄には、三つの思想の潮流があったという。それは、①松岡洋右に代表される「満洲は日本の生命線」を主張し帝国主義の前衛とみる人々、②民族協和主義者、③「主観的」反植民地主義者である。そして、これらの三つの思想は、いずれも満鉄初代総裁・後藤新平の思想に源流をもつという。

後藤は、幕末の安政四（一八五七）年、奥州水沢藩の出身である。医学の道に進み、後、政治の道へ転じた。後藤の「満州」に対する考え方は、「文装的武備論」に代表される。これは、軍事力による「満州」保持、いわゆる「武装的文弱論」に対して、「王道の旗を以て覇術を行う」というものである。もともと、「王道」とは、儒教における理想的な政治思想で、仁徳を本とする統治体制を意味している。これに対するのが「覇道」で、武力・権謀によって統治することを指す。ここで、後藤のいう、「覇術」とは、具体的には植民地経営をさしている。「覇術」を「覇道」、つまり、武力によって行うと、短期的には現地人は従うが、それは心からのものではなく、その経営支持基盤は脆い。これに対して、文化による侵略は、現地の人々の心を捉え、「帝国主義に帰依せしむる」ことができると考えた。文治統治、それが「王道」の意味である。

これは、今日の米国の世界戦略に例えると、「ソフトパワー」論につながるものである。ブッシュ政権が強硬に、軍事力と経済力による「ハードパワー」によって、他国を従わせ、テロを封じ込めようとするのに対して、ジョセフ・ナイは「ソフトパワー」を主張する。「ソフトパワー」とは、「文化や政治理念や政策をベース」に「相手を自然に引きつけて、求めるものを手に入れる能力」である（ナイ「対テロ戦略にソフトパワー」『朝日新聞』二〇〇四・六・二）。

事実、満鉄は、農業試験場、地質調査所をつくり、農業や鉱産資源の開発に力を注ぎ、学校、病院などを建設した。病院では中国人も治療し、中国人のための教育機関も設置している。後藤の徹底した現地主義は、日本国内の制度を上から押しつけるのではなく、現地の生活や習慣に合わせるというものであり、その調査の必要から、調査部が生まれたのである。

こうした現地主義と文化主義は、「五族協和」というスローガンに集約される。満鉄は株式会社であり、定款のなかに、その株式を清国人も朝鮮人も所有できると明記してあり、実際、中国人株主も存在した。伊藤武雄によれば、この「五族協和」あるいは「民族協和による王道楽土の建設」という理念をそのまま実行したグループが笠木良明らの雄峯会であった。雄峯会を中心にした「満州青年連盟」は、「満州」自治を主張し「満州建国」をめざした。理論武装の脆弱な関東軍はそれを旗印として、「満州事変」を起こし、「満州国」を建国する。しかし、その後、「日満一体化」論によって、「五族協和」というスローガンは形骸化し、笠木らは追放される。

大佛は、こうした満鉄の若い人々を「日本が生んだ美しい子供たち」と呼んだ。大佛は、醒めた理性の人である以上に、理想に燃える鞍馬天狗のように、熱い情熱の人であった。自己の信じる目的のために、精神を集中し肉体を動かして働く姿は美しく感じられ、それが大佛の共感を呼んだのである。

大佛にとって、「満州」は日本という「国家」の力量を計る座標軸だったらしい。日米開戦直前の四一年秋の随筆では、「日本の力というものを一番手早く如実に知る方法は、年を更へては満洲を見ることのようである」と述べている。そして、

民族の協和も共栄圏の確立も、お互いの心と心とが自然に結びつかぬ限りは、空虚な言葉で、生命の原質はない……自分は大和民族の文化の力だけが、この事変を解決すると確信し

ているものである。その意味では日本の文化人、知識人が、全部、この戦線に徴用されねばならぬと信じている。

（「新京」『氷の花』一九四一年秋）

この「文化」という言葉は、後藤新平だけではなく、三木清が「文化という言葉は……大正時代になってはじめて出て来た言葉」と述べているように（『三木清全集』一七巻、一九六八）、「大正デモクラシー」の旗手であった吉野作造も使い、大山郁夫も使った。そこには、ドイツの「文化《クールトゥール》」論の影響があり、フランスの「文明」に対する「文化」として「国民」「民族」「国家」などの概念と結びついたものであった。例えば、大山は、大正期にドイツ留学をしているが、帰国後、「文化は国家の目的であり、力はその手段である」（「軍国的文化国家主義」一九一六）、また、「国民文化は勢い民衆文化にならなければならぬ」（「民衆文化と国民文化」一九一九）というように述べている。このように、大佛の右の引用文中にある「大和民族の文化の力」には、大正期の「文化」論の影響がみられる。

こうして、『ドレフュス』『ブゥランジェ』を書いた作家の精神は、「満州」を基軸に旋回し始める。それは、日本の全知識人の「満州戦線」への徴用を呼びかけるに到った。ただし、そこには、右の傍線部のように、軍部による武力での「満州」支配に対抗するように、「文化」によって、「五族協和」というウソを真に変えようとするニュアンスが含まれていた。

大佛は、力による暴力的な支配の形をとる偏狭なナショナリズムを、ショービニズム chauvinisme

と呼んで嫌った。「満州」では「声の大きいショオヴィニズムの毒」は「決して滲み込み得ない」とし、「五族協和」を連発する「今日流行の日本主義のように架空の言葉の掲揚」を批判している（「千振弥栄」『氷の花』一九三八）。そして、日本の伝統文化の浸透の必要を説き、米国文化の「満州」進出に対する「文化戦争」を唱えた（「北京の風」『京都新聞』一九四一・七・五〜六）。

大佛の「文化」による「民族協和」の実現……それは、煎じ詰めれば、後藤新平の「文装的武備論」を踏襲し、満鉄調査部左派の線に近いのだが、さらに、大佛のこうしたアジア思想の源流を遡ると、若かりしころに、強い影響をうけた吉野作造に行き着く。

大佛が、一九一八年の浪人会事件のとき、吉野のボディガードとなり、右翼から護衛したことはすでにふれた。この演説会は、それより前に起こった「白虹事件」を受けて行われたもので、会場で吉野は言論の自由を訴えている。この事件は、米騒動に対処した寺内正毅内閣に対してメディアが弾劾記者大会を開いたことに端を発している。この大会を報道した『朝日新聞』の記事のなかに、「白虹日を貫けり」という政府弾劾を煽る表現があったとして、政府は新聞の発売禁止を命じ、執筆関係者を逮捕し、右翼が朝日新聞社を襲撃したのである。

これまで、吉野から大佛への影響は、大佛の鞍馬天狗を始めとする作風やそのリベラリズムにあるとされてきた。確かに、それは事実であるが、思想家としての吉野、あるいは、教師としての吉野が大佛に与えた影響はそれだけではなかった。吉野は、日露戦争後の日本帝国主義時代の知識人である。一九〇五年、吉野は島田三郎らと朝鮮問題研究会を組織した。その翌一九〇六年、中国の袁世凱の息子・克定の家庭教師として天津に渡り、そこで三年間過ごしており、アジアに対する関心・知識は教壇に立つ以前からあった。

その後、ヨーロッパに留学した吉野が帰国したのは一九一三年で、東大教授となり政治史の講座を受け持つ。一九一六年中国で、袁世凱政権に対する護国軍（南方政府）の否定があり、段祺瑞内閣が誕生する。吉野はその事態に衝撃をうけ、「第三革命」と呼んだ。そして、「この革命勃発して数週の後、当時ひそかに南支の運動に同情を寄せておった頭山満翁、寺尾亨先生の一派は、今次革命の精神の広くわが国朝野に知られざるを慨し、これを明らかにするための用として簡単なる支那革命史の編纂を思い立たれ、そのことを私に託された」と述べている。さらに、宮崎滔天の『三十三年の夢』を読み「私は本書によってただに支那革命初期の史実を識ったばかりでなく、また実に支那革命の真精神を味うを得た」、さらに、宮崎を「あるいは早く朝鮮に結び、あるいは遠く支那に身を投じて、後年におけるわが国の大陸経営を陰に陽に資けている。わが宮崎滔天実にかくして支那と我国を結びつけた典型的志士の一人である」と激賞している（明治文化研究会版『三十三年の夢』「解題」一九二四）。

宮崎は、一八七一年熊本生まれで、著明な民権運動一家の出身。徳富蘇峰の大江義塾に入り、キリスト教徒となり、金玉均、康有為、孫文らと交流し、中国革命運動に参加した、いわゆる自由民権左派の大陸浪人である。日露戦争を支持した吉野には、欧米のアジア侵略に対する抗議と、宮崎らの天賦人権論と海外雄飛のロマンティシズムやアジア主義へのシンパシーがあった。

吉野がいうように、右翼団体の玄洋社の頭山満から「支那革命史の編纂」の依頼があり、吉野は、一九一七年に『支那革命小史』を出版する。東大の講義では、「支那革命史」を扱い、孫文思想を説いた。東大から満鉄に入社した伊藤は、この吉野の講義を聴き、中国観が一変したと述べている(『満鉄に生きて』一九六四)。伊藤だけではなく、吉野の中国論に触発されて、中国大陸へ渡り、満鉄に活動の場を見出した東大新人会出身者は、嘉治隆一、波多野鼎など少なくない。その新人会の集会所は、東京の目白にあった宮崎滔天の息子・竜介が管理する家であった。

大佛も、この「支那革命史」の講義を聴いた一人である。また、大佛次郎記念館の蔵書には、この一九一七年に発行された吉野の『支那革命小史』と、一九四三年版の『三十三年の夢』がある。こうしたアジア主義、あるいは、海外雄飛の気風は、大佛作品のなかで、『海の男』(一九二七)、『日本人オイン』(一九三〇)、『海の荒鷲』(一九三三)、『日本の星之助』(一九三七)、『ゆうれい船』(一九五六)といった、いわゆる海洋冒険小説などに影を落としているように思われる。実際、「東亜の海を自国の内海としてしまった日本人が現状のままでおるべきではない。鎖国の暗影などは、もっと早く国民の頭から除かれてよい……海国として短期間に世界を制覇した我が国だけに、日本の近代の船の歴史こそ、外国人のみならず、国民がもっともっと驚嘆してよい」と、日本近代は海外雄飛の歴史であると説いている(『東京日日』一九四二・七・一二)。

いずれにせよ、こうしたアジア主義は、日本帝国主義の侵略・膨張をそのままに肯定するものではなく、アジア諸「国民」の力量に期待するものであり、彼らの革命とともに民族独立を支持するものであって、むしろ、暴力的侵略に批判的であったのは、吉野の著作にみるとおりである。また、竹内好が指摘しているように、右翼の巨頭・頭山ら「玄洋社（黒龍会）が、当初から一貫して侵略主義であったという規定は、絶対平和論によらない限り、歴史学としては、無理がある」（「日本のアジア主義」一九六三）のであって、欧米列強の圧力のなかでの、「国家」と民族の独立という、帝国主義段階におけるアジア諸国に共通の近代化の歴史過程・歴史的条件を考慮しなければならない。

しかし、竹内によれば、自由民権派と国権派の両派に共有されていた、右のようなアジア主義は、やがて、右翼が独占するようになり、変質しはじめ、さらに「国家」の官僚によって、対外侵略のスローガンに仕立て上げられることになる。そこではアジア主義を含めた、あらゆる思想が無思想化・空虚化されるという。そして、竹内はアジア主義が右翼によって独占されていく画期を「大正半ばから昭和のはじめ」としている（前掲論文）。そうだとすれば、大佛が接したアジア主義は、変質する前の最後の段階にあたっていたといえる。

だが、吉野は、一九三二年、軍部によって建てられた「満州」国を認め、その翌年この世を去っている。そして、戦局が悪化すると、軍部は、四二年九月と四三年七月に左翼と目される四四人の満鉄調査部員（堀江邑一、具島兼三郎、鈴江言一、石堂清倫ら）を検挙している（第一次・第二次「満鉄調査部事件」）。東大新人会出身の伊藤や波多野らも検挙され、一連の弾圧で満鉄調査部は壊滅する。

戦後に、大佛が自身の「満州」へ対する思いを総括したのが、『宗方姉妹』である。『宗方姉妹』

は、四九年に『朝日新聞』に連載されている。そして、単行本となり、映画化もされているが、ここでいう総括とは、七二年に新たに序章を書き加えて発行された朝日新聞社版「大佛次郎自選集」第5巻を指している。

大佛が死去するのは、七三年四月であるが、この序章は、その死の一〇カ月ほど前、築地の国立がんセンターに入院しているとき、『世紀』の執筆と並行して書かれた。病床日記には、「『宗方』序の章を午前中に書く。（一一枚）面白しと思う。これで面目も変わった」と記してある（『つきぢの記』一九七二・七・一三）。『宗方姉妹』は、題名のように、「満州」から引き上げてきた節子と満里子の姉妹と、その家族の物語であるが、大佛は、死の影が迫るなかで、作品の「面目」を一新する必要を感じ、序章を書き加えたのである。

大佛のいうように、この序章によって、『宗方姉妹』の印象は、ガラリと変わっている。それは、主人公の節子の夫・三村亮助の存在感がぐっと重くなっていることである。病床日記『つきぢの記』は全七冊あるが、その第一冊目の表紙に、「宗方三村亮助『日本の満州支配の文化史的意義』」と走り書きが認《したた》められている。

従来の『宗方姉妹』では、三村は、「満州」から引き揚げ、戦後の日本社会に居場所を見出すことができず、抜け殻のように日々を送り、和歌山のダム計画の仕事に就く前に死んでしまう……というような、影の薄い存在である。だが、新たに書き加えられた序章は、敗戦後、「満州」の安東の副市長であった三村が、ただ一人、「乞食同然」の姿で、鴨緑江を渡り、朝鮮から日本へ帰国する場面から始まる。三村は、何もない「満州」の大地に、「百万の満州人、朝鮮人が働く場所を得、ゆたかな生活が出来るように成ると言うのが、大きな夢」であり、都市計画を指揮していた。つまり、三村は、「五族協和」を本気で信じた日本人であり、その点で作者・大佛の分身である。

三村のリュックサックには、その「大きな夢」の「実現の機会を永遠に失った未来の大安東港計画図」があり、幻の街を心に秘めながら、歩き続ける。その途中、「満蒙開拓団」の一団にであう。「満蒙開拓団」とは、「満州事変」以後、日本から中国東北部へ送り出された農業移民団のことである。国内における農村の窮乏を救うという名目で、総数三〇万人以上が海を越えたが、ソ連の参戦によって壊滅的な打撃をうけ、多数の犠牲者を出した。

「満蒙開拓団」と出会った三村は、そこで、不正を働いた町会長とおぼしき人物を、女たちが取り囲み、私刑《リンチ》するのを目撃する。「平和だった日には、家庭の主婦だったり、店番をしている愛想のいい女たちだったろうと思われるのが、狂乱どころか実に平静で」、「裸で木の幹に縛られて大声で泣きわめく大の男を、倦《あ》きることなく力まかせに叩いて、たらたら血が流れるのも平気であった」と描写している。

大佛は、この序章を書き加えた意図を、「生きる人間の境遇次第でどうにでも変化するひ弱さ、哀しさ」を感じられるようにした、と述べている（「あとがき」）。戦後の日本で、三村が抜け殻のように見えるのは、三村の精神が、なお、「満州」曠野の幻の街にとどまっているからである。その意味で、三村は戦後も変わらない。変わったのは、むしろ、「戦争のことは、思いだすことさえ嫌っているように故意に忘れようとしているように見える」忘却の日本人たちである……。戦争の忘却を指弾するという、このモチーフは、大佛の戦後の現代小説の通奏低音である。

五味川純平は、「満州」を舞台に展開する大作『人間の条件』を執筆した動機について、「あの戦争の期間を、間接的にもせよ結局は協力という形で過ごして来た大多数の人々が、今日の歴史を作ったのだから、私は私なりの角度から、もう一度その中へ潜り直して出て来なければ、前へ進めないような気がした」と述べている（『人間の条件』「まえがき」一九五六）。

改めて、日本人にとって、「満州」とは何か。何であったか。「満州」の意味を外側からではなく、内在的に理解することは、大佛のみならず、おそらく、他の多くの知識人、あるいは日本人の戦争協力を解くカギとなるだろう。

第Ⅱ章　戦時下の大佛次郎

1　「大東亜」防衛と特攻隊

一九四一年一二月八日ハワイ時間七時四九分、オアフ島の北方約三六〇キロ地点において、南雲長官率いる日本艦隊六隻の空母から飛び立った一八三機の攻撃隊は、真珠湾内フォード島の岸壁に停泊しているアメリカ太平洋艦隊を発見、急襲・爆撃を開始した。その後、約四〇分間、オアフ島は紅蓮《ぐれん》の炎と激しい黒煙、零戦の旋回音と炸裂する爆弾の轟音に包まれた。……日米開戦、太平洋戦争の開始である。

大佛は、「満州事変」以後、日本の「満州」侵略・植民地支配に関して、文化主義をとり、力による暴力的支配を批判していたが、この米英との戦争においては、そうはいかなくなる。「手続きの問題や形式よりも、必勝の精神の昂揚である。その意味では、官民の区別はない。ただ、一億の総進軍があるべきだけである」（「一市民として」『東京新聞』一九四三・九・二四〜二五）というように、勇ましく、日本の総力戦を支持し、協力をした。

四一年日米開戦前、大佛は、ハルビンでロシアのバイコフに会い、「日本はいま戦っているが戦後〔銃後の意味〕の文化工作が東亜民族の心と心を結束せしめるうえに重大な役割をもつ」と述べているように（『朝日新聞』一九四一・九・三〇）、「満州」での「五族協和」主義は、東アジア民族全体の「大東亜共栄圏」の思想へそのまま接続される。

バイコフはロシア革命のとき、政府軍、すなわち白軍として、ボルシェヴィキの赤軍と戦った反革命軍の闘将である。筋金入りの反共主義者であり、当時、ソ連を仮想敵国視していた日本軍にとって、こうした白系ロシア人文学者は、「存在そのものが政治的宣伝の道具」であり（川村湊『満洲崩壊』一九九七）、大佛がそのような人物のところへ向かったのも、「国策」協力の一つである。

大佛は、このとき、「朝日新聞社派遣銃後文芸奉公隊」の一員としてバイコフの元を訪れているが、他に、林芙美子、横山隆一、窪川稲子らも同行していた。戦後になってから、このなかで、プロレタリア文学出身の窪川稲子、のちの佐多稲子は、『新日本文学』から、こうした戦地慰問の経歴を戦争協力としてその責任を問われている。

大佛は日米開戦後、「大東亜文学者会議」に出席している。そのときの大佛の随筆をみてみよう。「大東亜文学者会議」（または「大東亜文学者大会」）は計三回、すなわち、第一回が四二年一〇月、第二回が四三年八月、第三回が四四年一一月に開かれた。会場は第一回と第二回が東京、第三回が南京。この大会を企画したのは、久米正雄、菊池寛、高村光太郎、小林秀雄、横光利一、三好達治ら、いずれも「日本の近代文学を代表する人々」であった（川村湊『満洲崩壊』一九九七）。

大佛の随筆に記されているのは、そのうちの第二回大会のものである。会場は帝国劇場、および、大東亜会館。そこには、「満州国」、中国（南京政府）、朝鮮、インドなどからも文学者が出席した。来日した一行には、宮城遙拝、靖国参拝、伊勢神宮参拝という儀礼が待っていた。会議の内容は、詳しく記されていないが、「大東亜文学者決戦会議」とも呼ばれていたように、主旨は、「大東亜」の中心たる天皇に忠誠を誓い、日本が遂行する戦争を支持し、戦意を高揚するものである。

大佛は、この大会に、「亜細亜は一つなりの感情が段々と意志となって昂って来るようなのは嬉しい」との感想を抱いている。そして、「チャーチルとルーズベルトが殺人を目的とした会議をひらいている」が、「大東亜共栄圏」は「防衛」されなければならない。そのために、「日本は必死の戦を闘っている」と主張している（「誠実溢るゝ空気」『朝日新聞』一九四三・八・二六）。こうして、日本の「大東亜戦争」が肯定された。

だが、「満州」においてそうであったように、大佛の戦争協力は、「八紘一宇」「大東亜共栄圏」

という抽象的な理念自体への賛同よりも、目的のために精神と肉体を集中し、行動している人々への共感の方がより強い。太平洋戦争において、それは、殊に、特攻隊への共感に象徴される。

新神風特攻隊は、難有いと云う言葉さえ遠く蹴放しているような感があった。……人間の一つの意志として貫かれ、また更に強力に連続を見出し推進せられると云う点で、現代史に不滅の太い線を引いた。いや、人間の意志に基づいた未曾有の行動として、歴史が新しく創められたと称してもいいのである。十九歳から二十四歳の若人たちが、実に、この創世記の神々であった。

（「今は神々の曙」『東京新聞』一九四四・一一・八）

戦時下の検閲のなかで発表された文章を、そのまま作家の主張と解釈するのに注意を要することはすでに指摘した。例えば、ここに掲げた文章のタイトルは、「今は神々の曙」であり、副題が「目白の話」である。この「目白」とは、地名のことではなく、小鳥のメジロのことを指している。特攻隊として、敵に体当たりした軍人の葬儀のときに、メジロが舞い込んできて、霊前に墜ち死んだという話である。筆者は始めこの新聞発表された文章を国会図書館のマイクロフィルムで確認した。当然のように、そこには新聞記事以外に、なにも記されていなかった。

ところが、大佛次郎記念館に所蔵されているもので閲覧したところ、そこには、大佛自身による書き込みと「今は神々の曙」という主題を万年筆でタテ線を引いて消した跡が残っていた。このことから推測されるのは、大佛が「目白の話」という題で提出した原稿を、新聞社の方で「今は神々の曙」という勇ましいタイトルに直して発行したが、大佛自身はそのタイトルに不満であり、改めて線で消してから記事を保存したのではないか、ということである。大佛家から寄贈された、大佛次郎記念館所蔵の戦時下の新聞や雑誌の見出しに関しては、他にも同様の例が見られる。

果たして、特攻隊の讃美は本心か否か？　そこで、検閲のない日記をみてみよう。前に述べたように四四年～四五年の大佛の『敗戦日記』は、全体に非戦的であり、そこには厳しい軍部批判さえも見られる。特攻隊に関する記述は、四四年一〇月二八日、三〇日、一一月六日、一五日、二六日など、数多くみられ、極めて関心が高かったことがわかる。そして、そのなかに、

夕方のラジオで神風特別攻撃隊の発表あり。……若い人々だから一途に夢中に成り得るしまたそうなる雰囲気にいるのである。しかしこう云う人たちに依って日本の歴史が作られて行くと云うことである。人の心をひき緊める不思議さである。言葉では云い現し得ぬ。この事実の方が強く鋭く、難有さと云うものさえ平然と蹴放し去っているのである。事実若しくは行動の世紀と云うのを慣用の意味よりも深く感じさせる。慣用の意味では統一を欠いた事実各個の氾濫なのだが、ここでは整然と貫かれ、なお後続せられる一つの強い意志があるのである。

（一九四四・一〇・二八）

とある。右の傍線部と前の随筆「今は神々の曙」の傍線部は、ほぼ一致する。つまり、随筆は、この私的な本心に基づいて書かれたものということができる。

名文家・大佛次郎にして、特攻隊はその筆力を越え、また、自己が同一化するほど精神が共鳴するような、ある神秘的な力を持っていたらしい。その神秘性は、志賀直哉が「神風特攻隊に対してては神を恐れぬ所為だその内罰を受けよう」といったことを伝え聞くや、「傑作『暗夜行路』で彼の一代は終った」（一九四四・一〇・二六）と切って捨てるほど、一切の批判を許さない、神聖性を帯びたものであった。

大佛は、「大東亜」防衛、あるいは、祖国防衛という目的のために、敵艦へ体当たりをし、肉弾となって歴史をつくるという、若い特攻隊員たちに、ある種の美を感じていた。彼らが「一途に夢中に成り得る」こと（一九四四・一〇・二八）、そして、「観念化や抽象化の傾向をかなぐり捨てて、野人となって体あたりで仕事をすすめる」ような肉体的行動主義が讃美される（前掲「一市民として」）。つまり、「手続上の問題や形式よりも、必勝の精神の昂揚」として、「日本国民は美しく単純である」べきであり（同）、大佛にとって特攻隊はその精神の凝集であった。

ところで、大佛は、特攻隊を追認して讃美したのではない。大佛の戦時下の現代小説に、戦後公刊されていない長編『鷗』というのがある。この小説のなかに、岩槻秀夫という民間機のパイロットが登場する。岩槻は、「死ぬならば、空で死にたいと考えています」と語る。また、「日米開戦になったら、自分の躰ぐるみ機をサラトガやレキシントンにぶつけるのだ」とも語る。やが

て、岩槻は軍の徴用を受け、軍用機のパイロットとなる。それを知った滋野という友人は、

　これァ岩槻君の気まぐれとか厭世思想とか云うものじゃない。意志なんだよ。新しい人間の意志なんだ、と僕は信じる。神々がまた新しく日本に誕生し初めたと云うことなんだ。自分の利益だの、生命を度外視して、もっと大きいもののために仕える。その意志だ！

と称えている。「自分の躰ぐるみ機をサラトガやレキシントンにぶつける」というのは、特攻隊に他ならないが、驚くべきことに、この作品が『サンデー毎日』に連載されたのは、特攻隊が実施された、四四年一〇月のレイテ海戦よりも前の四二年六月から一一月にかけてのことであった。つまり、大佛は、二年ほど前から特攻隊の出現を予言していたことになる。ただし、注意したいのは、この「神々」は、靖国神社に祀られた人々、死んでから「神」となる「英霊」を指しているのではないということである。物語のこの段階で、岩槻はまだ生きている。また、この「神々」は軍人だけを意味しているのではない。滋野は右の言葉につづけて、「旧套をかなぐり捨てた頼もしい人間が出て来た。断っておくが兵隊さんのほかにだね。こう思ったんだ。男だけじゃなかった。女にもだ」と付け加えているのである。つまり、大佛は、大きな目標にむかって、身を挺して行動する意志の力を「美しい」と考えていたのである。ちなみに、この『鷗』は翌年八月、その名も「八紘社杉山書店」から単行本として発行されており、奥付には、初刷部数二万と記され

ている。

さきに引用した、一〇月二八日の日記文にも「行動の世紀」と「一つの強い意志」という言葉があったように、大佛は特攻による「死」そのものというよりも、自己を超越する「もっと大きいものに仕える」ことを評価し、戦闘に限らず、強い意志によって成り立つ行動を美しく感じていたようである。このような大佛の日記にみられる、極度に緊張した肉体と精神の一致を「美」と感じる傾向は、小林秀雄の感覚に近い。

小林は、「戦争の渦中にあってはたった一つの態度しか取ることが出来ない。戦では勝たねばならぬ」(「戦争について」一九三七)と「必勝」の信念を掲げ、ナチズムに協力したレニ・リーフェンシュタールのオリンピック映画に「精神が全く肉体と化する瞬間」を見、それを「美」とたたえた(「オリムピア」一九四〇)。小林は大佛同様、鎌倉に住み、戦時下にも交流があった。

大佛と小林の共通点は他にもある。例えば、戦時下の大佛の理想の武将像の一つは、「楠公は、死すとも、七度生れ更って来て賊を討つ」(「山本五十六元帥の武運に寄す」『新太陽』一九四三・七)というような南北朝時代の楠木正成である。「楠公こそは、日本の国民がおのれの心の理想を人格化し、金剛石のように結晶させたものではなかったか? 楠公ぐらい、国民の夢を吸収して後光としてしまった人格はない。……十二月八日の空に轟いた大雷鳴も、この不思議を解せずには、やはり理解の外にある」(「勤皇史行脚2」『週刊朝日』一九四三・一・一七)と、真珠湾奇襲に正成の影を見、「国民」の鑑としている。大佛において正成は、一二月八日に「大雷鳴」を呼び起こすような、「理解の外」にある神秘的な存在だが、小林も「楠木正成という死んだある人間がわれわれの解釈を絶した形で在ったということ」が重要であり、それが「歴史」における「美」であると述べている（「近代の超克」座談会一九四二・七）。

ところで、こうした特攻隊や楠木正成への共感は、直ちに戦争協力というわけではない。特攻隊を「美しく」感じるのは死の讃美につながり危険だとしても、それだけならば、個人の意識のうちに止まる。知識人の戦争協力は、「国民」に対して、戦争動員を呼びかけたかどうかという社会的責任にある。おそらく、この点で大佛と小林とは微妙に違ってくるのではないか。

四五年四月三日、大佛は、鎌倉の鶴岡八幡宮から伸びる段葛《だんかずら》を歩き、海蔵寺の方へ向かい、その帰りに、小林の家に立ち寄った。そして、日記に、「魚屋の茶碗古萩の湯呑など見せて貰う。戦争を感じぬ世界なり」と記している。

小林の戦争に対する態度は、「戦では勝たねばならぬ」と述べているように（「戦争について」一九三七）、積極的肯定であり、その考えを公表して憚らなかった。そこで、戦後、他の文学者によって、戦争責任を追及されることになる。しかし、小林は、「戦が始まった以上、いつ銃を取らねばならぬかわからぬ、その時が来たら自分は喜んで祖国のために銃を取るだろう」（「文学と自分」一九四〇）と覚悟を決めていたものの、それはあくまでも個人としての決断であり、大佛のように、その「必勝の精神」を「国民」にあまり語りかけなかった。じたばたせずに、「非常時」には文学を捨てて、兵士になる態度決定をしていた小林は、そのとき（おそらくは本土決戦）がくるまで、「戦争を感じぬ世界」で実朝や西行、あるいは、ランボーなどの詩人と向かい合い、モーツァルトやバッハを聴き、能楽堂に通い、むしろ、戦争に超然としていたようにみえる。

一方、大佛の場合、小林のように「時局」に対して、超然とした態度を取ることはできなかった。四五年二月三日、外套を着て、夕方の鎌倉の町を散歩していた大佛は、川端康成と出会い、自邸に連れて帰った。そこで、川端は「戦争はもう永くないでしょう」といった。この発言に対して、大佛は、「ペシミスチックでなく、突放して眺めているのがやはりこの男である」と日記でその傍観的態度を批判している。

小林も川端も東大卒で、大佛の後輩であり、川端との付き合いは、親密というわけではないが、一高寮の時代からで、半世紀に及んだ。その付き合いのなかで、川端は積極的に発言せず、聞き役になることがほとんどであったという。大佛が記憶しているその数少ない発言は、二つ。一つは、日本の文人画についてであり、もうひとつが、大衆小説に関するものであった。大佛が吉川英治の文章について、「どう思いますか」と質したところ、「即座に、どうも悪文だと思いますねと答えた」という。なぜ、この発言が大佛の印象に残っているのか、といえば、おそらく、大佛が、川端のこの発言の裏に、大衆小説の文体全体に対する批判を感じたからであり、それは大衆文学者を自認する大佛の文体にも及ぶものとして受けとめられたからであろう。

大佛と川端は、旅先の京都でたびたび一緒になったが、そこでのコントラストが興味深い。

私はそれこそ鞍馬天狗だから京都の古いことは人も驚くほど精《くわ》しかった。川端君には新選組の屯所、壬生の地蔵寺、三本木の廓、黒谷に在る会津藩の墓などは用も興味もない。それより町の娘さんやその出入りする喫茶店や、さかり場の町、祭や寺々の桜や紅葉が魅力だったようである。

（「黙っていた五十年――川端康成」一九七二）

ここには、歴史、殊に鞍馬天狗が活躍した幕末維新期の政治史に興味をもつ大佛と、『眠れる美女』的世界に沈潜した川端の関心の違いが鮮やかに出ている。それは、両者の文学的世界の違いそのものでもあった。眠る女は、男から一方的に見られる。それは存在ではなく、肉体的な対象に過ぎない。川端の一九二五年の『青い海黒い海』という作品には、「私」の前に、きさ子という「小さい人形」のような娘が現れる。そして、「この人形は清らかに透明」であり、「私」は「そのからだを透き通して、白馬の踊っている牧場や、青い手で化粧している月や、花瓶が人間に生まれようと思って母とすべき少女を追っかけている夜や、そんな風ないろんな風景が見える」という。まさしく、女体の神秘であり、それは「私」にとって全世界である。川端が描くこうした感覚的私的世界の描写は、美しく精緻で、これまで高く評価されてきたとおりである。だが、その世界は社会に対して閉じたものである。女体にすべてがあるならば、つまるところ、歴史も戦の行方もどうでもよい。したがって、戦争に対する積極的な肯定も否定も出てこないのは当然であろう。

この川端の戦に対する距離と、ある程度、重なるのが永井荷風の立場である。川端と違って、荷風の反戦は、より徹底したものであったが、荷風も、踊り子やカフェーの女給など町の女たちのところへ通っていた。大佛は荷風とも接点があった。大佛は、戦前、荷風にレニエの詩集の翻訳を見てもらうため、荷風の牙城・偏奇館《へんきかん》を訪れている。そして、「私は若い時から荷風さんの小説の愛読者であった」と告白している（「荷風散人を悼む」一九五九）。「徹底した軍人ぎらい、政治家ぎらい」の荷風の感性は、文学的世界にも反映し、「満州事変」以後、軍国主義へ傾斜する時代への批判、権力との緊張関係を含んだ『濹東綺譚』（一九三七）を生むに到る。フランスに滞在したことがあり、フランス文学に通じていた荷風の教養と文学的世界は、むしろ大佛のそれと重なる部分が多い。

しかし、大佛は戦時下の荷風の態度に対して、「『日和下駄』（一九一五）ころまですぐれた文明批評を作中に示しながら、なぜそれをやぼと考えても押通してくれなかったか……『日和下駄』あたりから後の荷風さんは、小さい庵を結んで、現代の歴史から離れ、貝殻の中に身をかがめられた。青春の時の強い思想の火花は、小説よりも日記や随筆のなかに光を放っているのである」と、手厳しい批判を浴びせている（同）。おそらくこの「歴史」に対する傍観的な態度をとる荷風への苛立ちは、川端への批判と通じるものだ。

大佛は、荷風を「笑う支度をした傍観者」と評しているが（同）、荷風の徹底した反軍国主義と「現代の歴史」に身を置かない冷笑的態度とは表裏のものであった。大佛にとって、戦争への傍観は許されるものではない。それはなぜか？　ここに荷風・小林・川端ら「純文学者」と違う、大衆作家における「国民」という問題が浮上してくるはずである。

2　「国民」とともに

改めて、神風特攻隊とは何か？　それは、小磯国昭内閣が「レイテ決戦は天王山」と叫んだ、フィリピンのレイテ海戦のなかで生まれた。

フィリピンは、首都マニラのある北のルソン島と、ガガヤン、ダバオのある南のミンダナオ島の間に大小の島々が散りばめられたような形になっている。レイテ島もその一つで、フィリピンで八番目の大きさの南北一八〇キロほどの細長い島である。

四四年七月、サイパン島陥落の後、東条内閣は総辞職し、代わって、陸軍大将・小磯国昭内閣が発足する。そして、大本営は、絶対国防圏内における日本軍の作戦として、千島・本土・南西諸島・台湾・フィリピンを結ぶ線で連合軍、つまりは、米軍を叩くという、いわゆる「捷号《しょうごう》作戦」を発令した。このなかで、フィリピンは、ニューギニアから西進する西南太平洋総司令官マッカーサーの路線と、中部太平洋の離島伝いに進む太平洋艦隊司令官ニミッツの路線、つまり、米国陸軍と海軍の路線が交わる可能性が高い重要拠点と目されていた。

日本軍は始め、ルソン島決戦主義を採っていた。大佛も四四年一〇月一九日、「ルソンとミンダナオの中間に敵の task force（機動部隊）船団を伴いて現れしとの発表あり。いよいよの感深し。関ケ原なるなり」と記している。いま述べたように、このルソンとミンダナオの中間に浮かぶ島の一つがレイテ島である。ニミッツとマッカーサーは、一〇月二〇日、レイテ進攻の命令を受ける。そして、米軍はレイテ上陸を開始し、大本営もレイテ決戦に切り替えた。小磯内閣にとってレイテは「天王山」であったが、大佛にとっても天下分け目の「関ケ原」であり、以後、日記にはレイテ戦に対する記述が何度も登場し、大佛がレイテ戦を非常に注目していたことがわかる。

一〇月二六日、大佛は、「レイテ湾海戦の発表あり。我方戦艦一沈没一中破と発表を聞き無理な戦争をしたと云う感おさえ難し」と記している。これは、二四日〜二六日まで行われたレイテを中心とする「比島沖海戦」の結果である。日本軍は、小沢中将の率いる瑞鶴以下の空母四から成る艦隊と、栗田中将率いる戦艦・大和、武蔵以下の主力艦隊、西村艦隊および志摩艦隊を投入し、米軍のレイテ上陸を阻止する作戦を立てた。大和、武蔵は、同時期に製造された姉妹艦で、排水量七万一〇〇〇トン余り、四六センチ砲九門を備えた世界最大の戦艦であり、それは、日露戦争で勝利した日本軍が歩んだ巨艦主義、さらには、明治維新以来の欧米に追いつけ追い越せという日本近代史の象徴というべきものである。

だが、結果からすれば、作戦の中心である栗田艦隊のレイテ湾突入はついになされず、ルソン島に近いシブヤン海で、武蔵は二〇本の魚雷と一七個の爆弾を受け沈没した。日記の「我方戦艦一沈没」とは、この武蔵沈没を指している。そして、武蔵沈没の衝撃は大きく、大佛をして「無理な戦をした」という感想を漏らさせている。神風特攻隊が米軍を急襲したのは、その翌二七日である。関行男大尉の「敷島隊」の特攻機五と、援護の零戦四は、米軍のスブレイグ艦隊を攻撃し、空母セイントローに命中、沈没させ、巡洋艦にも被害を与えた。大佛はこの神風特攻隊の誕生を、二八日ラジオで聴いたことになる。

特攻隊の発案者は、第一航空艦隊長官の海軍中将・大西瀧次郎といわれている。それは零戦に二五〇キロの爆弾を装着し、特別志願者による敵艦体当たりの肉弾攻撃である。この特別志願は、のちに、選定、強要となっていく。出撃数は、フィリピン戦で四〇〇以上、沖縄戦一九〇〇以上、命中がフィリピン戦一一一、沖縄戦一三三。成功率は、後になるにつれて低下し、沖縄戦では数パーセントであったとされている。成功率の低さもさることながら、生還を期さない自爆攻撃は、人間を異様な精神状態のなかに置いた。

特攻隊について、かつて「犬死に」論争というのがあった。それは、特攻を無意味な死、つまり「犬死に」とし、讃美してはならない、という意見に対し、「英霊」に向かって失礼だ、という特攻の評価を巡る論争である。

「聖戦」の名のもとに、きわめて成功率の低い戦法によって犠牲を求め、多くの青年を死に追いやった戦争指導者がいかに愚劣であったかは、いうまでもない。特攻は戦略からすれば、明らかに「犬死に」であり、「犬死に」させた罪は問われなければならないだろう。

しかし、特攻という作戦に直面させられた、当事者たちの心理と行動に即していえば、「犬死に」とはいえない。命は誰にとっても一つしかない。その一回性を、無意味なものに費やすと考えるか、それとも、何らかの意義を見出そうとするか……。

フィリピン戦において、ミンドロ島で俘虜となった作家・大岡昇平は、その苦しい体験から、戦後の再軍備に反対し、また、俘虜のとき、原爆投下後もさらに降伏しない「皇国日本」に対して、「俘虜の生物学的感情から推せば、八月一一日から一四日まで四日間に、無意味に死んだ人達の霊にかけても、天皇の存在は有害である」と述べ、日本人を無意味に死に追いやる国家体制に抗議している（『俘虜記』一九五二）。だが、特攻隊に関しては、「悠久の大義の美名の下に、若者に無益な死を強いたところに、神風特攻の最も醜悪な部分がある」と前置きした上で、「この精神の廃墟の中から、特攻という日本的変種が生れたことを誇ることが出来るであろう。限られた少数ではあったが、民族の神話として残るにふさわしい自己犠牲と勇気の珍しい例を示したのである」と、大佛と同じ見解に達している。

大岡がこの見解を示したのは、戦時中ではない。大佛の『パリ』『世紀』と並ぶ、戦後日本の歴史文学の金字塔、『レイテ戦記』（一九六七〜一九六九）のなかで言及されたものである。『レイテ戦記』には、「死んだ兵士たちに」という献辞がある。大岡の特攻隊への賛辞には、「国民」としてともに戦った人々への激しい同胞意識があり、その意識がなければ、傑作『レイテ戦記』は生まれなかったし、また、尊い犠牲を、二度と繰り返してはならないという戦後の反戦意識も生まれることはなかった。

大佛にとっても、特攻隊は単に「美しい」だけのものではない。「現に驅が利くものならば自分が乗って行きたいような感情が自分の胸に動く」（一九四四・一〇・二八）と述べているように、ともに闘っている同志である。そして、「レイテ湾に神風攻撃隊がまた出撃せし旨ラジオ云う。鞍馬天狗現ると云う感じで嬉しい」（一九四四・一〇・三〇）と特攻隊を鞍馬天狗になぞらえているのである。

太平洋戦争下における大佛の戦争協力の随筆を探っていくと、ミッドウェー海戦以降、特に、四三年一月のガダルカナル撤退ごろ、つまり、日本の退勢が明らかになった段階で、数が増え、その調子も強く、勇ましいものとなっていく傾向があることがわかる。それはなぜか。

大佛が称えたのは、特攻隊員だけではなかった。四五年二月六日、マーシャル群島のクエゼリン、ルオット島の守備隊六五〇〇人は米軍の攻撃を受けて「玉砕」した。この事実を大本営は秘しており、発表したのは、二五日である。以降、米軍はトラック群島を抜き、テニアン、サイパンと「帝都」東京空襲への地歩を着々と固めていく。

この大本営発表を受けた大佛の文章は、翌二六日、『東京新聞』に「貫かん我が大義　道は我らの日常に」という題で発表された。それは、太平洋に浮かぶ島で「玉砕」した人々を「堂々と大義を貫いて天に昇って行った……天壌無窮と信じられる日本の大義は立てられた。日本は亡びぬぞ断じて破れぬぞ、と南海の日の照りつける珊瑚礁の上に、鮮やかな血汐を以て書き遺して天に帰した」と追悼する内容である。そして、彼らの死を、日本は「有難い国なのである。ただこの一語に尽きる。この有り難さに我々国民はどう報い奉るか……国は、個々の我々国民の力に期待している。その一事を夢にもわすれまい。その自覚の厳かに在る時、我々は必ず勝つのだ。勝たずにいられるか、である」と、戦争動員のメッセージにつなげている。

では、南洋の島で累々と死んでいったこれらの「兵士」たちとは誰か？　大佛は、いわゆる「軍人」つまり「戦争の専門家」(一九四五・六・五)と、一般の兵士を区別している。一般の兵士とは、例えば、「満州」戦線で「僕が七日間に厄介になったトラックの運転兵の内地での職業を尋くと、銚子の醤油屋さん、横浜山下町の八百屋さん、行田の足袋屋」(「宜昌」『文藝春秋』一九四〇・八)などの生業をもった人々である。これは、戦後の小説『帰郷』では、「平和な小さい生活を営んでいて、戦争に出るのを望まなかった者も、義務の観念に励まされたり、近所への体裁や外聞を思い患って、けなげらしく振る舞って出てきた」と描写される人々であった。つまり、兵士とは、赤紙一枚で否応なく招集され、徴兵された「国民」大衆に他ならない。

こうした「国民」の活動への共感は、すでに、三八年の「満州」視察の際に表明されていた。実は、大佛が大陸で感動したのは、満鉄の人々だけではなかった。大佛のいう「文化」には、英語の「文化《カルチャー》」culture の一つの意味、耕作、つまり、農業が含まれており、「文化戦争」の一つとして、「武器ではなく鍬と鋤を用いてする建設」を主張していた(「千振弥栄」『氷の花』一九三八)。そして、「試験移民として大陸の他民族の中へ送り込まれた農民達は日本人として実に立派だったと、我々が誇っても善い日本人だった」と、開拓移民団を称揚している(同)。

戦死した「国民」への思いは、敗戦直後の「英霊に詫びる」のなかで、次のように語られる（ただし、これは新聞社がつけたシリーズのタイトル）。大佛は、八月一五日の玉音放送を聞き、その晩、眠ることができなかったという。そして、

その闇には、私の身のまわりからも征いて護国の神になった数人の人たちの面影が拭い去りようもなく次から次へと泛んで来た。出版社の事務机から離れて行った友がいる。平穏な日に自分の行きつけた酒場で、よく麦酒を飲みかわし、愉快な話相手だった新聞記者の若い友人もあった。……皆が静かな普通の町の人であった。その人々が前線に鉄と火の飛び交う境に立って後見せぬ兵士の、たくましい姿と成り了ったということが、私に驚かれるくらいの強引な変化であった。……白い明け方の空に、一つずつ星が消え去って行くように、一人ずつ君たちは離れていった。身のまわりに幾つかの空洞が出来、耐え難い寂寥《せきりょう》の底からも、私どもは歯を喰いしばって勝つ為にと呻《うめ》くのみであった。

これらの「私の知っている君たちの他に、無限に続く影の行進がある」という。このように、大佛は「国民」とともにあった。そして、特攻隊の若い人々や、「国民」の犠牲を「無駄」にしないために、戦争に「勝たずにいられるか」というのが戦争遂行の論理であった。大佛の戦争協力は、緒戦の真珠湾の勝利に便乗したものではなく、逆に、犠牲者が増え、劣勢になればなるほど

トーンが強くなるがその背景には、「国民」と一体化した心情があった。

こうした協力の論理は、例えば、永井荷風のように、「国民」から切れたところで、戦を傍観している知識人からはでてこないものだ。大佛の場合、なぜ、こうなったのだろうか。それは、大佛が戦時下にも、『鞍馬天狗』を始めとする大衆小説を書き続けていたことと関連する。

大佛は、文学には、「作家が書きたくて書く文学」すなわち純文学と、「読者の興味の為に書く文学」すなわち大衆文学の二つがあると指摘する。そして、後者を擁護した（「西洋小説と大衆文芸」『日本文学講座』一九三三・一一・一四）。なぜなら、「純文学は小さい主観に偏する傾向が強くて、大きい構想をもって組立てられた『戦争と平和』のような本格的小説は今だに出ない……このせまい道を将来広げて行くのは大衆文芸」だと考えたからである（「どんなものを読むか」『サンデー毎日』一九三二・一一・一〇）。「古典として残るような文学は常に大衆的なものの」であり（同）、大衆小説は通俗的でなければならず、「通俗的でないものは、個人的になり勝ち」であるという（「大衆文芸を語る」『文学時代』一九三二・五）。

確固とした大衆文学観をもち、「国民」大衆のために書く作家は、「国民」と強い靭帯《じんたい》をもち、傍観を潔しとしなかった。そして、「国民」とともに在る限り、戦争協力は避けがたかった。つまり、大佛の協力は、天皇支持からストレートに導かれるものではなく、「国民」とともにいたことが大きな要因をなしているのではないか。

ただし、大佛の「国民」主義は、戦争協力の論理を開くと同時に、非戦あるいは軍部批判の論理を開く両義《アンビギュイティー》性を備えていた点、また、『ドレフュス』『ブゥランジェ』を書いた作家らしく、現実の「国民」＝「臣民」だけでなく、そこには一種の理想状態が含まれていたが、この点は後に詳しく触れる。

3　「勝てる筈の戦」観

大佛が「国民」に「必勝の精神」を説いたのにはもう一つの理由があり、それは戦争の見通しと関係している。大佛は、四五年三月九日の日記で、「勝てる筈の戦に破れた原因は決して国民ではない」と述べている。戦争の結果を知っている後世からすれば、「勝てる筈」というのは、大甘な見通しといわざるを得ないが、それは、ここでは重要ではない。問題は、なぜ、大佛がこの戦を「勝てる筈」と考えていたのか、その認識方法にある。

大佛は、「満州」で旧ロシアの老将軍・バイコフと会話したとき、日本の戦力に関して、次のような認識を示している。

将軍〔バイコフ〕「余ハ世界ノ情勢ヲ徐ロニ研究スルニ、日米戦争ハ免レ難シ、貴国ニソノ準備アリヤ……現在ノ日本空軍ハ不備ナリ」

余〔大佛〕「（原注・俄然愛国的となり）さにあらず、我が国の航空機実数は発表せられしものの他に沢山隠してあるなり、戦術上の秘密ならむ。一朝事有る時は俄然飛び出すに相違なし」（「白露の将軍」『人物評論』一九三三・三）

大佛は、日本の航空兵力に自信をもっていた。それは、日米開戦の日に、「真珠湾を強襲して亜米利加太平洋艦隊を一挙に海底へ屠り去り、また伝統を誇る英国海軍が沈まぬ艦〔プリンス・オブ・ウェールズとレパルス〕と称えたものを航空兵力で軽く処置し去る、というような夢としか考えられぬような」出来事によって、「日本の絶大なる力に驚嘆し」と航空兵力への信頼は確信に変わった（「山本元帥の武運に寄す」『航空朝日』『新太陽』一九四三・七）。

大佛の日本の軍事力の認識を示す随筆は、もう一つある。それは、四三年四月、代々木練兵場において、昭和天皇の前で行われた閲兵式を「拝観」したときのことである。砂塵を巻き上げて通る機甲師団、戦車部隊、そして、空を覆う千機の航空隊など二時間に渡ってその威容をみて、「驚いたのはその数量」と感嘆し、「自分が繰返して心に思ったことはこれで日本は強い、これで日本は強いと唯そのことだけであった」と述べている。これは、四月三〇日の『西日本新聞』に「観兵式拝観記」と題して、公表されたものであり、大佛の「勝てる筈の戦」観は、こうした自己の体験に基づいて形成されたものである。

もとより、こうした認識の仕方は、米英と日本の国力のデータを比較し、客観的に検討した結果ではなく、真珠湾奇襲や閲兵式で得た強烈な印象・体験に基づくものであり、その確信が誤りであったことは、敗戦によって証明される。ここには状況を客観的に分析して判断する醒めた知識人の姿はなく、体験から直ちに結論を出す、いわゆる「実感信仰」が顔を出している。総じて、科学的な分析が欠如しているといえるだろう。

このように、戦局が悪化する四三〜四四年に新聞・雑誌に発表された大佛の文章には、「天佑」「神国」など神懸かりな用語が頻見される。それらが、検閲を意識して、「国家」からの弾圧をカムフラージュした「奴隷の言葉」であったというには、その域を超えており、そこに本心があったことは、これまでみてきたとおりである。そして、知識人として、それ以上に問題なのは、「必勝の精神の昂揚」を目指し、「一億の総進軍があるべき」（前掲「一市民として」）と、戦争へ「国民」を動員していることである。

連合艦隊司令官・山本五十六を載せた飛行機が、ソロモン群島のブーゲンビル上空で、米空軍によって撃墜され、山本が戦死したのは、四三年四月一八日である。この死はその後、一カ月余り極秘にされ、大本営発表は五月二一日、六月五日には国葬が行われる。山本に関する大佛の文章は、その国葬の後、『航空朝日』と『新太陽』の七月号に、それぞれ「山本元帥」「山本元帥の武運に寄す」と題して掲載されている。

「山本元帥」では、「航空兵力」による戦略を海戦に導入した山本の創造性、また「天佑」と「神助」、そして山本の「人事」が三位一体となったという一二月八日の真珠湾奇襲の成功を讃えている。そして、「山本元帥の武運に寄す」では、

大将も一兵卒も 欠字 大君の醜の御楯として立っている。山本五十六大将は身を以て、これを示した。かくまで任務に忠実な豪胆な武将は、神国日本にして初めて在り得る……実に死は偶然のことなのだ。そして、その精神を死滅することなく、百の山本五十六、千の山本五十六となって生き残って日本の国を護るのである。

と、傍線部のように、天皇の「御楯」となり、「国体護持」すべきことを「国民」に呼びかけている。死亡した山本に続けというわけである。

また、「時局雑誌」という判が押され、甲板から戦闘機が飛び立とうとする表紙の『週刊朝日』四四年五月一四日号には、古賀連合艦隊司令官の戦死を悼む「太平洋の守護神」が載せられている。そこでも、山本を継いだ「連合艦隊司令長官が、二代続いて前線に倒れたという、この世界の歴史に嘗てない壮烈な戦闘精神の発露を見ても、日本の強さを今日誰が疑う者があろうか？日本とは恐ろしい国である。……日本が必ず勝つという担保は、誰でもなく我々の一人一人の力によるのである」と、「国民」に必勝の信念による戦争遂行を呼びかけている。

このように、大佛の戦争協力は覆うべくもない事実であり、そして、それによって戦争責任が生じるのは、いうまでもない。この時期の随筆の多くが戦後、なぜ、公刊されてこなかったのか、その理由は、もはや明らかであろう。

だが、大佛の「精神の冒険」は、そこで尽きていない。戦後への始動は、時局便乗ではない、この主体的な戦争協力と戦争責任の自覚によるものであった。

4　大衆作家としての苦悩

小林秀雄は、日米開戦前、ある雑誌社の「戦争に処する文学者の覚悟いかん」というアンケート・ハガキに対して、「一文学者としては、あくまでも文学は平和の仕事であることを信じている。一方、時到れば喜んで一兵卒として戦う」と、明晰に割り切っていた（「文学と自分」一九四〇）。文学は「平時」の業、「非常時」には兵士となると決めていた小林にとって、雑誌社の設問自体くだらないことであった。「満州」戦線の視察を終えた大佛も、ちょうど同じころ、その問題に直面していたが、大佛の場合、小林のように割り切れていない。

今度始めて戦争ものを書いて見ました。然しなまじ僕など第一線まで行って来ただけ、却って書きにくい気がします。……今の僕は書くということが非常に苦しいです。尤も僕にとって、楽に書いたなど《マ》い《マ》う経験はまるでないのですが、最近はその苦しさが余計にひどくなったように感ずるのです。

（「私と戦争文学」『朝日新聞』一九四〇・一〇・一〇）

大佛は、なぜ「苦しい」のか。それは、「見えすいた嘘は勿論かけないし、さりとてほんとの事を余りに生々しく書くのは憚りが多い」からであるという。この告白には、戦時下の大佛の作品をみるのに、重要なポイントがいくつか隠されている。

三八年の「満州」視察以降は、軍国主義への批判は急速にトーンダウンし、前に挙げたヒトラー・ユーゲントの讃美にみられるように、すでに随筆で戦争支持を表明していた時期である。こうした時期にもかかわらず、なぜ「戦争もの」を書くのに際し、「苦しい」と述べているのだろうか。

まず、ここでいう「戦争もの」とは、何か。それは、随筆ではなく、四〇年八月号の『文藝春秋』に掲載された「宜昌《ぎしょう》従軍記」を指している。宜昌とは、中国華中地区の北部、湖北省の港湾都市で、長江中流に位置している。宜昌に向かったのは六月で、支那派遣軍総司令部の旅行証明書には、「従軍記者・野尻清彦」と本名が記されている。目的は「対内宣伝報道資料蒐集」で、火野葦平、竹田敏彦らとともに、上海まで飛行機を使っている。

これは、文字通り、中国戦線の日本の兵士の姿を描いた従軍記であり、広い意味でノンフィクションに入るだろう。このことから、大佛は、「第一歩」や「前線の北白川宮殿下を偲び奉りて」のような随筆と、ノンフィクションを書く際の視点・態度を区別していたと推測される。同時期に書かれた「前線の北白川宮殿下を偲び奉りて」と比較してみると、「宜昌従軍記」は戦意昂揚の色彩は薄く、中国戦線で見聞した事実を中心に構成されているようにみえる。だが、大佛には、さらに戦時下の厳しい検閲のもとで書けなかった「ほんとの事」があったらしい。それを書かずにいることが、「苦しい」のである。

「ほんとの事」とは戦線で見聞した事実であると推測されるが、では、「見えすいた嘘」とは何か。この点に関して、時期はやや下るが日記の次の箇所が参考になるだろう。

林房雄の小説「剣と詩」の上ずり方と空虚の感じとは、まったく現実から外れているせいである。戦争指導者ならば知らず文士がよくもこう安っぽく嘘をつけることだと感心するばかりである。

（一九四五・一・三〇）

林房雄は、左翼から「転向」し、「自然主義を生み左翼文学を生んだ明治以降の日本文学を一冊残らず火に投じても、日本は何物をも失わぬ」と豪語していた。そして、「個と私の一切を捨てて日本の神の前にひざまづいた境地に生まれた勤皇、その心」をつくるような、没我的で「人を振い立たせ国を栄えしめる文学」を目指していた（「勤皇の心」一九四二）。戦後も「大東亜戦争肯定論」を『中央公論』に連載している（一九六三年九月〜六五年六月）。

だが、大佛は、小説の世界にそうした「戦争指導者」の上ずった「聖戦」の論理を直接持ち込むことを否定している。このように大佛の「苦しさ」は、検閲のなかで書き続けなければならない、作家としての良心の葛藤ということができる。

随筆の他に大佛が戦時下に書き続けたものといえば、『鞍馬天狗』などの時代小説であるが、これに関して、『敗戦日記』に注目してみたい。

『敗戦日記』は、敗戦前年の四四年九月一〇日から書き始められるが、この年一杯は、ゲーテを読むと決意している（一九四四・一〇・二七）。そして、書き出しの初日、ゲーテの戯曲『エグモント』に感心し、「このエグモントの明るさは鞍馬天狗にいつか写して見よう。鞍馬天狗はこう云う男の筈なのである」と記している。

このゲーテ的世界と鞍馬天狗の組み合わせは重要である。ここで想起したいのは、三三年の「時代に光あれ」のナチズム批判の文章である。それは、ゲーテとベートーヴェンのドイツの普遍的な精神は支持するが、偏狭なナチズム精神は批判するというものであった。

日記では同じく九月一一日、ドイツ降伏後のヒトラーについて、「ひげを落とさせるんだね」と、髭に象徴される「ブランジェスム」を批判している。

ああ固定した顔を作り上げて了ったと云うことには確かに運命的なものがあって顔そのものが悲劇（？）を約束している。ナポレオンがそうだしムソリニがそう。あるいはルーズベルトもそうである。それにしてもゲーテの顔のこまかい変わりようよ！　ヒットラーの顔はほかの連中に比べてまったく人工的である。ＴＯＪＯ〔東条英機〕の顔がこれに近い。

そして、五月二日、ベルリン陥落の報に接するや、「ヒットラーが死んだことが発表された。当然の結末である」と述べている。この段階でも、ゲーテという基軸は残り、ヒトラー、東条批判として用いられている。鞍馬天狗はこのゲーテと結びつけられているのである。

さらに、大佛が、ゲーテ的世界のなかでも、殊にエグモントに興味をいだいている点を考えたい。悲劇『エグモント』が完成したのは、一七八七年である。着手したのは一七七五年とされるから、ゲーテはこの作品を完成させるのに一〇年以上もの歳月を費やしていることになる。大佛は、「シルレルが非難したと云う主人公の性格の軽躁さもこれはエグモントの明るさに理解の足りぬ非難である」（一九四四・九・一〇）と述べている。「シルレル」とは、『群盗』を書いたシラーのことで、シラーはエグモントについて「軽率な自己過信」がある、と批判しているのだが、大佛は、エグモントの「明るさ」を絶対的なものとして評価し、エグモントを擁護している。いったい、ゲーテの作品のなかで、エグモントはいかなる人物として描かれているのだろうか。

この悲劇の舞台は、十五～六世紀のオランダ独立戦争であり、当時、オランダはスペインが支配していた。主人公・エグモント伯爵は、スペイン絶対王朝に仕えるオランダのガウレ領主という設定である。こうした状況下で、エグモントはオランダ市民の暴動の兆しに対して、「これ以上王を怒らせるのは止せ。どうせ威力を持っている王に叶いっこはない。いやしくも正業に服しつつ孜々《しし》としてその営みを怠らざる天下の良民には到るところその必要なるだけの自由は存している」（関口存男訳、以下同様）という立場をとる。すなわち、王に対する忠誠心をもつロイヤリストであり、体制の擁護者として立ち現れる。

ただし、これは、市民が蜂起すれば、それを口実に王の軍隊が差し向けられ、スペインと戦争になる。そうなれば、オランダの「無辜の市民、小児、処女の死骸が河の上からでも流れて来る様な惨状を現出する」から、そのような事態は避けなければならないという戦争回避のエグモントの固い信念に基づいている。したがって、実際に王の軍隊が出動すると、エグモントは軍の指導者に対して、オランダの「国民」は「一人一人が一個の纏《まと》まった世界であり、一人一人が一個の小なる国王です。堅実、不休、堪能、忠実なると同時に古来の習慣を重んずる国民です。……彼等は頑強です。圧迫することは出来ます。併し圧伏することは出来ません」と述べ、軍事力によって一個の人間、あるいは、他「国民」を屈服させる、軍事的介入に断固反対する。

だが、スペイン国王の忠良なる臣・エグモントの意見は聞き入れられず、それどころか王の手先であるアルバ公爵によって捕えられ、牢獄に押し込められることになる。エグモントは、牢獄のなかで、「何時の頃から此エグモントは斯くも此世に孤独となったのだ」とその「孤独」を噛みしめる。だが、エグモントはあきらめない。彼は、「平素俺の眼が彼等の上に灑《そそ》いでおいた勇気が、こんどは彼等の心から俺の心へ帰って来い。そうだ、幾千の民が動き始めている。彼等はやって来る。そして俺を助ける」と、オランダ「国民」が来襲して牢獄を破壊するという奇跡を夢想し、信じている。

そして、最後に、出獄に成功したエグモントは、「血路を拓《ひら》け！　勇敢なる国民よ！」と、オランダ「国民」の側に身を投じ、王軍に対して反逆し、「俺は自由の為めに斃れるぞ。俺は自由のために生きていた。俺は自由のために戦った。そして今も亦自由に殉じて一身を犠牲に捧げるのだ」と叫号しながら、四面に押し寄せる王軍に突入していくのである。

大佛は、「ギョッツ（ゲーテ）やエグモントの方がもっと我々に近く感じられるのはどう云うわけか？」（一九四四・一〇・二七）と述べている。「国民」とともにいた大佛は、この日記のなかで、しばしば、自己と「国民」を一体化して「我々」という言い方をしており、この「我々」とは、「我々日本国民」というのと同じである。つまり、大佛は、このエグモントとオランダ「国民」の関係に、鞍馬天狗と日本「国民」の関係を重ねあわせ、鞍馬天狗にエグモントの性格を移植しようと考えていたのである。

すでに触れたように、「大佛次郎の作品においては、市民的精神がまげものの形をかりて、日本の国家のなかではめずらしく純粋かつ一貫した仕方で成立している」と述べたのは、鶴見俊輔である（「『鞍馬天狗』の進化」一九五八）。一九二二年生まれの鶴見は、戦時下に少年期を過ごし、大佛作品を読んでおり、当時、大佛作品がどのように受けとられたか、その証言者の一人である。

鶴見は、例えば『赤穂浪士』（一九二七）に、二五年に成立した治安維持法の「しめぎにかけられた日本社会のうめき」を聞き取り、『由井正雪』（一九二九）には、二七年の「金融恐慌をへて激化する革命運動にたいする親近感と一九二八年にあらたに設置された特高警察にたいする反感」を読みとっている。そして、三〇年代になると、「軍にたいする批判を、今度は時代小説の形をかりてでなく、外国の史実の研究という形で進め」、『ドレフュス』などの作品が生まれたと位置付けている(同)。つまり、大佛のノンフィクション系の作品群を、「まげ物」の延長上に捉えている。では、戦時下の「まげ物」つまり、時代小説はどうなったのだろうか。

例えば、大佛は四四年から『乞食大将』を書いている。戦時下に、大将という軍の最高幹部に「乞食」という形容詞を付けること自体大胆なことである。戦時下において、絶対的な忠誠心が求められ、上官の命令は、「朕」の命令であり、逆らうことは許されなかった。

ところが、この後藤又兵衛という男は、五二万石の大名・黒田家のなかで、一万六千石の禄高をもつ、小大名並の処遇を受けていながら、主人・黒田長政と対立すると、惜しげもなく大禄を捨て、主人のもとを離れている。家来といえども飼い犬にはならない。「真正直に武士の一念を貫いてこそ忠義なので、主人の命令だからといって、なまぬるく一分を枉げるのは、卑劣だし、武辺に有るまじき行儀だと信じられていた。上意が曲っていたら、これを叩きなおす勇気が必要なのである」と、自分の納得できない原理への服従を拒否する。出奔《しゅっぽん》後の場面に、

現在の基次は、一人であった。日が中天に昇るにつれて茫漠と明るく成りまさる海と空に向って、又兵衛はひとりで突っ立っていた。

というのがある。この自己の信条に支えられた行動の「自由」と可能性、徹底した裸の個人主義

は、あの鞍馬天狗の風貌につながるものである。そして、ここに戦国武将・後藤又兵衛基次の姿を通じた、現実の軍人批判、社会批判を感じとることは容易であろう。

こうした「まげ物」と随筆の差が出ているのが、例えば、楠木正成に関するものであろう。戦時下の日本において、忠臣・正成は「七生報国」の護国の英雄、つまり、軍国主義の人格的表現であった。大佛も随筆や紀行文のなかで、正成を持ち出し、戦意を昂揚していることは前に述べたとおりである。しかし、正成を描いた小説『大楠公』（一九三五）と『みくまり物語』（一九四三）には、いわゆる「皇国史観」や「七生報国」のような歴史観は持ち込まれていない（なお『大楠公』と『みくまり物語』は、一九九〇年に『大楠公　楠木正成』として徳間書店より戦後初めて公刊された）。

また、戦時下に雑誌『少年倶楽部』に連載された少年少女小説『楠木正成』に関して、当時編集長だった加藤謙一は、「これがはじまった昭和十七年の一月といえば、太平洋戦争勃発の直後である。そのころはいわゆる日本精神一辺倒で、思想のすべてが神がかり的な極端なものに統一された時代である。その背景の下に書かれた『楠木正成』であるのに、一天万乗の聖天子云々といったような、あのころらしい気負った調子はさらに見られず、大どかな大楠公の人間が悠揚迫らざる筆でおだやかに描かれている。それが回を重ねて連載四年目の昭和二十年、聖戦は敗戦となり、時代の背景がドンデン返しのかわり方をしたにもかかわらず、『楠木正成』は、あえて打ち切る必要もなく悠々として翌二十一年の十二月までつづいた」と証言している（『少年倶楽部時代』一九六七）。

5　友にするなら鞍馬天狗

こうした「まげ物」つまり時代小説のなかで、唯一シリーズ化したものが、『鞍馬天狗』である。このシリーズは、戦前・戦中・戦後と書きつがれた。主人公・鞍馬天狗のキャラクターは、その初期からだんだん変化していく部分があるが、一貫している部分もある。その一貫性は、作者の精神の一貫性の反映であろう。

まず、鞍馬天狗の成り立ちについてだが、大佛は東大卒後、外務省に進み、「大日本帝国」の高級官僚としてスタートした。しかし、やがて、出勤せぬようになり、退職した。大佛は洋書を読みあさり、その代金がかさんで、給料だけでは足りなくなったという。外国語が出来た大佛は、『新趣味』という雑誌に翻訳・翻案を載せて、その代金にあてる……というような生活で、徐々に、官途から外れていった。しかし、関東大震災で『新趣味』は廃刊となる。そこで、生活のために書いたのが「まげ物」であった。鞍馬天狗が生まれたのは、一九二四（大正十三）年のことで、「鬼面の老女」と題して、博文館の『ポケット』に掲載された。大佛の「まげ物」としては、「隼の源次」に次ぐ第二作である。

ただし、インテリの大佛にとって、当初「まげ物」は書きたくない種類の読み物であった。「まげ物」を書かなければならなくなったとき、雑誌『ポケット』を買ってきたが、「読んで見て、憂鬱になるばかりであった」という（「鞍馬天狗と三十年」『サンデー毎日』一九五四・一一・一〇）。仕方なく書いた「鬼面の老女」は、もともと生活のしのぎとして、一作限りの中編小説として書いたものので、「この一篇で、この人物（鞍馬天狗）も退場して消滅する予定であった」という（同）。

しかし、この『鞍馬天狗』は「髷物を書くだけの知識も素養もなく始めたことなので、まったく怪しげな作品」だったにも拘わらず、売れた。「国民」大衆に支持されたのである。「私は、自分の意志でなく、鞍馬天狗なる人物に曳きずられて、物を書く人間の列に入っていた」という（同）。この作家はデビュー当時、『鞍馬天狗』を書いた大佛次郎というペンネーム以外に、最も多いとき、由井浜人、瓢亭白馬、阪下五郎など、他に一〇を超える筆名をもっていた。その筆名を駆使して、一冊の雑誌の時代物、連載、読み切りなど、誌面の半分を埋めたという伝説的な離れ業もやってのけている。

そうした、たくさんの作品のなかから、自らいうように「鞍馬天狗が出現し、十人の影武者の中の大佛次郎君が世間に出て私から離れて歩き出した」（「日暮れて」『大佛次郎集』月報一九七二・一一）のである。鞍馬天狗作家の「大佛次郎」という筆名は、数多くの筆名から、他の筆名がふるい落とされる、いわばトーナメント戦を勝ち残ったものであり、その作品と筆名を支持したのは、読者、つまり「国民」大衆であった。大佛は、小説「作品には、作者だけが書くものと、読者が書くものと両様ある」（前掲「鞍馬天狗と三十年」）と述べている。前者が「純文学」、後者が「大衆文学」であるが、その意味で、鞍馬天狗は読者が書いたものといえよう。

ただし、それは、必ずしも「国民」の嗜好に迎合したということを意味しない。大佛の教養と大衆の教養の差は歴然としている。高級官僚のエリートコースからドロップ・アウトし、親族から一種の絶縁的状況にあり、当時の大衆小説を読み、その文学的趣味に嫌気を持った大佛は、孤独であった。したがって、そこで書かれた時代小説は、それまでの大衆の保守的な文学趣味に盲目に従うものではなく、自己の文学観による独自の工夫がなされたものであり、そこには、市民社会的な要素が含まれていた。それが、当時の大衆に支持され、大佛が大衆のなかに引き出されたのである。つまり、大佛の大衆小説は、その当時の既成の大衆小説にはない、「新しさ」をもって迎えられたのであり、その作品の市民的精神は、実は、当時の日本の大衆社会的状況のなかに、潜在していたものを具現化したものと考えられる。

そして、その市民的精神のなかで鞍馬天狗に具現化しているのは、佐幕派・勤皇派のどちらにも組み込まれない、徹底した個人主義である。この個人主義に関して、大佛と同じく鎌倉に住み、戦時下に大佛と交流のあった作家・高見順と比較してみたい。高見は、一九〇七年生まれ。一高・東大出で、大佛の後輩である。治安維持法で検挙され、左翼から「転向」した高見は、戦争に嫌悪感をもっていたにもかかわらず、戦争協力をした。高見は「庶民」に愛着をもち戦時下において、特に、浅草における「庶民」に愛着を示し、その「庶民的感情」と同化したいと望んでいた。その愛着は深く、東京大空襲で浅草が焼き払われたと知るや、途絶する交通の困難を押し切って、鎌倉から様子を見に行くほどで、執着以上の情熱をみせた。

しかし、その「庶民的感情」は浅草という特定地域に限定されたもので、「国民的感情」まで広がることはなく、また、高見は、その浅草で、インテリとして「庶民」に同化しきれない孤立感を抱いてもいた。この孤立感を埋めたのが、「鎌倉文士」という小集団との一体感であった。

高見の戦争協力の具体的内容は、「日本文学報国会」という戦意高揚団体へのゆるやかな参加であり、その体質をつくったのは、この「鎌倉文士村」という小集団への没我的一体感であったと推測される。日本文学報国会は、大政翼賛会と内閣情報局の後援により、四二年五月に創立されたもので、戦争遂行を目的とし、三〇〇〇人以上の作家や文学者が参加した。会長は徳富蘇峰。同時に、文芸家協会は解散させられている。

高見の面白さは、「転向」して国家体制に組み込まれてゆく、ゆるやかに流される自己・自我の弱さを自覚していたことであり、流されながら踏みとどまろうとあがいていた点にある。その高見は、鎌倉における大佛の態度を次のように証言する。「鎌倉文士という言葉があるが、大佛さんはその先駆者」だが、大佛は、「鎌倉文士のなかには加わっていない。徒党を好まないからである……ひとりでいる。そしてひとりである。文壇でも……大佛さんの好きな作中人物と同じように孤独が好きである」(「パリの大佛さん」一九六二)という。

高見のいう大佛が「好きな作中人物」とは、鞍馬天狗のことである。鞍馬天狗も、勤皇派の志士に属しながら、群れて行動せず、独りである。大佛自身も、「小説家でない私は、文壇の人たちに接近しなかった。鎌倉には、その頃、吉井勇、田中純氏などが常住していて、往来ですれちがうことがあったが、紹介者もなく挨拶もしなかった」と述べている（前掲「鞍馬天狗と三十年」）。大佛は、文壇という小集団に組み込まれない強い個人主義者であった。したがって、大佛は日本の文学界で「孤独」を味わうことになる。

この大佛の「孤独」を支えたものとして、二つのことが考えられる。その一つは、大衆作家として「国民」との紐帯を保つことであり、もう一つは、現在、大佛次郎記念館に所蔵されている洋書群である。この二つは、大佛という作家を構成する重要な要素である。大佛は戦時中、「国民」とともにあった。文壇からは「孤立」していたが、社会全体のなかでは、文壇は閉鎖的な小集団であり、大佛は必ずしも「孤立」していない。

そして、彼が「国民」とともに創造したヒーロー・鞍馬天狗が、国家全体が右旋回する十五年戦争以前の、大正期の「国民」に支えられて成立したということは、戦時下に非常に大きい意味をもってくる。鞍馬天狗という人物は、シリーズを経るにしたがって、微妙に変化していくが、常に反権力的であり、弱者を守り、組織に属さず、信じたことを個人で実践する自由主義者……といった基本的な性格は、いったん帯びると変わることなく、最後まで一貫している。その基本的な性格は、「満州事変」以降の軍国主義下ではなく、大佛が体を張って吉野作造を守った「大正デモクラシー」の時代、あるいは、陸羯南に代表されるような「健全な」国民主義が残った最後の段階でつくられたものである。したがって、性格の一貫した鞍馬天狗を書き続けることは、その時代の精神を維持することにつながる。

あるとき、大佛は「もう鞍馬天狗は書かない」と宣言して、久米正雄から、「あいつがあるから、他の勝ってな仕事ができるんじゃないか」と窘《たしな》められたという（「生涯の友」『サンデー毎日』一九五三・九・一〇）。ここでいう「勝ってな仕事」とは、軍部に睨まれるようなノンフィクション作品を指していると思われるが、そうした仕事ができるのは、鞍馬天狗のような通俗的な大衆時代小説作家としての「大佛次郎」という看板があるからこそであり、象徴的にいえば、鞍馬天狗が弾圧からの防波堤になっているということである。

確かに、一九三六年の二・二六事件前後まではそうしたことがいえるだろう。だが、すでにみたように、三八年の後半、日本軍が武漢攻略を行い、近衛首相が「東亜新秩序建設」を声明するころから、大佛も国策を支持し始め、日米開戦以降は、「国民」に必勝の覚悟を呼びかけるようになる。つまり、反戦的なノンフィクションを書かなくなった戦時下の大佛から『鞍馬天狗』に代表される「まげ物」を取ると、随筆が残り、それは、戦争協力の側面を伝えるものである。したがって、もし、『鞍馬天狗』を始めとする「まげ物」を書いていなかったとすれば、知識人・大佛次郎としてのダメージは大きく、戦後の歩みも大きく異なっていたのではあるまいか。

そのことに自覚的になったようにみえるのが、『敗戦日記』の書き出しの、ゲーテを読み、エグモントに感心し、「このエグモントの明るさは鞍馬天狗にいつか写して見よう。鞍馬天狗はこう云う男の筈なのである」という記述なのである。

実は、この日記を書く前に、二つの出来事があった。それは、四三年一〇月末から四四年二月にかけて、一〇〇日ほどの南方視察をしたときのことである。この視察で、大佛はマレー半島、ペナン島、ニコバル島、アンダマン島、ジャワ島、バリ島などを訪れた。

まず、そこで起きた一つの出来事は、ニコバルの守備兵の若い中尉から別れ際に、「僕は子供の時分『鞍馬天狗』を随分愛読しました。その著者がこの島に来たのには実は吃驚《びっくり》したんです」といわれたことである（「椰子だけの島」『東京新聞』一九四四・一〇・二三）。遙か遠くインド洋に浮かぶ島で、「炎熱や風土病と闘って働いている日本人」（「アンダマン島一見」『明朗』一九四四・七）のなかに、熱烈な「鞍馬天狗の読者」がいたことは、強く印象に残ったらしい。後年、「『鞍馬天狗』についでは、書いた私が、時に心に負目を感じて来たが、その時は、鞍馬天狗を書いたのも悪くなかった」と思ったと回顧している（前掲「鞍馬天狗と三十年」）。同盟通信の嘱託従軍記者として、訪問した先で、鞍馬天狗作家としての「私」と、その使命の再認識があった。

もう一つの出来事は、帰国の際のことである。大佛を乗せた飛行機は、海南島から台湾に向かう途中、敵襲を警戒し、海面すれすれを飛ぶことになった。それは、大佛に死を予感させるものであり、後に「これで死ぬのかと思って、残念だと思った。〔しかし、生きて〕帰ったら何か書いてやろうと思って大分変わって来たんです」と述べている（河盛好蔵との対談「大佛次郎氏との一時間」『文学界』一九五〇・七）。

ゲーテの『エグモント』を読み、「鞍馬天狗にいつか写して見よう」と決意した一文の背景には、この二つの体験が重なっている。日記には、南方の旅行を境界として従前あったような己れに対する不満なり、不安は明らかに減じて来ている。自分の出来ることをすればいいのだと云う心の置き方が落着きと成って来ているように思われる。その出来ることを怠りなく推し進めて行くのである。近頃になってから生きることが楽しくなった。

（一九四四・一〇・九）

大佛が、文学と戦争協力を咬み合わせて、「戦争もの」を書くことに苦しんでいたことはすでに述べた。だが、南方視察以降、自分が作ってきた文学世界を貫けばよいという心境に到ったのである。それが、ゲーテのエグモントと鞍馬天狗の融合という着想を生み、また、戦国時代の武将・後藤又兵衛を通じての軍人批判、『乞食大将』を生むことになるのである。

戦時下の大佛の小説世界、特に「まげ物」には、戦争協力の影がほとんど感じられず、また、時に軍部批判、社会批判が盛り込まれているが、それは、決して偶然ではなく、鞍馬天狗に象徴される大佛になお残っていた「大正デモクラシー」期の精神によるものであろう。小説の作中人物が現実を生きる作家を助ける、ということがあるらしい。スティヴンソンが「友にするならダルタニアン」といったように、鞍馬天狗は大佛の頼もしい友であった。

6　二つの「国民」と大衆作家

ところで、戦時下に「国民」に向けて時代小説を書いていた作家は大佛次郎だけではない。「大佛天狗と吉川武蔵」といわれるように、大佛の好敵手《ライバル》と目されたのは、『宮本武蔵』で有名な吉川英治である。しかし、この二大大衆作家に対する評価は、敗戦後、全く異なるものであった。

荒正人、佐々木基一、小田切秀雄らの編集により、四六年一月に創刊された『文学時標』では「文学検察」欄を設け、亀井勝一郎、保田與重郎、芳賀壇らの日本浪曼派、中野好夫、岩田豊雄、斎藤茂吉、武者小路実篤ら四〇名の戦争協力者のリストに、吉川を挙げ、「厚顔無恥な、文学の冒涜者」として、その戦争責任を弾劾している。また、『新日本文学』(一九四六・六)でも、「侵略讃美のメガホンと化した」人々、すなわち「文学における戦争責任者」として二五名が挙げられているが、そこにも吉川の名が挙げられている。つまり、吉川は戦争協力者として指弾され、大佛はそれを免れたのである。

戦時下に吉川は、「私たちは、今日を、歩まなければならない。本則的に、大衆の動向と、時代感覚から、離れない」と述べている。この「私たち」とは大衆作家のことである。そして、「国家が重大な難局にある場合、又国民が挙げて更生にもがいている場合、文人だからと云って、……特権や芸術至上主義の殻の中に、安閑としてはいられない」という(『草思堂随筆』一九三五)。このように、大衆作家として、「国民」大衆とともにあり、「国家」の難局にあたって、文学者といえども傍観を許さない態度は、大佛と共通であった。

では、戦時下に同じく「国民」とともにいたのに、戦後の吉川と大佛の評価が異なるのはなぜか。まず、ともに大衆作家と一口にいっても、この二人の作風の違いは歴然である。それは、戦後ふり返って明らかになったのではない。例えば、次の文章は、太平洋戦争中、四三年に二一歳であった一青年の日記である。

現在までの昭和時代に於ける時代小説の双璧は吉川英治と大佛次郎であろう。大佛次郎と吉川英治はその対立的な作風が頗る興味がある。前者は一高東大出の知識人らしく、いかにも文章が繊細で正確である。後者は小学卒業だけでのし上って来たらしく、野性味があり、豪壮である。

（『滅失への青春』のち『戦中派虫けら日記』一九四三・八・一〇）

この青年とは、当時、東京医大の学生であり、学徒出陣の影が迫るなか、ある家に間借りし、銭湯に通い、食糧調達に奔走していた、山田誠也……後の大衆作家・山田風太郎であるが、山田が指摘するように、二人の生い立ちは学歴を含めて、かなり異なっている。

すでに触れたように、大佛は、一八九七年、野尻政助の三男として生まれた。政助は、日本郵船会社の社員であり、一流企業の高給取りで、その屋敷には門があり、黒塀で囲まれていた。長男・野尻抱影も高等教育を受け、「星の文学者」として有名である。要するに、大佛は「ブルジョア」の家庭で育った。一方、吉川の四半世記は、自らの筆による『忘れ残りの記』に詳しい。

その自伝によると、吉川は、一八九二年に神奈川県久良岐郡中村根岸（現在の横浜市根岸）で生まれている。年譜には「次男」とあるが、それは異母兄がいるからで、実質的には、吉川は「長男」として育っている。父・直広は小田原藩下士、母は佐倉藩士の娘で、ともに相応の教養があった。直広は、横浜桟橋合資会社を経営、港町横浜の地の利を生かし時流に乗り、商売は一時、隆盛をきわめる。吉川も小学校に通い、漢学の素養を身につけ、英語の個人教授をうけており、進学を強く希望していた。したがって、順調にゆけば、おそらくは大学まで進んだと思われる。

しかし、吉川が一〇歳のとき、父親が会社の名義人と訴訟沙汰を起こし、敗訴してから、家運は一気に傾く。家財を売り払い、父親は大酒で血を吐き病床に伏すようになり、吉川ら六名の子を抱えた一家は、貧困のどん底へ向かう。吉川は小学校を退学させられ、判子屋、行商、活版工、雑貨店店員、土工などのさまざまな職につき、家計を助ける。吉川は、一家の飢餓を救うために馬鈴薯を盗み掘ったことまで告白している。妹のなかには、「事実上売られた」ものもいる、という。吉川の父が死去したのが一九一八（大正七）年、吉川二六歳のときである。そのころ大佛は、東大生として、浪人会事件で吉野作造のボディガードをしていた。

大佛が「大正デモクラシー」を謳歌していたころ、吉川は、父の代わりに一家の家長をつとめ、貧困から一家を救うべく働かなければならず、生きるために精いっぱいであった。これは、極めて対照的であり、同じく大正期に青春を過ごしたといっても、これだけの違いがある。

吉川は、造船ドックで作業中に、足場が崩れ、意識不明の重体となり、死にかけたことがある。こうした極貧層にいた吉川は、「家の没落、義兄の失踪、父の入獄、職さがし、妹たちの離散、父の吐血、母の明け暮れのない貧乏苦労、など、そんな周囲ばかりを」目にしていた。「大衆即大知識」と述べ、自ら日雇い労働者でもあった吉川は、大衆とともにいたのではなく、最下層の大衆の一人であり、それらの大衆の生きる知恵に強い共感を持っていた。

苦難の末、作家となった後、吉川は、「満州事変」以降、「左でもない、右にも、うなずけない。強いていえば、真ン中だ」という、吉川英治研究史のなかでは有名な「真ン中」の思想を宣言する。しかし、これは、静的《スタティク》な中間、ニュートラリズムを標榜したものではない。「今日の時代を、ほんとに、学問らしい学問をして来たものは、軍部の若い人たちと、左翼の人だ」というように、青年将校と左翼に対する強い共感、つまり、底辺や周縁から国家体制を変革する左右の思想への強い関心であり、そういう意味でのダイナミックな「真ン中」であった。事実、三二年ごろ吉川は、「左」でいえば、マルクス主義史学の服部之総と交流があり、また「右」でいえば、「一四日会」という陸軍青年将校と接していた（松本昭『吉川英治』一九八四）。

ただし、その「真ン中」は、吉川の主観的なものであり、三二年の五・一五事件以後の随筆では、「日本はもっともっと鳴動するだろう。活動を起し出す前の火山のような日本を、僕は、痛切に、感じる……昭和維新は、やがて近い」と、青年将校によるクー・デタに期待を寄せている（平凡社版『吉川英治全集』月報第一一号）。その基本的なスタンスは「右」にあり、しかもそれは既存の軍部ではなく、「錦旗革命」を目指すような若い軍人や民間右翼への共感であった。

戦後、吉川英治のこうした思想を時局に便乗したものではなく、「逆にファシズムを組織した」と指摘したのが竹内好であった（尾崎秀樹『大衆文学の歴史・下』一九八九）。事実、吉川は、「日本青年文化協会」をつくり、会長をつとめ、会発行の雑誌のなかで、「過去三千年の皇国の歴史は、大化の革新の聖徳太子を初め、維新の回天の大業にいたるまで、幾多の難局は青年の手によってなされていた。……日本を憂うる青年、希望に生きんとする青年諸君、願くば傘下に来って、共に皇国日本の再建と、国難打開に当ろう」と呼びかけている（『青年太陽』巻頭言一九三四）。そして、さらに東北各地の農村をまわり、講演会を開き、地元の青年と膝を交えて、「昭和維新」を遂行するために、精力的に活動している。

吉川の青年将校への強い共感がどこからくるのか、そのヒントは、次の吉川の詩歌「もどり途」にある。その一節に、

今に見ろ、おれも人
渡辺崋山は貧乏ッ子　藤吉郎は小作の子
ムツソリーニは鍛冶屋の子

（講談社版『吉川英治全集』五三巻一九八四）

とある。これは、極貧の辛酸をなめていた少年期の吉川が、地主である叔父の家に、米をもらいにいったが、家族を誹謗《ひぼう》された挙げ句、米をもらえなかったその帰り道の口惜しさを歌ったものである。一見すると、渡辺崋山・木下藤吉郎・ムッソリーニという取り合わせは異様にみえる。特に渡辺崋山は、幕末の蘭学者として知られ、開明的な個人主義者とされている。

崋山は、三河田原藩の年寄役という江戸詰の上士階級の家柄の出身である。年寄役とは家老に当たる役職であり、藩主の側近として藩政を担う家柄であった。しかし、田原藩は一万二〇〇〇石の小藩であり、年寄役といえども禄高は低い。加えて、崋山が一六歳のときに、父親が病に倒れ貧窮した。崋山自身「とても学問などと申し、儒者にあいなり候とて、金のとれ候義はこれ無く、いずれにも貧を救う道第一なりと申すにより……芝の白芝山と申す画工へ入門つかまつり候」と述べており、一時は困窮から一家を救うために、絵師を目指したという境遇にあった。この点が吉川の共感を呼んだのであろう。吉川の理解では、草履取りから天下を取った木下藤吉郎＝豊臣秀吉に代表されるように、三人とも、貧困層から身を起し立身出世した「成り上がり」の偉人・英雄という点で一致しており、そこに自己の境遇と将来を重ね合わせているように思われる。

だが、それにしても、「ファシズム」の本場、イタリアのムッソリーニが理想の人物として挙げられている点は、見逃せない。日本・イタリア・ドイツの「ファシズム」の顕著な違いの一つは、日本の場合、国家権力全体が、議会も含めて内側から右傾化していったのに対し、イタリア・ドイツの場合、権力の「外」の勢力が、プッチ（蜂起）やクー・デタを背景に世論を操作し、権力を奪取した点に求められる。

ただし、日本の場合も、「国家」全体が右傾化する以前、「国家」権力の外側から権力を奪取しようとした、五・一五事件、二・二六事件などの青年将校を中心にした一連のクー・デタがあった。それらのクー・デタは失敗したが、この青年将校に強いシンパシーを抱いていたのが吉川である。その吉川がムッソリーニに共感を覚えるのは、偶然ではないだろう。実際、ムッソリーニは、ロマーニャ地方の鍛冶職人の息子であり、ジャーナリストから転身し、ファシスト党をつくって、国家体制の外側から権力を奪取した。

具体的に、吉川は日本のクー・デタに対して、次のような行動を起こしている。

三六年二月二六日払暁、二二名の将校は、歩兵第一・第三連隊、近衛歩兵第三連隊など、一四〇〇名の下士官・兵を率いて、内大臣・斎藤実、蔵相・高橋是清、教育総監・渡辺錠太郎を殺害、侍従長・鈴木貫太郎に重傷を負わせた。この「国家」に対する反乱兵たちは、首相官邸、国会議事堂、陸軍省、参謀本部を占拠し、四日間、首都の機能はマヒした。すなわち、二・二六事件である。

当時、事件に関する箝口令《かんこうれい》が敷かれ、最初の陸軍の発表は、当日の夜、午後八時になってからで、詳細はほとんど知らされなかった。だが、吉川は、この事件をいち早く察知した。なぜなら、「小家はちょうど高橋故蔵相と塀一重の隣家にても有之候為　一時はまったく騒ぎの渦中に置かれ心痛いたし候」（福永さと宛書簡、一九三六・三・二〇付）と述べているように、兵士に殺害された高橋是清の邸宅の隣家に住んでいたからである。それは赤坂表町にあった。吉川邸にいた雑誌『キング』の編集者が、この事件に関して「叛乱軍が……」と話し始めると、吉川は、「叛乱軍とはなんだ！」と激怒した。そして、家人に命じて、その反乱兵たちのために、握り飯とキャラメルを用意させ、夜一〇時ごろ、秘書の弟・晋らを連れて、大雪の路面のなかを通り、首相官邸を訪れ、反乱兵に握り飯とキャラメルを差し入れし、慰問している（松本昭『吉川英治』一九八四）。

すでに世界恐慌で打撃を受けていた農村は、さらに三三年秋、繭の価格が暴落し、養蚕地帯を中心に追い討ちをうけ、三四年の東北地方の冷害によって、餓死者や娘の身売りなど、窮乏状態を一層深刻化した。青年文化協会運動で、農村各地を訪れていた吉川は、こうした農村の惨状を目の当たりにしており、「農村の疲弊」「貧富の差」を取り上げ農村救済論を説いていた青年将校に強く同情を寄せていたのである。農村の疲弊、飢餓や娘の身売りなどは、かつて横浜で貧困の辛酸をなめ、その日暮らしの「半プロ」つまり日雇層であった吉川と境遇をともにするものであった。

大佛は、吉川に関して、次のように述べている。「戦前戦後を通じて吉川君は、日本的な作家と仰がれて人気があった。そのとおりだし、全国的な人気は徳富蘇峰に通じていた。……移り気で変わりやすい都会の若い読者よりも、地方の動揺のない有識階級から信仰に近い支持を広く受けていた。他の者の及び得ない力量だし、不抜の地位であった」。そして、その作品は、道徳主義的で、「江戸時代の滝沢馬琴の仕事に近似したもの」であり、「心学的な傾向もあった」。それが、読者と「作者と一層緊密の関係に置」き、「あらゆる点で日本的な性格が濃厚」であったという（「吉川英治氏の死をいたむ」『中部日本新聞』一九六二・九・七）。

実際、吉川自身が主な対象とし、決起団結を期待した「国民」は、明治維新以来、日本の富国強兵政策を支え、その犠牲となってきた農村の人々である。日中戦争後、吉川は、自家に寄宿していた福永為則に宛てた手紙で、「晩春の新翠に時ならぬ軍国的賑はひ」と「澎湃《ほうはい》たる日本精神の横溢」を言祝《ことほ》ぎ（一九三八・四・三〇付）、さらに、「愉快なことには　曾《か》って　数年前に　吾々が逸はやく実践していた青年文化協会の精神が　其後明らかに今日全国民の上に呼びかけられ　目覚めさせられて来たことだよ」と自ら日本軍国主義精神勃興の先駆的役割を認め、「やはり何といっても都市文化よりは　農村の人々の方が足なみが揃っている」と述べている（一九四〇・八・七付）。

この吉川の戦争観はどういうものであったろうか。

> 日本内地の位置する緯度こそ、この四季のある国土こそ、地球と人類の誕生と同時に、人間の意志などは微量も差しはさめない以前に、宇宙そのものがすでに日本へ課していた天命であり、約束であった。ゆえに、きょうの大戦を聖戦と呼び、きょうの建設を神わざという。私たち御民らの声もまた、まさに天の声であり、宇宙の息吹ともいえる。（「南方紀行」一九四二）

日本の地理的風土的条件による中華主義！　それは、「天命」であり、それゆえに日本の戦争は「聖戦」である。吉川の「日本」は、天皇・国土・国民、そして、四季の移り変わりまでを一括したわかち難いものであった。

戦時下の「日本精神」を文学化した『宮本武蔵』の連載は（『朝日新聞』一九三五～三八）、こうした作者の思想と行動が背景にある。そこには、大佛が指摘した「道徳主義」と「心学」的傾向がみられる。それは、安丸良夫が指摘する、日本の近世から近代に受け継がれた「孝」や「忠」、あるいは、「勤勉、倹約、謙譲、孝行」といった「近代日本社会における広汎な人々のもっとも日常的な生活規範」、いわゆる「通俗道徳」の世界（『日本の近代化と民衆思想』一九七四）につながるものである。吉川の作品は、近世以来持続する、土着的ともいえる「国民」の生活実感に支えられた「通俗道徳」が行き着いた姿のひとつである。

この吉川の「心学」的傾向を補強したのが、日本化した陽明学であろう。この一種の陽明学的要素は、吉川が親しくしていた安岡正篤から影響を受けたものである。安岡は、金鶏学院と日本農士学校を創設し、農村の青年たちを教化し、「王道」すなわち天皇の「御稜威《みいつ》」による農本主義を説いた右翼のイデオローグであり、また陽明学の大家でもある。敗戦のときの天皇の詔勅、つまり、八月一五日の玉音放送として読まれた文章の添削をしたのは、この安岡で、例えば、「永遠の平和を確保せんとす」という箇所を、「万世のために太平を開かんと欲す」と改めさせている。戦後も、政財界の指南役として君臨し、岸・佐藤・中曽根など歴代総理らから師と仰がれた。

『宮本武蔵』のなかで、吉川流にアレンジされた「心学」を象徴するのは、次の場面である。それは、武蔵が二刀流か一刀流かで心迷い、僧・愚道に教えを乞う場面である。愚道は、無言で棒をとり、武蔵のまわりの地面に円を描き、そして、去る。後に残された武蔵は、

「何の円《まる》？」

武蔵は、その位置から、一寸も動かず考えた。

円――

円――

いくら見ていても、円い線はどこまでも円い。果てなく、屈折なく、窮極なく、迷いなく円い。

この円を、乾坤《けんこん》にひろげてみると、そのまま天地。この円を縮めてみると、そこに自己の一点がある。

自己も円、天地も円。ふたつの物ではあり得ない。一つである。

そして、武蔵は、ばっと刀を払い、二刀も一刀も円である、と活眼する……。

ここにあるのは、日本化された陽明学的な「天」と自己との一致、「天」の内面化、いわゆる「天人合一」である。本来、朱子学を中心にした宋学は修己と治人、自己修養と治国・政治の二つの焦点《ダブルフォーカス》をもっていたが、陽明学は自己修養の焦点を発達させ、行動・実践へのエネルギー・

熱源を供給する学問として、あるいは、人々の主体形成の学問として「活学」される一方、治人論・政治論の成果は乏しかった。また、意識を「現在」に集中し、歴史意識・歴史認識にも乏しい傾向にある。吉川の『宮本武蔵』の場合は、この傾向が極端に推し進められ、右の場面に典型的なように、自己を中心にした一焦点しかない。そして、歴史もない。あるのは、その時々の武蔵の「心」の動きである。

戦時下に最も読まれた「国民」的文学のひとつ『宮本武蔵』は、「八紘一宇」式の理念を連呼するという安っぽい仕掛けで戦争遂行を呼びかけたわけではない。『宮本武蔵』が「国民」を魅了したのは、既存の体制の是非を問うことを度外視して、その枠組みのなかで、よりよく生きたいと願う人々の「心」に訴える精神修養の書であったからである。この願い自体は、人間の良心に根ざすものであり、時代を超える普遍性をもつものである。そうでなければ、『宮本武蔵』が戦後の今日も読まれ、また、大河ドラマの原作として大衆に支持されるはずはない。

だが、戦争は社会現象であり、自己の内面をいくら見つめてもその総体は認識・分析できない。こうした「心」からは、戦争に対する批判はでてきようがない。戦時下においては、生活の苦しさを「心」の問題に置き換えることで、結果的に既存の体制、つまり天皇制軍国主義国家への批判を封じ、大衆を戦争に黙従させる役割を担ったのである。

吉川自身は、こうした自己の文学的役割に無自覚であったわけでもなければ、また、決して時局に便乗して、軍国主義日本を支持したわけでもなかった。竹内がいうように、吉川は、本気で、積極的に、軍国主義日本の担い手として、日本の大衆を組織したのである。四四年から東京郊外の吉野村（現在・青梅市）に疎開していた吉川は、戦後になって自らの戦争責任追及の動きに対して、次のように答えている。

文筆面より追放などということは　何か為にするもののデマでしょう　……小生に関することなども　……いわば一笑に付している次第です　また私としても従来の自分の作家的態度や作品を通して　ひとつの自信を持っております　それを一言に云えば　小生は二十年来自作を一貫して念じて来たことは　この国の国民性の深くにある真美を叩いて　自覚なき国民性のうちの美を真を情を汲み出すことのみに努めて参ったということに尽るつもりですこのことは又　今日以後になって　私の仕事の上に決して意志も姿も変えることではありません

（栗原元信宛　一九四六・五・三付）

吉川は、自己の行動、すなわち「日本精神」に基づく軍国主義の鼓舞を聊かも恥じていないどころか、戦後も、戦時下と変わらぬ姿勢で作品を書く決意を持っていた。そして、「地方は封建的といわれますが　そこにはなお常に私の探求し　私の恋う純美の国民性が多分にあります」と、なおも、都会ではなく、農村の「国民」に日本再生の期待を抱き続けたのである。

吉川英治記念館が、奥多摩の多摩川上流付近の山間部にあるのに対し、大佛次郎記念館が横浜の「港の見える丘公園」にあるのは、両者が念頭においた「国民」を象徴しているようで興味深い。大佛は横浜で育ち、その後、東京の白金に住み、一高の寮生活、神田の下宿などを経て、作家としていち早く古都・鎌倉に居を構えた。大佛は、自ら『都そだち』という随筆集を編んでいるように、いわゆる「都会人」であることを意識していた。大佛が思い浮かべる「国民」とは、敗戦直後の随筆、「英霊に詫びる」にあるように、編集者、新聞記者、割烹の板前、神宮球場の野球ファンなど、農村ではなく、「普通の町の人」であり、都市民であった。

そして、大佛の「国民」観と吉川のそれとの違いで、もうひとつ重要になってくるのは、大佛の場合、現実の日本の「国民」のみならず、理念型としての「国民」nation《ナシオン》、殊に十九世紀後半の第三共和国の「フランス国民」nation française 像が少なからず含まれていることである。

大佛のノンフィクション系列の四部作といわれる『ドレフュス』『ブゥランジェ』『パナマ』『パリ』は、いずれもこの第三共和国を舞台にしたものである。大佛自身、「ぼくは第三共和国、あれをずっと書いてみたいと思って」書いた仕事、と述べている（河盛好蔵との対談「大佛次郎氏との一時間」『文学界』一九五〇・七）。さればこそ、後で見るように、大佛の戦時下の軍部批判が、クレマンソーの口を通じて行われるのである。

このように、大佛も吉川も、同じく「読者のために書く」大衆小説作家でありながら、二人の作品世界が違ったのは、両者の教養の源泉が異なるということも大きいが、前提とする読者つまり「国民」大衆の像が違うということも大きい。大佛が吉川に初めて対面したとき、吉川の様子を「自信にあふれた器量の大きい男であった」と、眩しそうに記している（前掲「吉川英治氏の死をいたむ」）。一高—東大卒のインテリと違い、庶民層から出た作家には、大衆小説・通俗小説を書くことに、大佛が感じたような「後ろめたさ」や「負目」はなかった。大佛が吉川と対面したときに感じた「自信」とは、そのことに由来するはずである。吉川のように、生い立ちも、感覚的にも、現実の「国民」大衆とともにあり、意識しないで「国民」たり得た、いわば即自的《アンジッヒ》な「国民」観と、大佛のような本来、高級官僚になる筈のエリート、インテリがドロップアウトし、意識して「国民」大衆の側に立とうとする対自的《フュールジッヒ》な「国民」観、この違いである。

そして、この「国民」観の違いは、両者の戦争に対する態度の違いとなって現れる。すでに述べたように、吉川の態度は、戦後に到っても変わらなかった。しかし、大佛の場合、敗戦が近づくにつれて、徐々に変化し始める。

7 「銀河が水煙の如く」

さきに、大佛次郎の「国民」主義が戦争協力への道を開くと同時に、非戦的態度へも向かわせる両義的《アンビギュアス》なものだと述べたが、その非戦的態度とはどのようなものか、具体的にみてみよう。

四二年三月、大政翼賛会の支部として「鎌倉文化聯盟」が結成され、大佛は、久米正雄の依頼で文学部長に就任している。そして、三九〜四四年にかけて、戦争協力をしたことは、すでに見たとおりである。

だが、軍部に対する不満・反撥が記されている『敗戦日記』の四四年九月以降はどうだろうか。具体的な活動は、例えば、書籍が入手しにくくなった時節柄、鎌倉駅前に久米正雄、高見順、川端康成らとともに蔵書による貸本屋「鎌倉文庫」を開く（高見順『敗戦日記』一九四五・四・一八）、あるいは、鎌倉市役所の穴蔵に貴重書籍を避難させるなどで（同七・二八）、これらは、知識人の活動として、もっともなことである。それ以外は、「会合」と称し、主に二楽荘という中華料理屋で、しばしば酒を飲んでいるぐらいである。

もともと、「鎌倉文化聯盟」の実体は、それ以前から存在していた「鎌倉ペン・クラブ」であり、それが改称されたにすぎず、戦争遂行のために改めて組織されたものではなかった。高見順の日記によれば、この「鎌倉文化聯盟」は、四五年七月二八日に警察によって解散を命じられている。だが、部長として、より重く受けとめなければならないはずの大佛の日記には記述がない。要するに、大佛にとって、「鎌倉文化聯盟」は、存続してもしなくてもいいような存在だったのだろう。

また、大佛は「国民義勇隊長」という、いかめしい肩書きも持つが、大佛自身は、こうした隊の結成自体を、「明瞭な末期の形相」としている。「つまり、義勇隊は徴集であり強制労働で、下から盛上がったものでもなんでもない」という（一九四五・八・五）。「国」を愛する心は、上から組織され、強制されるようなものではない、ということであろう。

そして、原爆投下後の八月一〇日、朝刊で原爆被害の数字が伏せられているのを見ると、「どこまでも国民を無智にしておく方針」らしいと憤っている。真面目に義務を遂行しようとする「国民」に、肝心の情報を知らせようとしない戦争指導者の秘密主義に対する批判である。そして、国民は「羊」の如し、しかるに、軍部という「羊飼い」より「羊の方が賢い」と（一九四五・七・一九）、「国民」を擁護し、軍部批判に到っている。

敗戦直後、大佛は、東久邇宮内閣参与となったが、「比類のない国体に倚りかかって安心して怠けて来た愚かさを、ここでかなぐり捨てる。日本を……創り上げて来たのも代々の国民が営々と働いて来た結果なのである」（「日本の門出」『東京新聞』一九四五・九・九〜一二）と発言している。「日本」は「国民」一人ひとりの働きによって創られたのであり、「国体」すなわち、天皇に寄りかかることを止めよう、という力強く、戦後の幕開けを飾るにふさわしい主張である。

この主張は、敗戦後、軍部がなくなり、大佛が態度を変えたからでてきたものではない。この見解は、驚くべきことに、戦時下において公表されていた。それは、『敗戦日記』と重なる時期に執筆された随筆である。

四五年五月、すでに沖縄に上陸していた米軍は、那覇市を占領する。そして、六月、ひめゆり・おとひめ部隊の戦死・自決を経て、六月二三日牛島中将の自決。沖縄守備隊九万人が全滅し、義勇兵二万人、沖縄県民一〇万人という多大な犠牲者を出して、沖縄戦は終結する。

この沖縄戦に関する随筆のなかで、大佛は、まず、「素裸になった人間の強い弱いで、勝負がきまる。つまり、掛値のない国民の生地が物をいうことになります」、そして、「戦を始めたからには勝たなければならぬ。勝つようにしなければならぬ」(「沖縄の鱶」『週刊少国民』一九四五・五・二〇)と総力戦の続行を主張している。

だが、ここで注目したいのは、その主張の論理である。大佛は、「今も内地では空虚に国体論がさかん」であるが、「祖国」は「理念」ではなく、「肉体感情」であって具体的な存在である。それを、「一部の単純または複数の観念論者たちの雄弁な言説が、その方法に迷うようなことにしてしまったのである。戦争はこの毒を散らしてくれるだろう」と批判する。そして、「国体」があるのは、「国民の一人一人の活発な感情なり絶え間のない労働の結果だったという烈しい事実」によるものだという。

ここには、さきに挙げた戦後の「日本の門出」と同じ、日本の「国体」は、「国民」の「労働」によるものだという論理がある。その具体的な営為と比べれば、スローガンだらけの「国体論」は、「空虚」な「毒」であるという。ここには、天皇という「国体」のために戦えという論理はない。そして、祖国防衛の例として引かれるのが、かつて特攻隊の評価を巡って烈しく批判した志賀直哉である。

志賀直哉が法隆寺の壁画が毀されることを考えるとじっとしていられぬような心持になるといわれたそうである。人生や国の歴史に敬虔な感情を抱き得る人間であって初めてこういい得るのだ。

（「沖縄の鑵」『週刊少国民』一九四五・五・二〇）

日本の文化・歴史は、天皇にのみ象徴されるものではなく、中国の影響を受け、菩薩の死とそれを悼む弟子たちを描いた法隆寺の壁画であってもよい。

また、「国民」に対する呼びかけは、第一次大戦の際、一九一七年にフランスの首相となったクレマンソーの言葉を通じて行われるようになる。このときのクレマンソーは、一八七一年のパリ・コミューンで、フランス革命の完成を叫び、一八八〇〜一九〇〇年代にかけて、ブゥランジェ事件、ドレフュス事件で人権を擁護したときのクレマンソーとは違う。ドイツ軍にパリを包囲された祖国フランス防衛の「虎《ティーグル》」であった。

だが、その「虎」の牙を使った大佛の軍部批判の舌鋒は鋭く、「戦争のような大仕事を軍人にだけ任しておけるかね」とドスのきいたタンカを切らせている（「虎の素描」『週刊朝日』一九四五・六・三）。大佛は、同時期の『敗戦日記』において、「国民」を「愚」にしておく政治家や軍部を批判し、大本営発表で「一つ覚えのように繰返して止まるところを知らぬのだから軍人に神経はない……一番戦争を知らぬのが戦争の専門家なのである」（一九四五・六・五）と記している。戦時下にクレマンソーの口を通じて出たタンカは、大佛自身のタンカであった。このころ、大佛は、すでに日本の敗戦を予期している。そして、クレマンソー＝大佛は告白する。

実は私も終局の勝利を信じていなかった。そして若い子供たちが血を流すことだと承知していた。我々年寄たちにもその順番が来てくれと私は望んだ。敵は優勢であった。

（前掲「虎の素描」）

戦争を軍人に任せられず、敗北主義を臭わせるこの随筆は、それが表現できるギリギリの大佛の本心の表出であった。「国民」に戦争を呼びかけ戦争協力という傷を負った作家は、その鋭い牙を軍部批判に向ける。「国民」とともに戦っている意識をもつ大佛にとって、軍人の無能ぶりと無責任は、許し難いものだった。その怒りは、「倫敦《ロンドン》で議会開催中でチャーチルが独逸をやっつけるのは来年六月まで掛ると云っている。がっちりしたオヤヂである。どうも日本にこれだけの人物はいない。空気焔と指導者面の空虚な言辞のみである。文学までを軍人が指導出来ると信じ切っている」（一九四四・一二・一）と述べられている。「敵」であるはずのイギリスのエースとして登場した、チャーチルのしたたかさ、頑強さを評価するに及んでいるのである。

しかし、「国民」は、大佛が愛した一途でけなげな人々だけではなかった。大佛は「民衆は決して愚かではなく、少し上の位置にある生ハンカの奴に馬鹿が多い」（一九四五・一・九）と記している。この「生ハンカ」の「馬鹿」とはどういう人たちだろうか。

高見順は、右の記述のころの大佛邸の様子をこう述べている。「大佛さんの家は例によって門はしまっている。台所の門から入って、外から茶室に廻った。庭の防空壕には、水がたまっていた。

大佛さんは冬の支那服を着ていた」（高見『敗戦日記』一九四五・二・一六）。

なぜ、大佛邸の門が閉まっているのか。それを知る鍵となる、こんなエピソードがあった。

夜一一時過ぎ警防団が門を叩き二階から光がもれているといい上って来る。こちらは仕事をしている。佐分の額の脇にあった電球を外させ持って帰る。……電球は翌朝の警防団長が注意がてらとどけてくれた。こちらが悪かったのだが電球に此電球大佛次郎と朱で書いてあるのが懲役から帰って来た感じである。……高柳さんの家へは土足で入って外して行ったそうである。（一九四五・二・一六）

例え仕事をしていようと、光がもれていれば、土足で屋敷内に踏み込んでくるような「親切」な近隣組織が存在し、各家々を監視していた。光は夜間の空襲の標的となるからである。大佛邸が門を閉めていた理由の一つは、こうした手合いの監視から逃れる意味があったと推測される。そして、こうした手合いも「国民」であった。大佛がこのとき書いていたのは、『乞食大将』であった。つまり、「国民」のために書いていた作品を、「国民」が妨げたことになる。

大佛邸に断りもなく踏み込んでいったのは、こうした近隣の「親切」な人々だけではなく、警察の特高課もいた。この時期、特高がたびたび大佛のもとを訪れ、戦争の行方、対ソ戦に対する見通しなどを質問し、大佛の時代小説『由井正雪』を持ち出したりしている。大佛は国家権力からも監視されていた。由井正雪は、江戸時代前期に丸橋中弥とともに幕府体制打倒のクーデタ計画を建てたが、露見し、自刃した人物である（慶安の変）。大佛は、こうしたものまで、戦争を遂行する現体制に批判的なものとして検閲の対象となってきていることに慨嘆している。

ところで、大佛は「国民」を単純に美化していたわけではない。

食糧事情は敵の鉄道破壊を待つことなく、急激に悪くなっている。数日前の鎌倉の配給米も豆かすが三分の二となった。交通破壊が始ったらどう表面化するか、国民は例に依って羊の如くおとなしい。敵は虫類（インセクト）と称しているそうである。（一九四五・六・二四前後）

ここには、「羊」たちの柔順な沈黙への苛立ちさえ感じられるではないか。

また、日記には、ド・リーニュ公の箴言《しんげん》も引用されている。それは、「私は、いまの人々に読まれるために書いているのではない。無意味にも見えるこの些細なことがらが、百年ののちに歓びをもたらすのだ」（原文は仏文）というものである。つまり、大佛の「国民」は、必ずしも今現在の「国民」そのままを意味しない。そして、

人の感覚なり頭の方がより終点に近づいたという感じなのである……寧ろ敵による徹底的破壊に希望がかかっている。日本はその場合だけ蘇生し回復するだろう。

（一九四五・六・二四前後）

これは、フランス文学者・渡辺一夫の日記にある「本郷の廃跡を見て思う。こんな薄っぺらな文化国は燃えてもかまいはせぬ。滅亡してもよいのだ。生れ出るものが残ったら必ず生れ出る」（渡辺『敗戦日記』一九四五・三・一五）というのと同じような見解である。

敗戦近くの大佛と渡辺の行動には共通点がある。渡辺は、「一億玉砕」が叫ばれていた東京大空襲の前日、笹塚の借家からいくつもの木箱を新宿駅まで届けた。その中味は、洋書で発行部数の少ない稀覯《きこう》本と愛読書であった。渡辺は、「日本人が一人残らず戦死するということは考えられなかった以上、誰かが生き残っていないとも限らぬから、万人の有たる書籍は助けねばならず」、また、自分も「万が一にも生き残ったら、いつか流浪の果に書物の疎開先へ辿り着けないこともあるまいと考えた」という（「書痴愚痴」一九四六）。

渡辺は、東大仏文教室という堡塁のなかで、その反戦的態度を保っていたが、本土決戦に際して、書物を疎開させ、一兵士として戦う覚悟を固めていた。渡辺は一九〇一年生まれで、大佛と同世代。その業績は、ラブレーの『ガルガンチュア物語・パンタグリュエル物語』の訳出に代表され、またすぐれた史伝、随筆を書いた。

ちなみに、大佛は、戦後、この訳出本を渡辺から贈呈されているが、大佛と交流が深かった東大の仏文学者は、辰野隆と鈴木信太郎であった。辰野も鈴木も「大東亜戦争」を肯定していた。

ただし、例えば辰野の態度は、「前途有為の青年を殺すのではなく」、自分自身および「参謀本部」など開戦決定に影響力のあった世代から、「年の順に上から兵隊にとる」べきだというものであり、そこには多くの青年の死を惜しみ、そのような戦争を起こした軍部と自分たちの世代に対する一定の批判を含む、複雑なものであった（加藤周一『羊の歌』一九六八）。

さて、洋書を疎開させた渡辺だが、その手元には六冊の本が残された。それは、アンリ・バルビュスの『知識人へのマニフェスト』、ロマン・ロランの『動乱の上に立ちて』、ジュール・ロマンの『精神と自由』、トーマス・マンの『ヨーロッパに告ぐ』、プレイヤード叢書『ラブレー全集』、岩波文庫版『陶淵明詩集』であった。そして渡辺は、「我々国民義勇隊も、漸次『山下戦術』的転進を重ねることになろうが、その転進途上僕は、同じく無辜《むこ》の戦友たちに、ロランの気概とロマンの憤激とマンの覚悟とバルビュスの熱情を説くつもりだった」と述べている。そして、ただ一人生き残った場合には、「原野山林に彷徨《ほうこう》し、僕は僕流の『悠久の大義』を想いつつ、飢餓をまぎらすために陶淵明やラブレーを繙《ひもと》こうと考えた」という（「書痴愚痴」一九四六）。

渡辺は、そのころの日記に、「『人類』に属しているという個人の自覚」を持つことこそが「文明」であると記している（『敗戦日記』一九四五・五・二五）。渡辺のコスモポリタニズムは、現人神を戴く日本という「国家」を超える。したがって、戦争には一切協力しない。しかし、一方で、永井荷風のように、日本を安っぽく踏みつけない。「日本国ヲ愛スルコト。日本国ヲ世界ノ敵トシタ ideologies（イデオロギー・観念）ヲ十分ニ検討シテ、コレノ絶滅ニ志スコト。真ノ愛国心ノ何タルカヲ社会ニ教エル準備ヲスルコト」と記している（同書同日）。そして、日本の知識人が軍部の抬頭に抗議しなかった理由として、勇気、知性と並んで、「祖国愛」の欠如を挙げている（同書五・二三）。

渡辺の反戦的態度は、ラブレーのユマニズムを核に徹底したものであったが、「戦友」や「国民」への同胞意識があり、大佛がクレマンソーに仮託して、自らの主張を「国民」に語りかけたように、渡辺も、戦争の最終局面で、自らの文学的教養の最良の部分を使って、「国民」に「悠久の大義」を訴えようとしたのである。大佛にせよ、渡辺にせよ、そのとき戦争は、他国へ膨張した侵略だけでなく、圧倒的に劣勢な戦局のなかで、祖国防衛戦的な性格を帯びているように映じたのであろう。

すでに述べたように、文壇から離れた大佛の「孤独」を支えたものは二つあり、その一つは、「国民」であった。しかし、大佛は太平洋戦争の後半から、非戦的な態度を取り始める。それは現実の「国民」と距離を置き、徐々に孤立感を深めることになる。では、この孤独を支えたもう一つのものは何かといえば、それは渡辺同様、西欧の文学であった。

大佛の日記には、ゲーテをはじめトルストイ、チェーホフ、ヴァレリーなどの文学を止むことなく読みつづけていたことが記されている。例えば、独裁者あるいは戦争指導者の「英雄」の仮面を否定し、繊細に変化する文学者・ゲーテの「顔」を支持する大佛は、「年内を我慢してゲーテを読んで見ようかと計画している。今朝は中断していた『戦争と平和』三巻第十篇に手をつけることにする」（一九四四・九・一〇）、あるいは、五月二四日「アランの文学語録を拾い読みする。何ものにも驚かぬ明るい人間精神、これを養い得た仏文人伝統とはいえ羨しい」という。「仏文人伝統」という風土が、普遍的な「人間精神」を生んでいることへの憧れを示している。実際、大佛は、このころの読書に新しい意義を見いだし、日記にこう記している。

勉強特に読書に心のふるえると云ってもよいほどの悦びを感じる。誇張ではなく別の生き方が初まっているのである。（一九四四・一〇・九）

別の生き方を支える読書……。だが、やがて、「帝都」東京は空襲され、沖縄には米軍が上陸し、本土決戦が間近に迫っているようにみえた。そこで大佛が行ったのは渡辺同様、連合軍の空襲に備え、蔵書を各地に疎開させることであった（一九四五・七・一）。

それらは、ユゴー、ゾラ、スタンダール、レニエ、ア・シモンズ、プルースト、ドストエフスキー、ポオなどの著作であり、大佛の文学的世界、精神的世界そのものである。これらの洋書のほとんどが、日本橋「丸善」の洋書部から購入したものであり、一高の仏法科以来、フランス語を学んでいた大佛は、原書で読むことができた。森鷗外、夏目漱石らと違い、渡欧経験なく、丸善を通じて、西洋文学を摂取していたのは、芥川龍之介の場合と同様である。つまり、大佛の場合も、その文学観に関しては丸善が作ったといって過言ではあるまい。そして、大佛は、これらの書物を通じてフランスの七月一四日の精神に接していたのだ。西洋文学、殊にフランス文学の精神が、戦時下においても、日常生活の欠くことのできない一部を形成していた。読書の時間、それは「密室」のなかの行為であり、孤独であることを必要とする。つまり、「国民」からの孤独は、洋書を読むことによって補完されていたのである。

『敗戦日記』の大佛次郎は、大衆作家の自覚をもち読書に励むことで、徐々に戦前の、「大正デモクラシー」のころの精神を取り戻していったようにみえる。そして、その精神の運動は、象徴的にいえば、「百年」後の読者に向かい、未来に向けて、戦争という現実を超出 take off し始めたように見える。

しかし、その矢先に、巨大なキノコ雲が立ち上った……。

孤独を深めた大佛の個人主義による怒りが爆発したのが、八月七日、広島への原爆投下のニュースを知ったときである。大佛にとって原爆出現は、「戦争が世界からなくなるかもしれぬような劃期的の事件」であった。それほどの威力を持った爆弾が東京や横須賀に投下されれば、「自分の命など全く保証し難い」、そして、次のように述べる。

　自分たちの失敗を棚に上げ、本土作戦を呼号し、国民を奴隷にして穴ばかり掘っている軍人たちはこれにどう答えるか見ものである。部外の者を敵視蔑視して来たことの結果がこうも鮮やかに現れて、しかも無感動でいるのが軍人なのである。話が真実ならば国民は罪なく彼らとともに心中するのである。くやしいと思うのは自分の仕事がこれからだということである。この感慨だけでも方法を講じて後に残したく思う。知らないで死んだのではなく知りつつ已むを得ず死んだのだということを。（一九四五・八・七）

大佛は、自己の死を恐れているのではない。大佛は、自己の洋書の蔵書をいくつかの場所に散らして疎開させ、リスクを分散する一方、自らは鎌倉に残った。「手もとには仕事に必要のもののみ残して焼けるのを待たん」（一九四五・七・二）、つまり、本土決戦、あるいは、空襲で焼かれる覚悟はすでに出来ていた。ここに噴出しているのは、自己の仕事に対する強い執着と「国家」に対して相対化されない、激しいエゴの告白であり、「国民」が権力・体制の被害者として捉えられ、それが軍部批判として爆発している。それはほとんど呪詛《じゅそ》に近い。そして、このとき大佛は家の外にでて、暗い天を仰いだ。そこに何をみたか？

頭上の空の夏の星座のさんらんたるを見る。銀河が水煙の如く丁度真上にある。ウラニュウムもこの空までは崩せぬ。こう思うのはいつ死ぬかも知れぬと暗に考え初めた人間の負け惜しみであろうか。

広島への原爆投下後の鎌倉の空は晴れていた。大佛はそこに美しい満天の星空が広がっているのを見た。「いつ死ぬかも知れぬ」生命の危機と軍部への怒りがわき上がるなか、永遠なる絶対的実在の「天」を見た。それは、軍部の愚劣な支配や、ウラニュウム爆弾、すなわち、原爆という現実に超越するものである。永遠の「美」が現実を超越する。これは詩的な魂であろう。

この切羽詰まったときに、湧出した詩的な魂はどこからきたのだろうか。この点について、村上光彦の大佛次郎研究会発足記念講演は、示唆に富むものであった（「大佛次郎とラジカリズム」『おさらぎ選書』第12集二〇〇四）。

大佛は大衆作家としてデビューする以前、翻訳家時代に、「八木春泥」という名で、一九二三年にアルフレッド・ド・ヴィニイの『セン・マール――ルイ一三世時代の陰謀物語』を訳出している。この物語の主人公セン・マールは、フランスの停滞がルイ王の宰相リシュリューの暴政のためであると考え、リシュリュー政権の転覆を画策する。そして、

この若い肉体に溢れる情熱は一切を溶かさずにはおらぬ。恋の名の下に、国家をも犠牲に求むるのである。

「恋」の情熱は「国家」を超え、必要であれば「国家」を転覆させる。村上は戦前・戦中であれば、これは、「国家反逆罪」に問われかねない危険思想であるという。

ところが、この思想は、作者ヴィニイから直接出て来たものではない。ヴィニイは、十九世紀

前半に活動したフランスの詩人・作家で、『ステロ』などの小説を書いているが、また、「国家」を守る軍人でもあった。ヴィニイには、『軍隊の服従と偉大について』という著作があり、王党派のイデオローグで、大岡昇平が指摘するように、「大革命以来のフランスの歴史を青春のあやまち」と考えていた（『歴史小説論』一九八二）。事実、この主人公セン・マールの「国家」を超える情熱の発露は、ヴィニイのオリジナルではなく、訳者の思想であった。なぜなら、その箇所は原文にはなく、翻訳者・八木春泥、つまり、大佛が付け加えた翻案であったからである（村上前掲論文）。

青年期の大佛は、吉野作造に影響を受けただけではなく、有島武郎の家で、ホイットマンの詩を読む会に出席している。また、象徴派の詩人アンリ・ド・レニエを訳し、荷風の偏奇館へ赴き、当時から「人嫌い」で有名だった荷風に添削してもらっている。原爆投下後、噴出した詩的な魂は、大佛の青年期から続いていたものである。

それから、文壇の人々と交わらず、「国民」とともにいた大佛だが、死は一人で迎える他はないものだ。死を感じさせる原爆の出現によって生じた「くやしいと思うのは自分の仕事がこれからだということである」という感情の襞にわけいった深い思いも、他人と分ちあえる性質のものではないだろう。この思いを日記に記したころ、大佛は、最も孤独感を味わったのではないか。そして、この孤独感は、小説として文学的に表現されていた。

このころ、大佛は、鎌倉時代の孤独な将軍にして、『金槐集』を著した最大の歌人の一人であった源実朝の時代小説を新聞に連載していた。これは、四二年九月〜四三年一一月まで『婦人公論』、その後、中断を経て四五年六月〜四六年三月まで『新女苑』に連載されている。

かつての都・鎌倉に住んだ、若き三代将軍・実朝は、北条氏の執権政治により、次第に権力の片隅へと追いやられる。譜代の御家人との関係は急速に疎遠となり、孤独な日常を送る。そして、その孤独には死の影が忍び寄る……。だが、大佛は、そのときの実朝を、「誰が知ろう、歌の世界だけが、実朝の雄心が存分に翼をひろげて、力強く羽叩くことの出来る無際限の天を開いていた。人間としてよりも将軍としてよりも、この人は天の成した雄々しい歌人であった」と描写している。日記に「からふね物語」（一九四五・七・二七）として出てくるのが、この実朝の物語である（のち『源実朝』と改題）。実朝は、中国渡航を企て唐船《からふね》を建造したが、由比ヶ浜の進水式に失敗する。

大佛は、実朝の、

大海の磯もとどろによする波
われてくだけてさけて散るかも
（『金槐集』）

という歌を引用して、「この歌などはもはや肉眼で見た写生ではない。雄勁に奔放に写生以上に出て、海そのものであった」と激賞している。

「源氏は自分一代限り」。大佛の描く若い実朝は、源氏による正統の政権の終焉を予言し、また、公暁による自分の暗殺を予見しているかのように、何度となくこう繰り返す。こういう実朝を描いた作家も、空襲や原爆により、その生命を脅かされていたのである。この実朝の心境は、大佛のものであったのかもしれない。それを裏付けるものとして、大佛の『敗戦日記』に引用された「死は近づきぬ文学は漸く佳境に入らんとす」（一九四四・一一・四）という詩人・正岡子規の言葉があるが、これは、戦争末期の大佛の心境を凝縮したものといえるだろう。

戦時下の日本には、ナチズムとヴィシー政権下のフランスにおけるヴェルコールらの「深夜叢書」のように、ナチズムとその協力者と対決したレジスタンスによる「抵抗の文学」は生まれなかった。だが、「からふね物語」には、戦争讃美のただの一行もなく、詩的で、戦争を全く感じさせない完結した世界を描いた、という意味において、当時の極限状況下にあり得た殆ど唯一の文学的抵抗の方法のようにみえるがどうであろうか。

戦争は、あらゆるものを押し流す、巨大な津波に似ている。大佛次郎という一個の人間には、個人主義・市民的精神・国民主義・詩的な感情など、さまざまな側面があった。戦時下において、それらの側面の多くは、国家によって逼塞《ひっそく》させられていた。だが、それらの精神が死滅したか否かは、天皇制軍国主義が消え去った後に判明するだろう。大佛が戦争協力という苦い体験からつかみ取ったものは何か。

第Ⅲ章　戦後の鞍馬天狗と東京裁判

1　『鞍馬天狗敗れず』

敗戦直前の一九四五年八月四日、大佛は、芝の高輪御殿で催された高松宮の午餐の会に呼ばれている。高松宮からは、いま何を書いているか、日本人の教養や日本の文化についての質問があったという（一九四五・八・四）。このとき、ともに招かれたのが吉川英治である。大衆小説界を代表する二人が招かれたのは、敗戦を見越して、「国民」の近くにいた彼らから民情を探る、といった点にあったと推測される。

吉川は、これ以前から高松宮に招かれ何度も講話を行っており（『高松宮日記』一九九七）、大佛を呼ぶように推挙したのは、あるいは吉川であったのかもしれない。高松宮からすれば、『鞍馬天狗』の作家と『宮本武蔵』の作家の距離は近かったのであろう。実際、このころ大佛次郎は、鞍馬天狗とともにいた。この敗戦前から敗戦後にかけて『鞍馬天狗敗れず』という作品を書いていたのである。

この作品には一つの謎がある。それは、単行本化されていないということである。『鞍馬天狗』シリーズの長編で単行本化されていないのは、この作品が唯一である。これは、一九四三年の『天狗倒し』の続編で、戦後、大佛は回顧して、『天狗倒し』の「単行本を見ると『第一部了』となっているので第二部を書くつもりがあったらしいが、この一篇、どの雑誌に載ったものかさえ、忘れてしまった」と述べている（中央公論社版『鞍馬天狗』七巻「あとがき」一九六九）。

だが、本当に「忘れてしまった」のだろうか。太平洋戦争中に書いた鞍馬天狗は五編しかなく、そのうち長編は『天狗倒し』（一九四三）、『鞍馬の火祭り』（一九四四）、『鞍馬天狗敗れず』（一九四五）の三編である。このなかで、第一部の『天狗倒し』を記憶しておきながら続編の存在を忘れてしまう、というのは奇妙な印象を受ける。また、記憶からは消えても、文字には残る。大佛の日記には、四五年五月八日に「同盟通信の仕事八回分仕上げる。『鞍馬天狗敗れず』という題にした」とはっきり記してある。大佛は戦後、一度も日記を読み直すことはなかったのだろうか。

「同盟通信の仕事」とあるように、この作品は、戦時中に統合された通信社から、『佐賀新聞』

『東奥日報』『北日本新聞』などの地方紙に配信され、連載された。連載回数は九一回。掲載時期は、各紙でズレがあるが、『佐賀新聞』では、六月二四日に始まり、中断を挟んで、敗戦後の一〇月六日に完結している。

『佐賀新聞』の社告には、「連載中の『日本武道鑑』（阪本富岳著）は大好評を博しつゝありますが、……連載を第五十四回で一時中止し来る六月二四日より『鞍馬天狗』をあたらしく掲載することに致しました」とある。『鞍馬天狗』は、他の作品の連載を一時中断してまで掲載されるほど、読者待望の作品であった。現に、社告では、「今更『鞍馬天狗』は紹介するまでもなく小説に映画に全日本の人気を一身に集めた気骨稜々《ママ》、変幻出没自在の好漢」と、「国民」的ヒーローであることが謳われている。

ちなみに、敗戦間近に載せられた、この社告の下欄の広告欄には、「朝鮮総督府警察官大増員」とあり、試験の内容・日程、待遇・恩給のことなどが記されている。「国家」は本土防衛も危うくなったこの時期に、なおも、植民地体制を維持しようとしていたのである。

さて、『鞍馬天狗敗れず』が単行本化されていない以上、この作品を読むには、六〇年あまり前の掲載紙に戻る他はない。近年、川西政明が触れているほかは（『鞍馬天狗』二〇〇三）、よほどの鞍馬天狗ファンでも目にする機会がないと思われるので、簡単に内容を紹介すると……。

舞台は、幕末の文久二（一八六二）年、生麦事件である。生麦事件とは、東海道の生麦で、薩摩藩・島津久光の大名行列の前を横切った英国人が殺傷され、英国は薩摩藩に犯人の死刑と、賠償金を要求。間に入った幕府は、謝罪とともに、一〇万ポンドの賠償金を支払ったが、薩摩藩は納得せず、翌年、薩英戦争に発展したというもので、幕末の日本を揺るがせた大事件であった。

この物語で、鞍馬天狗は、『天狗倒し』の設定を引き継ぎ、「岡野新助」という名で登場する。そして、薩摩藩の英国人斬殺者の身代わりを買って出、幕府から死罪のお尋ね者となり、横浜に潜伏する。そこで鞍馬天狗は、英国人・ブラウンがアヘンを密貿易しているのを暴く。

また、生麦事件の処理で、米国を仲介にして、英国との交渉を担当する幕府の役人・郷原左内の身辺に出没。米英に対する幕府外交の弱腰を叩き、英国への謝罪と賠償を撤回させようと暗躍する。例えば、鞍馬天狗は次のようにいう。


「郷原さん、……英吉利という国は軍艦を向けて威嚇しに出て来るのだ、つまり清国に対してやったことを、神州日本に対してもやって見せるのだ」

「だから、我々は心配している」

「強硬にやって下さいよ、二千何百年、外夷に犯されることのなかった国だ、日本の神々が、御手前の背後に控えている」


「神州日本」という言葉や神武紀元の皇紀、護国の神々、欧米列強に対する強硬な攘夷主義……などなど、この『鞍馬天狗敗れず』は、『鞍馬天狗』シリーズのなかでも突出して「尊皇攘夷」色が強い。大佛は、連載にあたっての「作者の言葉」で、「『鞍馬天狗敗れず』は彼の不撓不屈の志である日本敗れずの信念の告白である」と述べている（『佐賀新聞』一九四五・六・二〇）。ちなみに、この六月、大本営陸軍部では、『国民抗戦必携』と『国民籠城必携』という本土決戦用の書物を刊行、対戦車肉薄攻撃、白兵戦闘などを記し「国民」に配布していた。

しかし、鞍馬天狗は、イギリスに対する幕府の外交の弱さを批判するものの、直ちに米英と戦えと主張しているわけではない。力に屈することなく、理不尽な申し出に対しては誇り高く毅然と対処しろ、というのであって、イギリスをアプリオリに敵として「鬼畜」視しているわけではない。鞍馬天狗は、アヘン密売人のブラウンを樽に押し込め、衆人のなかに曝《さら》すが、「この悪人の始末は仲間の白人にさせるべし、日本人は手をつけるな」と、イギリス側の自浄能力に期待している。

また、この作品には、「鬚の深い、仏蘭西人らしい小柄の着ている服も地味で黒い外国人」が登場するが、それは、鞍馬天狗が変装した姿である。さらに、鞍馬天狗は、「こういう時世になると、俺も……上海あたりへ押し渡って、英語も支那語もぺらぺらに話せるようになっておきたかった」と敵性語を修得し、海外の事情に通じておくべきことを説く。かと思うと、「粗末な支那服を着て」、横浜の異人街に潜入する……。大佛も家のなかで中国服を着ることが多かった。

そして、興味深いのは、物語の進行のなかで、鞍馬天狗が対峙する相手がイギリスから幕府に移行していくことである。鞍馬天狗にとって、幕府の横浜警備隊も、役人の郷原も、また、幕閣も頼りにならない。頼りになるのは、例えば、外国人に芸子が攫《さら》われそうになったとき、ピストルにもひるまずに助ける野毛の隠居や人足といった民衆である。鞍馬天狗は、幕府に比べて、「人足どもの方が、まだ、大和魂を残してをる《ママ》ぞ」という。

前章で見たように、この『鞍馬天狗敗れず』が書きはじめられた五月八日、大佛はすでに敗戦を見越しており、「国民」の犠牲を悼み、「軍人に神経はない」と軍部批判を強める時期で、クレマンソーを通じて、「戦争のような大仕事を軍人にだけ任せておけるかね」と主張するに至っている。『鞍馬天狗敗れず』のなかでは、幕府に仮託しながら国家権力・軍人の無能ぶりを説き、民衆一人一人の愛国心に期待しているのである。

以上の場面は、『鞍馬天狗敗れず』の戦時中の連載箇所である。連載は、八月一二日、五四回（『東奥日報』）で一度途絶える。そして、八月一五日、大佛はいわゆる「玉音放送」を聞いた。日記には、

> 予告せられたる十二時のニュウス、君ケ代の吹奏あり主上親らの大詔放送、次いでポツダムの提議、カイロ会談の諸条件を公表す。台湾も満洲も朝鮮も奪われ、暫くなりとも敵軍の本土の支配を許すなり。覚悟しおりしことなるもそこまでの感切なるものあり。

と記してある。大佛は、この朝、放送直前まで、『鞍馬天狗敗れず』を書いていた。日記には、「同

盟二回書き上京する夏目君に托す」とある。つまり大佛は、鞍馬天狗とともに敗戦を迎えたことになる。敗戦後も執筆は続き、すべて脱稿したのは、八月三一日である。日記には「同盟の仕事を最後まで一気に書き上げて了う。時局の変化で途中から筋まで変えあやふやとならざるを得なかった」と記している（一九四五・八・三一）。

そして、『鞍馬天狗敗れず』の連載は九月一日に再開される（敗戦の混乱からか、連載五五回からの再開なのに、新聞紙上の数字は、「五四」となっている）。この日の広告欄には、塩田工事の現場監督を募集する求人記事があり、「皇土復興へ」と呼びかけている。また、貸衣装店の目立つ広告があるが、そこには、「今スグニ間ニ合フ喪服」と記され、敗戦が多数の犠牲の上に成り立っていることを感じさせる。

敗戦を迎えた作者の心境が最もよく反映されているのは次の場面であろう。それは、連載七三回目で、鞍馬天狗は郷原に捕えられ、処刑されんとする絶体絶命の危機に瀕する。一度は死を覚悟した鞍馬天狗だが、夜、荷台に仰向にくくりつけられ護送されるなかで、星空を眺めた。

（まだまだ俺は敗けやしない、とにかくこの星空を美しいと思って眺めるだけの、心のゆとりがある）

……空の星は毎夜輝いて冷やかなまでに涼しく、その人間共のすることを眺めおろしながら、悠久に輝いているというわけだ。

（こせこせするな）

鞍馬天狗は、我が身にこういい聞かせた。

（俺は必ず生きるだろう、まだ死にはせぬ）

星が輝いているかぎり、鞍馬天狗は敗れない、という。このシーンが登場する章のタイトルはその名も「星座」である。この星座が、原爆投下後、大佛が眺めた鎌倉の空の「さんらん」たる「夏の星座」に通じていることは、いうまでもないだろう。そして、これは大佛の、鞍馬天狗とともに戦後を生き抜く決意の表明でもあった。

2　三二日間の攻防戦

敗戦直後、大佛は由比ヶ浜沖に姿を現した連合軍の艦隊を見に行っている。だが、敗戦の現実をより実感したのは横浜でのことであろう。九月二日、大佛は連載中の『鞍馬天狗敗れず』の舞台となっている横浜を訪れた。日記には次のように記してある。

午食の後横浜へ行き米軍上陸の日の街を見る。門田君〔『朝日新聞』記者〕と歩く。ニュウグランドはマッカサー《ママ》が入ったことで歩哨が立っている。上陸したばかりの兵隊どもが道路に休憩し珍らしそうにこちらを見ている。野暮ったい百姓臭い奴がいると思ったら蘇聯《ソレン》兵である。南京街のトタンバラックには二三民国の旗が立っている。

大佛にとっての横浜とは、ホテル・ニューグランドである。ニューグランドの開業は、一九二七年であるが、大佛はその翌年から、ここで執筆活動をするようになり、多くの作品がつくられた。三一年ごろから三一八号室を常宿室とし、仕事を終えると一階のバーで酒を飲むのを日課としたという。その当時の、ダブルのスーツに身をつつみ、洒脱な感じでバーテンダーと会話をしている大佛の写真が遺されている。このホテルに逗留しての執筆は、太平洋戦争が始まるころまで続いた。

だが、敗戦直後に大佛が訪れたとき、そこは厳戒下にあった。連合軍総司令官マッカーサーはバターン号と名付けられた銀色に輝く輸送機で、八月三〇日、厚木に着陸。その午後、ニューグランドに入った。つまり、ニューグランドは連合軍の暫定的な総司令部となっていたのである。大佛はその光景をわざわざ横浜まで見物に行ったことになる。

そして、横浜から鎌倉の自邸に帰った大佛は、その夜、重要な電話連絡をしている。それは、首相との面談についてのものであった。

敗戦の年は、残暑が厳しかった。大佛は、翌三日上京、照りつける太陽のなかを首相官邸へ向かった。焼け野原で街の風景が一変していたためなのか、途中、虎ノ門で官邸への道を聞いている。そして、大佛は官邸で、首相から次のような重大な任務を託された。

総理の宮の演説原稿の文章を書くのかと思ったら太田君〔『朝日新聞』記者〕に会うとそうでない。参内前でいそがしい時間を宮の部屋へ伺うと「この度内閣参与になって貰う。しっかり頼みます」と上を向いて笑いながら云われ、こちらはお辞儀をして退室して来た。同列の児玉誉志夫というのと別室で話す。（一九四五・九・二）

この「総理の宮」とは、戦後最初の首相・東久邇宮のことで、大佛は東久邇宮から直々に内閣参与に命じられたのである。このとき、東久邇宮は戦災にあって自邸が焼失したために、靴下もなく、素足で古いズック靴を履いていたという。「太田」「児玉誉志夫」という人名が挙がっているが、彼らも大佛同様、参与に命じられた人たちである。東久邇宮の日記によれば、参与の正式な任命は五日で「本日、太田照彦、田村真作、児玉誉志夫、大佛次郎、賀川豊彦を内閣参与事務嘱託に任命した」とある（『一皇族の戦争日記』一九四五・九・五）。

ここで、大佛を参与に任命した東久邇宮稔彦について簡単に触れておきたい。東久邇宮は、一八八七年、久邇宮朝彦親王の第九王子として生まれた。朝彦親王は幕末期には青蓮院宮・中川宮と称し、公武合体派、つまりは幕府寄りであったために、維新後の一時期、薩長政権により冷遇されている。稔彦は、学習院初等科に進み、一九〇六年、新しく東久邇宮家を創設、皇族となり、同年、陸軍士官学校に入学。連隊時代の先輩に『亜細亜の曙』の山中峯太郎がいて、山中の部屋によく遊びにゆき、トルストイの本を借りて読むなどしている。一一年、明治天皇の陪食を断り、当時、皇太子だった大正天皇と衝突。皇族辞退を申し出たが、山県有朋が間に入り慰留される。一五年、明治天皇の第九皇女と結婚する。

その後、陸軍少佐となり、二二年、フランスに留学。この点について、信夫清三郎が「皇族一般の例で軍籍に入った東久邇宮は、夫人を毛嫌いして『亡命』したのだとうわさされたほど異例の長期間フランスに留学し、皇族のなかでもめだつ自由主義者となって帰国した」と述べているように(『戦後日本政治史Ⅰ』一九六五)、フランス留学は七年の長きにわたった。帰国後、陸軍大将に昇進、陸軍航空本部長などを務め、日米開戦時には防衛総司令官であった。

海外の情勢に通じていた東久邇宮は、日米開戦に消極的であり、対米強硬派の東条英機の組閣に反対していた。その立場は、同じく開戦反対派の海軍左派グループ、山本五十六、米内光政、井上成美らに近い。東久邇宮は開戦時の心境を「日本はいよいよアメリカの外交謀略にかかって、日米戦争に自ら突入してしまった。これで、日本は没落の第一歩にふみ込んだと知って、私はがっかりした」と記している(『一皇族の戦争日記』一九四一・一二・八)。

この東久邇宮に組閣の命が下ったのは、一つには、敗戦処理をする際、武装解除をスムーズに行わせる必要があり、軍部の不満を皇族の首相によって抑えるため、もう一つには、占領軍に天皇の大権を認識させ、国体を護持するためであったとされている。閣僚の人選は、主に近衛文麿と緒方竹虎（ともに国務大臣）が行った。

ところで、大佛が就任した参与とは何か。東久邇宮は「私が内閣参与をつくったのは、官僚組織を経ずして直接、民間の意向を私に反映させ、また私の意思を直接、民間に反映させるようにするためであった」と述べている（『一皇族の戦争日記』一九四五・九・五）。つまり、参与とは省庁を管轄する閣僚ではない。当時の新聞報道には「内閣参与」ではなく「総理大臣参与」と記したものもあるように、首相付きの特設シンクタンクで、その任務は首相と民間のパイプ役であった。

東久邇宮は八月三〇日、新聞に「全国民より手紙を下さい」という文章を載せ、「国民」から意見を募っている。それは一日二〇〇〇通に達したという（『私の記録』一九四七）。この民間とのパイプ役に『鞍馬天狗』を書き、「国民」とともにいた大衆作家・大佛次郎が選ばれたのは注目すべきである。大佛自身は、参与としての意見書の草稿に「民間側委員としての私見」と記しており、民間代表という意識をもって、国家官僚と向き合っていたことがわかる（ただし、参与のうち、後にA級戦犯とされる児玉誉志夫は、敗戦後の愛宕山自決事件報道を巡って色めき立っていた軍部・右翼の抑えのためであった）。

ところで、戦時中の大佛と東久邇宮には、ひとつの共通点が存在する。大佛の日記には、四五年四月一〇日、シュレアスの「クレマンソオの伝読む」とあり、沖縄戦ごろから、クレマンソーの口を通じて軍部批判を始める。一方、これより二カ月ほど前、東久邇宮はモルダックの『戦うクレマンソー内閣』を入手し、高松宮、三笠宮、朝香宮、賀陽宮に配布している。このとき、東久邇宮は、「現下のこの困難なる情勢に直面して、クレマンソーに比すべき果敢断行の政治家が出て、わが国を救わなくては、三千年の歴史と大和民族は滅びるのではなかろうか」という思いを抱いていた（『一皇族の戦争日記』一九四五・二・一三）。クレマンソーに対する両者の着目のしかたはほぼ一致するであろう。

なお、東久邇宮は、書物を通じてのみクレマンソーを知っていたのではなく、パリ留学時代に、クレマンソーに面会している。東久邇宮はパリ郊外にあった画家クロード・モネ邸での昼食会に招かれ、そこでクレマンソーに会った。そのときクレマンソーから「日本は弱い者いじめをして支那に対し、強硬外交をやった。また、朝鮮で圧政政治をおこなっている」という手厳しい批判を浴びている（同）。以後、東久邇宮はモネの家でクレマンソーと度々会談し、「国際的な知識の必要性というものを痛感した」という（『私の記録』一九四七）。

なぜ、大佛は参与に抜擢されたのか、その経緯は詳かではないが、二つの可能性が考えられる。一つは、東久邇宮と大佛の間に、太田照彦など朝日新聞記者が入っている点、また、東久邇宮の片腕となった国務大臣・緒方竹虎が朝日新聞の編成局長を務めており、文相の前田多門も朝日新聞の論説委員を務めていた点などから、朝日新聞関係者を通じて推挙があった可能性である。ちなみに、四五年四月に大佛が書いたクレマンソーの随筆『老虎出盧』は朝日新聞社から依頼された原稿であり、その依頼主は、自ら日本のクレマンソーを任じていた緒方であったのかもしれない。

もう一つの可能性は、東久邇宮自身の判断である。東久邇宮は学習院初等科時代に、作家・里見習と同級生であった。里見は鎌倉文学者の一人で、大佛と交流がある。一九四三年四月三〇日、東久邇宮が主催した「漢口会」という文化サロンの第一回に、大佛は里見、久米正雄ら鎌倉在住の作家とともに出席しており、東久邇宮と大佛はすでに面識があった。

さて、内閣参与となった大佛は、いったい何をしたのだろうか。大佛は参与に任命された翌日の九月四日、北鎌倉にいた関口泰のもとを訪れている。日記には「教育方面の話をいろいろ聞く。勉強の第一歩である」（一九四五・九・四）と記している。そして、六日、今度は関口が大佛邸を訪れ、「言論出版結社の自由のパンフレット」を持参したという。関口はのち、文部省の中枢に入り教育改革に携わり、また、横浜市立大学の初代学長となるなど、戦後教育史に大きな足跡を残すことになるが、もともとは、『朝日新聞』の記者および論説委員を務めたジャーナリストで、言論問題に強い関心を持っていた。

そして、大佛は、その翌七日から、「二十五年振りで六法全書を出して来て治安警察法その他を読」み始めている（一九四五・九・七）。大佛は法科の出身であったが、大学卒業後、初めて六法全書を開いた。治安警察法とは、一九〇〇年に公布された集会・結社・言論の制限を目的とする法律で、治安維持法とセットとなり、国家による弾圧の支柱となった。すなわち、内閣参与として大佛次郎が真っ先に取り組んだことは、「大正デモクラシー」を扼殺《やくさつ》し、小林多喜二、尾崎秀実、三木清、戸坂潤らを圧殺し、そして、「横浜事件」で、大佛が好んで執筆していた雑誌『改造』を廃止に追い込んだ国家治安体制の撤廃であった。

この点から、大佛の戦時下の苦悩が垣間見える。大佛は確かに戦争に協力した。しかし、それは、戦争や軍国主義、国策そのものの支持に力点があったのではなく、祖国日本の一員として「国民」との強い同胞感覚によるものであった。大佛が戦後直ちに、国家治安体制の撤廃に動いていることは、戦時下の言論統制に極めて不自由・不満を抱いていたことを裏付ける。そして、大佛が敗戦後とったこの行動は、戦後という時代の意味を考えるとき実に重要な意味をもってくる。

日本の民主化や憲法は、軍部を解体したGHQによってさしあたり、日本の「外」からもたらされたといえるだろう。だが、日本の敗戦が、単に戦争に敗れ、武装解除を意味するのみならず、天皇制軍国主義体制による抑圧からの精神的な解放であり、民主化の開始をも意味するとすれば、それは最終的に日本の「内」側から起こるほかはない。大衆の自発性に支えられない解放運動、与えられた民主主義などというものは存在しない。いったい、敗戦時に日本人は何をしていたのだろうか。

この点について、羽仁五郎の次のような興味深い挿話がある。羽仁は、マルクス主義の歴史学者にして、戦前の講座派の驍将《ぎょうしょう》であり、岩波書店から刊行された『日本資本主義発達史講座』の「首謀者」の一人と目され一九三三年、講座派の指導者・野呂栄太郎とともに、治安維持法違反容疑で拘禁された。保釈後、中国大陸に逃れたが、四五年の三月、北京において、再び治安維持法違反で逮捕された。その後、東京の警視庁に護送され、敗戦時には玉川警察に移送されて、なお獄中にいた。羽仁は、敗戦時の感想を次のように述べている。

ぼくは八月十五日にどういうことを考えていたかというと、ぼくが獄中にいることを知っているぼくといっしょに学問をした若い人たちが、こぞってぼくのところへ駆けつけ、牢獄の鍵をはずして、ぼくを外へ救い出してくれるものというふうに一日中期待していた。けれども、夜になってもだれもこなかった。……だれかが獄中にいれば、それは自分が獄中にいることだと考えなければ、それは考える能力がないということなのだ。

（『自伝的戦後史』上・一九七八）

羽仁が期待したような同志や、バスチーユを襲撃し政治犯を解放した「人民」は、敗戦後の日本には現れなかったのである。

実際、驚くべきことだが、一九二五年に成立し、戦時中、思想弾圧の支柱として、多くの知識人を苦しめ、猛威を振るった治安維持法、また、治安警察法は、軍部とともに消滅せず、敗戦後もなお生き続け、八月一五日後も数多くの政治犯が獄につながれていたのである。

日本の政治犯を解放したのは、例えば、在日フランス人として拘禁されていたＡＦＰ（フランス通信社）の特派員ロベール・ギランである。哲学者の三木清は、警察から脱走した共産主義者・高倉テルの逃走を支援した罪で四五年三月から拘禁されていたが、敗戦後も釈放されず、なお獄中にいた。そして、九月二六日死亡する。ギランは、この「三木死亡」という知らせに衝撃をうけ、まだ釈放されていない政治犯が少なからず存在することを知った。そして、さらに、彼らを一刻も早く解放しなければ、獄死するかもしれない……と危険を感じ、獄中にいる共産党員らを探しに、米国のジャーナリストらと府中刑務所に向かった。

応対に出た看守は、「共産党の政治犯はいない」旨の回答をし検査を拒絶したが、その挙動に不審を覚えたギランらは押し通った。すると、

「われわれはコミュニストです！　共産党のメンバーです！」

と叫びながら抱きついてきた一群の囚人……十数人の日本人を発見した。

彼らこそが、徳田球一、志賀義雄を始めとする「獄中一八年」組であった（ギラン『アジア特電』一九八八）。獄中一八年とは、一九二八年の三・一五事件で検挙されて以来、一八年間監獄生活を送っていた共産主義者である。

その後、一〇月四日、GHQの人権指令により、治安維持法の事実上の撤廃があり、そして、『日本における近代国家の成立』の著者であり、GHQの課長であった日本生まれのカナダ外交官E・H・ノーマンが、GHQの政治顧問K・エマソンとともに府中刑務所を訪れ、徳田・志賀らと面会し、マッカーサーにより一週間以内に解放されることを約束する（加藤周一編『ハーバート・ノーマン　人と業績』〇二・中野利子「年譜」）。羽仁五郎も九月二三日に釈放されるが、「ぼくを牢獄から救い出してくれたのは、いっしょに勉強した若い学徒のひとりであった……カナダのハーバート・ノーマンという学者外交官だった」と証言している（『自伝的戦後史』上・一九七八）。ノーマン

は、太平洋戦争開始直前、羽仁を招き、羽仁の著作『明治維新』に関するレクチャーを受けていた。一〇月一〇日に解放された政治犯は、約三〇〇〇人とされている。このように、国家治安体制の消滅と共産党員らの政治犯の解放は、最終的には、GHQのノーマンやギランら外国人特派員によって、日本の「外」側から行われた。だが、日本の「内」側からこの問題に取り組んだ日本人がいたことも忘れてはならない。羽仁のいう「だれかが獄中にいれば、それは自分が獄中にいることだ」と考えた日本人は存在した。その一人が、大佛次郎だったのである。

ギランらが府中を訪れるより前、九月一九日、大佛は、「現内閣の緊急に採るべき措置として、治安警察法の廃止」を書面にして提出する（一九四五・九・一九）。このとき、三木清は全身疥癬《かいせん》に冒されながら、なお存命していた。大佛のこの願書が通っていれば、三木は獄死を免れた可能性があるが、それは実現しなかった。

しかし、大佛は、三木死亡の翌日、なおも国家治安体制打破へ向けて執念をみせ、

殿下に会い治安警察法その他の法令の廃止、暴力行為の厳重取締につき進言。この内閣の使命が積弊をブチコワスことにあり、国民もそれを期待すと話す。辞去するに際し戸口を出るまでにどうもありがとうと二度まで云われる。（一九四五・九・二七）

大佛は、言論の自由の障害となっている治安警察法など一切の法令の撤廃を、首相である東久

邇宮に直訴したのである。首相・東久邇宮に言論の自由と政治犯の解放を迫ったのは、「外」側の圧力だけではなく、「内」側にもあったのである。

ところで、なぜ大佛は、治安維持法よりも治安警察法の撤廃を強調しているのだろうか。東久邇宮は、すでに八月一八日、政治犯の釈放と言論・集会・結社の自由化の実施を閣議で閣僚に要求している。だが、それはまったく実行されなかった。二八日の閣議で、東久邇宮の主張が通り、太平洋戦争以降に制定された言論弾圧に関する法令は撤廃された。しかし、それ以前に制定された治安維持法と治安警察法は残り、言論の取り締まりは継続、「治安警察法の精神にのっとる」ことが決定されている。つまり、治安警察法の運用によって、国家治安体制を保とうとした勢力が残存し、ここに、言論の自由化を阻む障壁として治安警察法が前面にでてきたのである。

内相の山崎巌は、警保局長、警視総監などを歴任した内務官僚であり、特高警察の維持を目指し、「天皇制廃止を主張するものは、すべて共産主義者とかんがえ、治安維持法によって逮捕」すると断言していた。敗戦後、軍部にかわって国家機構を支配しはじめたのは、警察権を握る内務官僚と裁判権を握る司法官僚であった（信夫清三郎『戦後日本政治史I』一九六五）。大佛は東久邇宮とともに、こうした官僚勢力と言論の自由化と政治犯釈放を巡って攻防戦を繰り広げていたのである。

九月二七日の大佛の国家治安体制撤廃の直訴は、東久邇宮を動かした。大佛はその顛末を一年後、次のように公表している。

治安維持法を廃止して、この内閣の態度を中外に明瞭にして頂きたいと私から進言して、これが官僚の勢力の基盤に成っていると説明申上げた時、宮様〔東久邇宮〕はやろうと仰せられた。しかし、この法律は宮様の内閣が退き、連合軍総司令部から指令によって遂に廃止せられるまで、内閣や官僚の手で温められていたのである。（「一年後」『新夕刊』四六・八・二五）

戦後史研究では、東久邇宮内閣が、GHQによる治安体制の廃止や政治犯釈放などの人権指令を拒み、一〇月五日、内閣は総辞職した……というのが通説となっている（例えば油井大三郎『未完の占領改革』一九八九参照）。だが、すでに述べたように、東久邇宮自身は、国家治安体制を終息させることに意欲を見せていた。東久邇宮は、大佛の直訴の二日後、マッカーサー元帥、サーザーランド中将と会談し、その席で次のようなやりとりがあった。

元帥から、「ソ連、中国から近く日本人の共産党員が帰ってくるはずだが、政府はどうするか」と私〔東久邇宮〕に質問したので、「私は内閣組織と同時に、共産党員を含む政治犯人全部を釈放することを命じたが、官僚の仕事でぐずぐずして未だに実行されていない。また、この内閣は言論、結社、集会、出版の自由を認めているのだから、共産党員に対して、なんら特別の措置はとらない」

（『一皇族の戦争日記』一九四五・九・二九）

また、東久邇宮は「現内閣の大臣はあまりに保守的な人が多いから機会があれば、無産政党を主体として、現在の時勢よりも先に進んだ社会主義政策を実行することができ、……大いに活動すると予想される共産党とも接触ができる」という「民主主義的無血革命」を夢想していた（同一九四五・一〇・三）。政治犯の釈放も一〇月末に行われることになり、具体的な日程にのぼっていたのである。

それならば、なぜ東久邇宮内閣は、GHQからの人権指令を受け入れられなかったのか。東久邇宮は、この点に関して、「もっとも必要なことは、天皇の名で重刑に処せられた人々を、連合国の指令で釈放するのではなく、天皇の名でゆるすことである」と述べている（同一九四五・一〇・五）。東久邇宮は、政治犯を大赦令によって釈放することについて、すでに天皇から許可を得ており、その許可をもって司法大臣に大赦令の実施を迫っていた。つまり、東久邇宮がこだわっていたのは人権指令の内容ではなく、誰の名で政治犯を釈放するのか、という点であった。これが天皇ではなく、マッカーサー元帥の名で行われるのは、「陛下に対して申訳がない」というのである（同一九四五・一〇・四）。

政治犯の解放は、マッカーサー元帥によるのか、天皇によるのか。この点が、東久邇宮内閣とGHQの争点であったといえるだろう。だが、もうひとつ、元帥でも天皇でもない第三の立場があった。信夫清三郎が、「政治犯人の釈放は、国民の名においてこそ、おこなわれなければならないはずであった」と述べているように、それは日本「国民」の立場である（前掲書）。そしてまさに、この立場に立っていたのが、民間代表の参与・大佛次郎であった。九月二七日、大佛が直訴したとき、「この内閣の使命が積弊をブチコワスことにあり、国民もそれを期待す」と、天皇ではなく「国民」の名において政治犯の釈放を求めていた。それから、大佛は次のように東久邇宮内閣を位置づけている。

〈東久邇宮〉殿下に全国民の希望集りおるに、下僚は混沌行く末不明の政局に附入りて怠業しおるなり。世路艱難のことなるかな。官僚はその黄昏の時にあり、保身のことに汲々として伝来の殻を一層固く鎧《よろ》わんとす。（一九四五・九・九）

敗戦の衝撃により、軍部は壊滅していたが、銃後にいた国家官僚は残り、民主化の障壁として立ちふさがった。東久邇宮と大佛はともにその壁と対峙していた。それを東久邇宮は天皇の名で越えようとした。一方、大佛は「国民」の名で突破しようとした。この点で、皇族・東久邇宮と大衆作家・大佛はわかれるはずである。例えば、大佛は、「もう何もする気もなくなった田舎へ引込むといっていた」ある寿司屋の主人が、大佛の参与就任の「新聞を見てこれで漸く希望を見つけたと悦びし由」、つまり、生きる希望を見いだしたといっているのを聞き、「余の責任重きことなり」と述べている（一九四五・九・九）。大佛は、「国民」の期待を背負っていることを強く自覚していた。

ちょうどこのころ連載されていた『鞍馬天狗敗れず』では、鞍馬天狗は幕府の役人・郷原に対して、こう述べる。

これまでの公儀のやり口で解決つくと思ったら、国の大勢に置きざりにされ国民の憤激を買うことになりますぞ、最早日本は昨日の日本ではない。（連載第五九回）

「これまでの公儀のやり口」とは、列強に開国するとみせながら鎖国を保ち、問題を先送りする事なかれ主義、いわゆる「ぶらかし策」である。鞍馬天狗は、旧態依然とした幕府の官僚的手法で諸外国と交渉することを「国民」の名で批判している。つまり、鞍馬天狗も作品のなかで大佛同様、「国民」の名で旧来の官僚主義と闘っていたのである。

大佛は日本人の手による国家治安体制の廃止を強く意識していた。日記には、「アメリカから云って来る前に果断にやって貰いたいのだが今の内閣の腰抜けでは心もとなし」（一九四五・九・二七）と記している。政治犯未解放問題が、GHQのなかで急速に表面化するのは、三木死亡とその報道による。だが、それよりも以前に、「国民」の名において、積極的に解放工作を開始していた一日本人がいたことは、特筆に値する。その立場は、日本は戦争に敗れたのであって、連合国の奴隷になったのではないと主張し、天皇の大権を制限した日本人の手による戦後憲法の作成に最後までこだわった白洲次郎の立場に似るだろう。

大佛は、「自由主義は別に思想の内容を構っているわけではない」という（「カメレオンの自由」『潮流』一九四六）。自由主義は、特定の思想の内容ではなく、表現の「自由」・市民的形式的「自由」を擁護するものである。たとえ自分とは違う考えでも、力によって弾圧されることは許さない。戦時下に、頑強な個人主義者であり、かつ、「自由」の擁護者であった鞍馬天狗の精神は作者のなかに生きていたのである。すなわち、「鞍馬天狗敗れず」。戦争は、ついに鞍馬天狗の精神を滅ぼすには至らなかったと見える。

大佛にとって「与えられた自由」というものは存在しない。大佛は戦後に横溢した「自由」の空気を「カメレオンの自由」と呼んだ。つまり、カメレオンのように環境の変化に応じて自らの主張を変化させるものが謳歌する「自由」に過ぎないというのである。したがって、「何となく身につかぬ思いが除き切れぬのは、この『自由』が闘い取ったものではなく他人から貰ったもののせいであろう」という。そして、同時に日本人の個人としての弱さを指摘する。

何かの組織の中に在る日本人と、組織から離れて個人として在る日本人とは、全然別のものとして見る必要があるのだ。……一旦組織の中に入ると、日本人は個人でも、生きている人間でもなくなる。時には、官庁における、ただの椅子に化けて了うのだから、国家主義者にも共産主義者にも境遇によって容易に変化する……真実の自由人が新しく日本人の間から生まれて来たかというと、残念ながらそう自惚れられるわけのものではない。真のリベラリストは、自由主義万歳の唱和に加わらず、離れて暮らしているかもしれないのだ。……自由の道は開けた。しかし、歩くのは人間各自である。
（前掲「カメレオンの自由」）

ここでは、自由主義の伝統の弱さと個人主義の弱さが、表裏一体のものとして捉えられている。作者は戦後という時代に「歩くのは人間各自である」と突き放し、各人が鞍馬天狗のように、強い自我を持つことを主張している。

「与えられた」自由、「押しつけられた」憲法、「押しつけられた」解放＝民主化などというものはない。それらの種は「外」から輸入できるかもしれないが、最終的には、日本という土壌の「内」から生え、育ち、実を結ぶ他はないものだ。われわれは、戦後日本民主主義の出発を大佛という一日本人の、この行動から描き始めることができるだろう。

大佛は、一〇月五日、内閣総辞職にともない、参与の職を辞した。九月三日、参与就任後はじまった国家治安体制を巡る国家官僚との攻防戦は、こうして一カ月あまり、三二日間で終わった。しかし、それは晩年の『世紀』に至る、大佛の戦後という時代との格闘の序曲に過ぎなかった。

3 「群動」する日本人

戦中から書かれた『鞍馬天狗敗れず』に続き、『鞍馬天狗』シリーズの戦後第一作となったのは、四七〜四八年に雑誌『苦楽』に掲載された『新東京絵図』である。この作品は明治維新後の江戸＝東京を舞台にしたものである。すでに、鞍馬天狗が倒そうとした幕藩体制は存在しない。そして、この作品のなかで、鞍馬天狗は戊辰戦争の「敗者」の視点に立ち、かつての同志にこう告げる。

敗れた幕臣の方が、むしろ、世の中を見とおしていたのだぞ。退き方も見事だった。……これア勝った官軍の方が、あべこべに負けているといってよい。悪く、まごついた話だ。

『新東京絵図』において「敗者」を代表するのは幕臣の勝海舟である。勝は江戸無血開城の立役者の一人で、江戸を戦火にさらすことなく「官軍」に引き渡した。だが、この作品のなかでは、大名屋敷を残してしまったことを後悔し、鞍馬天狗にその思いを次のように吐露する。

屋敷町は思い切って焼いて掃除してしまった方が、世の中の変り目をはっきりさせるのに、よかったかも知れんぜ。大名屋敷が残っていると、田舎出の侍たちの新政府の役人や、ついこの間まで京の裏長屋で内職に楊枝《ようじ》や茶筅《ちゃせん》を削っていた公卿《くげ》さんたちが、我が世が来たとばかりに、大きな屋敷へ入り込んで、御公儀の時分と同じことになってしまうだろう。成り上りという奴は怖ろしい、こいつが錦の御旗を楯に使って勝手なことを始めたら、御公儀の時分よりは、悪いよ。

勝は、かつての封建制の支配者がいた権威高い大名屋敷に、新しい支配者として「官軍」が入ったことで、「維新」という時代変革の意義が薄れてしまうことを批判しているのだが、『新東京絵図』の面白さはそれだけではない。『新東京絵図』では、戊辰戦争の「勝者」である「官軍」の江戸占領と、太平洋戦争の「勝者」であるアメリカ軍の東京占領を二重写しにしている。『新東京絵図』が書かれたときの東京の状況は、連合軍の大空襲により焼け野原が広がっていたが、皇居周辺の第一生命ビルを始め、帝国ホテル、三信ビル、郵船ビル、伊勢丹、服部時計店、松屋などのビル群は残った。そして、占領後、マッカーサーはジープでそれらの建物を視察したあと、GHQの拠点として接収する。これらの建物は、占領後用いるために、米軍が意図的に爆撃を外して残したとされている。実際、米軍の空爆はかなり正確で、枢軸国のドイツ大使館は粉砕されていたが、アメリカ大使館は残った。『新東京絵図』の大名屋敷は、このGHQが入ったビル群を暗示しているのであろう。この点について、大佛は次のように述べている。

『新東京絵図』は昭和二十二（一九四七）年に雑誌『苦楽』に連載した。終戦まもなく占領中であった。掲載中に新聞社にいる友人が来て、アメリカ軍の二世将校に面会したら、『新東京絵図』はアメリカの占領を書いていると怒って話していたから少し注意しろとのことである。私は、それが占領というものだと考え、構わなかった。しかし、『苦楽』という雑誌は、実は氾濫するアメリカニズムに対する小さいながらの抵抗であった。『新東京絵図』も現実の嘱目《しょくもく》に影響されなかったとはいい得ない。（中央公論版『鞍馬天狗』第六巻「あとがき」一九六〇）

苦楽社は、敗戦の翌四六年九月、大佛が渾大防五郎、須貝正義らとともに興した出版社である。主な事業は雑誌『苦楽』の発行で、社屋は京橋にあった。この苦楽社設立の目的は、戦後氾濫する「アメリカニズム」への抵抗であるという。内閣参与時代のインタビューでも、「本当のアメリカに影響されるのならいいけれど、浅薄なアメリカニズムにかぶれて、日本人でもない、アメリカ人でもない人間になること」に警鐘を鳴らしている（「偏見のない連絡係」『アサヒグラフ』一九四五・九月号）。

実は、大佛が内閣参与となって取り組んだことは、国家治安体制の打破の他にもう一つあった。それは文化省の設立である。大佛はそれを東久邇宮に申し出ている。東久邇宮の日記には「内閣参与大仏《ママ》次郎来たり、文化省を新たに設立すべきであると意見をのべた。私はよい意見だと思ったので、実行したいと思った」とある（『一皇族の戦争日記』一九四五・九・二七）。

大佛は参与辞職後も、この文化省設立構想に固執し、「『文化局』の創設を要望す」という文章を発表している。そこで大佛は、まず、戦時下の日本文化のアジアへの輸出は強制であり、「強制するという方法が既に文化の自殺だった」と指摘する。また、日本精神などと叫びつづけた割には、「国家が文化を等閑に付して来たばかりでなく徒に乾燥させて来た」、したがって、民衆は真の日本文化から「隔離」され、「日本は文化政策などなしに来た」という。そして、「私たちは今日こそ、借物の文化と手を切らねばならぬ。外来文化の影響を受けるならば浅薄にではなく、身に沁みるほどの強い受け方をしよう」と訴えている（『東京新聞』一九・一一・一四〜一七）。

では、なぜ「文化」なのか。戦時下に、軍事力による戦争以上に、「文化戦争」を説いた大佛にとって、敗戦は、なによりも日本の「文化」の敗退として捉えられた。「率直に云おう。文化的な素質の上に於て我々は敗れたのだ」（「狐穴の日本人」『文春別冊』一九四六・一二）。日記では、連合国の占領を目前にして、「何を守るべきかが国民文化の問題であろう」と述べている（一九四五・八・二七）。

大佛は、戦後の日本人にある危うさを感じていた。それは、参与辞職後の日記に「世相は戦時中と同じく軽薄で過激な形相を呈している。亜米利加の強引な民主化政策はわかるが一せいに尻尾を振っている日本人が安易過ぎ危っかしいのである」と記されている（一九四五・一〇・八）。ここで大佛が問題にしているのは、日本人のメンタリティであり、ある方向に雪崩のように向かう性質である。

大佛は、戦中に声高に唱えられ、「国民」にすりこまれた「大和魂」などの「日本文化」は、実際は内容などなく、「凡そ、文化とは云い難い。文化の表面を渡って行く風波であった。根のないさまざまの現象が、ただ騒々しく現れるだけであった」という（前掲「狐穴の日本人」）。戦時中、軍国主義支配者に安易に靡《なび》いた「国民」のメンタリティは、新しい支配者への迎合の素地となり戦後も継続しているとみた。そして、大佛は、軍国主義への雪崩現象も、アメリカ文化への迎合も、真実の「日本文化」が確立していないことに起因すると考えたのである。この「国民」の集団的な浮動現象は作品のモチーフとして、『帰郷』において、より研ぎ澄まされて表現される。

『帰郷』は、大佛の現代小説を代表する作品で、四八年五月に連載が終わった『新東京絵図』の後を受けるように五月一七日より、『毎日新聞』に連載された。『帰郷』により芸術院賞を受賞。また『帰郷』はアメリカ、イギリス、イタリア、スウェーデン、フィンランド、フランス、中国で翻訳・出版され、佐分利信主演で映画化もされている。大佛は、この作品について、「戦後に心にきざした或る怒りから生まれた」と述べている（新潮文庫版『帰郷』解説・一九五三）。この「怒り」とは何か。その一つは、占領下のGHQによる検閲である（大佛次郎自選集現代小説『帰郷』「あとがき」一九七二）。それから、もう一つは、作品のなかで、岡部雄吉という青年の復員兵によって語られる「同じ日本人に対する怒り、特にその崩れ方に対する腹立ち」である。

いったい大佛は日本人の何に苛立ちを感じていたのか。『帰郷』の主人公は守屋恭吾という元海軍将校である。この恭吾の軍隊時代からの親友に、同じく海軍軍人で、マラッカ方面の参謀をつとめた牛木利貞という大佐がいる。牛木は、戦時中の「日本は、群動だったからなあ。正体なんてなかった」という。「群動」とは、動物が群れ動く様子を表している。牛木は付和雷同した日本人の集団主義を「群動」という言葉で表現した。

だが、恭吾は、「国亡びて群動息《や》まずさ。確固たる自分の意見で動いている奴があるのか」という。つまり、牛木は日本人の軍国主義への雪崩れ現象を「群動だった」と、過去のこととして捉えているが、恭吾は、戦後もなお「群動」が続いているという。

　軍の圧迫があったから戦争に協力したと今になってからいうのは、そういえばなるほどそれに違いないが、人間として卑怯者だ。ただ、動いたのだ。気違い染みた強い風に吹かれて動いたのだ。悲しい哉、動くように出来ていたともっと自分で気がついたら。ところで相も変らず群動だけとはね。いつまでも根が地面に降りない。

守屋は、戦時中「競争で国民服を着た国民が、あっさりと、アロハ・シャツを着た」のをみた。多くの「国民」が、「神州不滅の愛国の信念」から、アメリカ文化へとあたかも着物を着替えるように、簡単に移行したのを見たのである。大佛にとって、この右から左へ「風に吹かれて動」く日本人の集団主義は、戦中から戦後を通じて持続する「国民」性であり、それが日本人にとっての最大の欠点として映った。この「国民」の「群動」批判と、「日本文化」の確立は、戦後の大佛文学の重要なテーマとなっていく。

ところで、従来、『帰郷』の主人公・守屋恭吾は、戦後の鞍馬天狗であり、大佛次郎の分身であるとされてきた。例えば、山本健吉は「作者が言いたいと思った思想、乃至この作品の主題はすべて恭吾を通して語られる」（新潮文庫版『帰郷』解説・一九五三）と述べている。だが、果たしてそうだろうか。

守屋恭吾は、元海軍将校であったが、軍隊時代に公金横領の罪をかぶり、海外で失踪し、軍隊から姿を消した「おたずね者」である。マラッカに潜伏していたときにみつかり、憲兵は華僑の「親米英分子」を検挙するため、恭吾に烈しい拷問を加える。そして、恭吾は、敗戦後日本に帰り、偶然その憲兵を列車のなかで発見する。

恭吾「実際、私も故国へ戻って来て、最初に出会った人間が君なのには自分も驚いたのだ。君は、一番私が見たいと思わぬ人間だったからね。私の性質は、しつこい！……しかし、君のように陰険で、残忍な真似はせぬ。殊に力は借りない。権力のある椅子にいなければ卑怯で弱いという人間ではないのだ。……」

元憲兵「戦争だったからです、何も自分が好んで……国家の命令で、僕は、何もかも……」

恭吾「違う。命令を逸脱しておったのじゃないか？　その分の清算は君の責任だ。そうじゃないか」

と、「スパナーのような強い力」で、マラッカで拷問された分の「清算」をする。卑怯を憎み、権力を嫌い、個人の原理で行動するこの恭吾には、確かに鞍馬天狗の風貌があり、それが、ある程度までは、作家自身にも当てはまるのは事実である。

また、恭吾は、敗戦後シンガポールで、ビルマから引き揚げてくるボロ切れのような日本兵の群に出逢い、「皆……」と声をつまらせ、ほとんど慟哭しそうになる。これは大佛の「英霊に詫びる」に代表される、戦争に動員された一般兵士との強い同胞意識、一体感そのものである。この点で、確かに大佛の分身ということはできる。

しかし、戦死扱いされている恭吾は、郷里には自分の墓が建ち、戸籍から抹消されている。つまり、恭吾には祖国がなく、「異邦人《エトランゼ》」として描かれている。一方、大佛は、戦中に「国民」に対して、クレマンソーの口を借りながら「一に祖国、二に祖国、三に祖国」（「老虎出廬　クレマンソー」一九四五・四・一七〜一九）と祖国防衛を説き「国民」とともに戦っていた。この点で戦時下に祖国から離れ、亡命するように国外を流浪していた恭吾とは決定的に異なる。

『帰郷』は、『毎日新聞』に四八年五月一七日から一一月二一日まで連載された。作品の連載期間と執筆期間が一致するとは限らないが、『帰郷』に関していうと、大佛は、四月二〇日に初回分を書き、筆を擱《お》いたのは一一月初旬であったと述べており、連載期間と執筆期間はほぼ重なっている（六興出版社版『帰郷』「あとがき」一九四八）。

この連載期間中、日本では歴史的な出来事が進行していた。『帰郷』には、その現実の動向がリアルタイムで反映している箇所がある。それは恭吾ではなく、最後まで軍人であった牛木の口を通じて語られる。

昔を知っている奴が裁判にかけられているのを見ているのが一番つらかったが、それも冷酷なくらいに結果を眺められているようになったから変ったものだ。俺は傍聴に行きたいとまで考えた。俺にも、メスのあたる部分はあるだろう。避けてはならん。この外科手術で、日本が健康になってくれればと念じるのみだ。戦争以前に日本人の力で何とかならなかったものかと思うのは愚痴だ。ここまで来たのだ。じたばたせんで、手術台に、寝るだけじゃ。

ここで語られているのは「罪」意識である。後述するように、それは大佛の「罪」意識が投影されたものであり、その意味で牛木も大佛の分身といえる。

ところで、この、牛木が「傍聴に行きたいとまで考えた」という「裁判」とは何か。牛木の発言は、新聞連載回数でいえば第一七五回目、一一月一二日の紙上である。連合国による東京裁判は、四八年四月一六日に結審する。そして半年ほどの休廷を挟み、この一一月再開、判決が下された。つまり、『帰郷』の後半部分の連載・執筆は、この東京裁判の判決の時期と重なっていたのである。そして、この牛木の発言が掲載された一二日は、市ヶ谷の法廷でA級戦犯に刑の宣告がなされた、まさにその当日のことであった。

この日、大佛は市ヶ谷へ向かい、この判決を法廷内で傍聴している。

4　東京裁判と鞍馬天狗

東京裁判、正式名称「極東国際軍事裁判 International Military Tribunal for the Far East」は、第二次大戦後、連合国が日本の戦争犯罪人のうち、重大なA級戦争犯罪人を裁いたものである。敗戦後、占領軍の最高司令官マッカーサーは、まず日本の戦犯容疑者を逮捕した。逮捕は、四五年九月から一二月にかけて行われ、逮捕者は、東条英機以下、一〇〇人を越えた。そのうち起訴されたのは、二八人である。審理は、四六年五月から結審の四八年四月まで、ほぼ二年間行われた。出廷した証人は四一九人、証拠書類は四三三六通という膨大な量にのぼった。この裁判のなかで、南京虐殺、バターン死の行進、俘虜虐待など、「皇軍」の実態が徐々に明らかにされていった。

全文九万語に及ぶというその長い判決文は、一一月四日九時三〇分に法廷が再開されてから一二日の三時ごろまで朗読され、その最後にA級戦犯に対して刑の宣告がなされた。一二日に法廷を訪れた大佛は、この刑の宣告を傍聴したことになる。二八人の被告のうち、公判中に東条英機の頭を叩いた大川周明は、精神障害が認められ、免訴となった。松岡洋右と永野修身は、判決前に死亡している。その他、二五人の被告は、全員有罪となった。その内容は、東条ら七人が絞首刑、文官・木戸幸一ら一六人が終身禁固刑、東郷茂徳が禁固二〇年、重光葵が禁固七年である。

処刑は、判決から間もない一カ月あまり後、一二月二三日に行われた。ちなみに、東条らは、処刑の直前、数珠を手に、吉川英治の『親鸞』を回覧したという。

市ヶ谷法廷の一般傍聴者のための傍聴券は一〇〇〜一六〇枚で、外務省玄関で先着順に配られた。しかし、最終日の枚数は五〇枚に制限され、法廷関係者の数も最低限度に減らされ、当日用の特別パスを発行、不測の事態に備え、物々しい警固がなされた。この日、大佛は二階の一般席ではなく、一階の記者席に座った。それは、裁判官を正面にして、向かって左側である。

さて、『帰郷』のなかで、牛木は「昔を知っている奴が裁判にかけられている」と述べている。東京裁判の再開前に、総司令部直轄のB、C級裁判（東京第二裁判）が一〇月二九日から開かれており、大佐であった牛木の場合、この裁判には東京第二裁判が含まれるのかもしれない。だが、作者の大佛は、市ヶ谷の法廷の被告席のなかに昔の知人を見いだした。それは誰か。

大佛が大学卒業後、外務省勤務時代、あまり役所に出向くことなく鎌倉に引きこもり、洋書を読み耽《ふけ》っていたことはすでに触れた。丸善で購入した洋書代に多額の金を費やし、東京までの定期券代すらも使い果たしてしまったという。交通費は役所から支給されていたはずだが、それが洋書に化けてしまったのである。こうした勤務態度が問題とならないはずがない。ある日、所属する外務省の条約局から「ヨウジアリデテコイ」という電報を受け取った。

この差出人は、条約局課長・重光葵《まもる》であった。上司の重光に電報で呼び出された大佛は、当然のことながら、馘首《クビ》を言い渡されるものと覚悟していた。だが、重光は、「あまり休むと他の人に悪いから、用がなくてもでてきてくれ」と諭しただけだったという（大佛次郎・松本清張対談「文学五〇年この孤独な歩み」一九六八）。この重光こそが、東京裁判の被告のひとりである。つまり、大佛は法廷のなかに、外務省時代の上司が引き据えられているのをみた。

重光は、一八八七年生まれ。大佛より一〇歳年上で、このとき六二歳であった。東京帝国大学卒業後、外務省に勤務し、「満州事変」の一九三一年、中国在駐公使となり、三二年上海爆弾事件で片足を失う。その後、広田弘毅外相のもと、駐ソ・駐英・駐中特命全権大使を経て、一九四三年に東条英機内閣の外相、四四年に小磯国昭内閣の外相を歴任している。敗戦後は、東久邇宮内閣の外相となり、連合国軍のミズーリ号の上で日本政府代表として降伏文書に署名している。

重光には、七年の禁固刑が言い渡された。重光の罪状は四三年以降のもので、これは被告二八人中もっとも軽い処分であったが、それを傍聴席から見ている大佛は、学生時代、外交官試験を受けようとして、国際問題に関する英仏の最新の原書を取り寄せ、重要箇所にアンダーラインを引いていた（「私の履歴書」『日本経済新聞』一九六五）。つまり、大佛も重光の後を追うように東大↓外交官というレールを進んでいたのである。だが、結局は、外交官試験は受けず、外務省に勤務したものの嘱託員として終わった。では、そのレールを踏み外したのはなぜか。

大佛は外務省勤務時代の自分を、勤務をサボってばかりいたダメ官僚であったというように述べているが、これは一種の韜晦《とうかい》として割り引く必要があるだろう。大佛は、外務省に入省した理由を、「ちょうど第一次大戦のあとで、フランス語のできる人間に需要があった。沢山の条約ができて、それの翻訳の必要があった」からだと述べている（前掲「文学五〇年この孤独な歩み」）。

現在では、国際的な共通語として英語が用いられることが多いが、十八世紀はしばしば「フランスの世紀」と呼ばれる。フランス語はヨーロッパの外交・宮廷・社交用語として普及した。外交官を目指した大佛が、一高の仏法科に入ったのもそのためである。大佛が履修した東大の吉野作造の国法学講義もフランスの憲法論であった。

大佛は、外務省条約局に月給八五円で雇われていたが、丸善で購入した洋書代は毎月それを上回った。大佛は丸善からツケで洋書を購入していた。大佛が外務省に出勤しなくなったそもそもの原因は、毎月二五日〜晦日に、外務省にツケの回収に来る丸善の集金人を避けるためであったという（「丸善の私」『学燈』一九六九）。そして、大佛は関東大震災後、やむなく丸善からの蔵書の一部を売却することになる。このとき、鑑定に古書店主とともに現れたのが、きだ・みのる（本名・山田吉彦）であった。

きだは、戦後『気違い部落周游紀行』で一躍有名になるが、戦前はソルボンヌ大学に留学し、マルセル・モースに師事して社会学を学んだ。また、林達夫と組み、『ファーブル昆虫記』を翻訳したフランス文学者・社会学者である。そのきだが鑑定に同行するほど、大佛の蔵書は稀覯本を含めた、質の高いものであった。こうした洋書に培われた大佛の語学力は一流のフランス文学者並の相当レベルの高いものであり、このとき、すでに大佛は丸善から購入したロマン・ロランの原書を翻訳して出版していた。

欠勤がちの大佛が、三年に渡って外務省に在籍できたのも、その高い語学力が評価されたからであろう。大佛が外務省を辞したのは、関東大震災の年に退職者を募ったのに応じたからである。つまり、馘首《クビ》ではなく自主退職であり、国家官僚のレールからのドロップ・アウトは、自覚的に行われたといえる。

大佛の丸善からの洋書購入額は、外務省からの俸給をはるかに上回り、借金返済のために大衆小説を書くことになった。大佛はその事情を次のように述べている。

> 売れる原稿を乱暴に書くようになったのは、買った本の支払いの為であった。丸善の本が私を濫作する大衆作家にして了い、苦しまぎれに「鞍馬天狗」を書かせ、入った金で、また本を買い込むように使役した。フランスの書肆《しょし》から直接に買込んだものもあるが、私のところにどんな本があるかは、丸善の古帳簿の方が知っている。（前掲「丸善の私」）

そして、「丸善の為に一代せっせと働き、大衆作家という看板が晩年になっても私から取れなくなった」という（同）。実際、最晩年の死の直前に至るまで、丸善通いはつづいた。丸善の本は、大佛の文学者としての教養の源となっただけではなく、大衆作家・大佛次郎をつくり、鞍馬天狗を世に送り出させたのである。ここに、大佛は外交官として国家官僚の中心に進んだ重光とは、まったく違ったコースを歩むことになる。

こうして誕生した鞍馬天狗について、大佛は、「彼の真価は、いつも権力に敵対することになるのだと称しても言い過ぎにはなるまい。鞍馬天狗が常に浪人だということも偶然ではない」と述べている（前掲「鞍馬天狗と三十年」）。教養人は即知識人ではない。サルトルのいうように、体制・権力に対し「異議申し立て」をするのを知識人とするならば、知識人は権力・体制の外に立つ在野性を前提とするだろう。

大佛を国家官僚からドロップ・アウトさせ、野に下らせたのは、その旺盛な知的欲求であった。そのフランス文学を中心とする高い教養は、大佛の知識人としての側面を形づくっている。しかし、同時にそれは、国家権力から遠ざけ、鞍馬天狗の作家として「国民」に近づけたものでもある。知識人であり、かつ、大衆作家という両面性を持つ在野の作家・大佛次郎はこうしてつくられた。一一月一二日の市ヶ谷法廷での被告席と傍聴席の間のみえない境界線は、そのことを鮮やかに浮かび上がらせていたといえるのではないか。

5　神輿の話と歴史意識

さて、大佛は東京裁判の判決を、どのように受け止めたのであろうか。大佛は、「東京裁判の判決」という文章を書いている（『朝日評論』一九四八・一二）。以下、同随筆によりながらみていこう。

この裁判の判決は、世界平和維持の為の将来の立法をなすものとされている。判決は被告席にいる者だけが対象ではない。「平和に対する罪」即ち侵略戦争の計画、準備、開始、遂行の罪を国際刑法上に確認するとともに、巴里の不戦条約違反は犯罪として国家にも個人にも責任ありとする鉄則を世界史上の上に樹てようとしたものなのである。裁判の原告は文明であると称された。人類平和に新しい基盤を築こうとする熱情に導かれているのである。……被告たちの破船が問題なのではない。……被告とともに難破した私たちが、この新しい意志の前に曳き据えられている。

ここで最も重要なのは、世界史上の「新しい意志」によって「罪」を問われているのが、一握りのA級戦犯だけではなく、「被告とともに難破した私たち」であるという意識、つまり、日本人全体が当事者意識を持つことを求めている点であろう。国内的にみれば、確かに「国民」は軍国主義体制の犠牲者の側面がある。大佛がその視点で「国民」を捉え、軍部を批判していたのはこれまでみてきた通りである。しかし、国外的にみれば、「聖戦」つまり侵略戦争を支持し、被害を与えた加害者の側面がある。

判決文が典拠としている「巴里の不戦条約」とは、一九二八年にパリで、フランス外相ブリアンとアメリカ国務長官ケロッグの間で調印された不戦条約を指している。この条約の画期性は、それまでは「国家」間における交戦権が認められていたが、この条約で戦争を違法とし、その観念を国際法上初めて確立した点に求められる。この不戦条約は、以降、三八年までに、日本を含め、当時の独立国の九割にあたる六四カ国によって批准されている。

この条約成立に至るまでには、前史がある。それは、一九一九年、ドイツ皇帝ウィルヘルム二世の戦争犯罪を訴追したヴェルサイユ条約第二二七条、二四年のジュネーブ議定書、二七年の国際連盟総会決議など一連の国際的な歴史過程であった。つまり、欧米では、第一次大戦後から第二次大戦が始まるまでの、いわゆる戦間期に、国際平和秩序を創設しようとする努力が続けられていたのである。

一方、戦時下に大佛が描いたフランスがクレマンソーに象徴され、主に第一次大戦までの時期を扱っていたように、大佛はこの大戦間の動きが視野に入っていなかったという。もちろん、これは第一次大戦で主戦場とならず、漁夫の利を得た観のある日本人の大多数にとっても同様である。日本人の意識は、ヨーロッパよりもむしろ「事変」という名で侵略戦争が続く、中国大陸に向けられていた。

大佛は、「聴いていて一番つらかったのは、日本軍の残虐行為のくだりであった。この民族的な汚点を世界の目から拭い去るのに、これから何十年の歳月を要するか私は知らない。実に聞くに耐えなかった。しかし、聞かねばならぬ」と大陸で「皇軍」が行った事実を直視した。例えば、判決のなかの「南京虐殺」に関して、「南京でわけなく殺傷せられた人間に妻もあり親も子もあった事実を想定出来なかったとは信じ難い。その人間を一人殺したのを見ても、その人は死んでよい」と断言している。虐殺した人数が問題なのではない。非戦闘員である市民を殺す行為を「罪」だと批判しているのである。

もちろん、東京裁判の判決がすべて正しいというのではない。これまで、この裁判の問題点として、戦争の最高責任者とみなされた昭和天皇が、アメリカの政治的判断によって不起訴となった点、日本に侵略された植民地の声が反映されなかった点、原爆投下・空襲による非武装市民の大量虐殺など連合国側の戦争犯罪が問われなかった点など、さまざまな不備・欠点が指摘されている。現在も、「勝者の裁き」論は根強い。

しかし、国が国を裁いているのではなく、「文明」が「野蛮」を裁いているとする大佛は、「勝者の裁き」という見方を取らない。

裁かれたのはあの一連の被告だけでなく、日本の近代の過去であり、日本人だと云う感銘を動かし難いのである。

日本の「近代化」の課程に問題があったとすれば、そのなかで生きた日本人である限り戦争責任から逃れることはできない。日本人全体が裁かれているという意識は、日本人が全体として織りなしてきたもの、つまり、過去の歴史へと向かった。

ところで、戦後に、日本の軍国主義「ファシズム」または「超国家主義」を精緻に分析した政治学者は丸山眞男である。丸山が東京裁判を題材にした論文は「軍国支配者の精神形態」である。それは、戦時中の日本では、上位者から下位者への「抑圧移譲」と、矮小な官僚的精神による「権限への逃避」が存在し、その結果、誰も戦争責任をとろうとしない「無責任の体系」という政治構造が生まれたというものである。丸山の論文は、「日本ファシズム」分析として、いまなお先駆的な位置を占めるが、そこで、丸山は、「無責任の体系」の比喩として、「神輿」の例を用いている。

〔無責任の体系の〕そのなかに躍った政治的人間像を抽出してみるならば、そこにはほぼ三つの基本的類型が見出される。一は「神輿」であり二は「役人」であり三は「無法者」(或は「浪人」)である。国家秩序における地位と合法的権力からいえば「神輿」は最上に位し、「無法者」は最下位に位置する。……「神輿」はしばしば単なるロボットで……「神輿」を直接「擁」して実権をふるうのは文武の役人であり、彼等は「神輿」から下降する正統性を権力の基礎として無力な人民を支配するが、他方無法者に対してはどこか尻尾をつかまえられていて引きまわされる。しかし無法者もべつに本気で「権力への意思」を持っているのではない。彼はただ下にいて無責任に暴れて世間を驚かせ快哉を叫べば満足するのである。

(『潮流』一九四九年五月号)

「日本ファシズム」を象徴的に説明するこの「神輿」の比喩は有名である。例えば、丸山の研究者・都築勉も「丸山は日本ファシズムに対する病理学的解剖において、日本のリーダーシップの構造を神輿とそれを担ぐ者の関係にたとえる」としている（『戦後日本の知識人』一九九五）。だが、同様の比喩を丸山の論文よりも先に、大佛が「東京裁判の判決」（『朝日評論』一九四八年一二月号）のなかで用いていることはあまり知られていない。大佛は、法廷の無表情な被告たちをみて、「いつか自分の住む町で、氏神の神輿が暴れた事件のこと」を思いだした。

多勢で担ぐ神輿は個人の行こうと思う方角へ行かず、町を筋違いに揺れて通るものだが、その時は一部の商人の陰謀で無断で八百屋を開いた家へ乗り込んで、雨戸を破って突込んで、そのまま神輿を置いて引揚げて了った……市ヶ谷の判決文は、日本の神輿の行動を、外側を描写している。下手人はと云えば、誰一人知らないと云うのだ。町内の顔役は、棒鼻に手をかけるだけで、神輿の力を上手に調節して、重量の向かう方角を変えられる。それをしないのは怠慢なのである。日本の神輿は、その怠慢な監督下に、一部の若い衆の意志で担ぎ上げられ、制御する役にあたる者が、抑えずに逆に弁解の言葉を与え、やがてそれを氏神の思召に仕立てて計画化した……その致命的な堕落を蔽う為に、中央の将領が、神輿の運動を合理化し、目的づけ始めたのである。……狼藉の容認者が自分の描いた罪に怯えて吠え始めたのだ。これが悲しむべき日本の近代史の破滅直前の姿である。

大佛の「神輿」論も、「氏神」(天皇)と「顔役」(「役人」)と「若い衆」(「無法者」)の三層構造があり、「神輿」を制御する「顔役」が「若い衆」の「狼藉」を容認することで、共犯者となり「罪に怯え」逆に引き廻され、結果として法廷で「誰一人」責任をとろうとしない、無責任構造につながっているとする。丸山は無法者の力を強く評価し、大佛は波線部に、「一部の商人の陰謀」とあるように、陰に隠れた黒幕の存在を指摘している点で異なるが、構図自体はほぼ同じといえるだろう。

論文の発表順からみて、丸山が大佛の随筆から着想を得た可能性が考えられるが、詳しくはわからない。ここで注目したいのは、丸山の視点がマックス・ヴェーバー流の政治的正統性論や権力論に向うのに対して、大佛はあくまでも「日本近代史の破滅」、つまり、歴史の問題として捉えようとしていることである。実際、大佛は東京裁判の判決文を「裏面まで行きとどいた『日本近代史』の要約」と述べている。つまり、東京裁判の判決は、大佛の歴史意識を激発し、戦後の関心を「日本近代史」へと向かわせたのである。

この判決から約一年半後、大佛は河盛好蔵との対談で、「自分のライフ・ワーク」として、「三代の日本人の精神史みたいなものを」書きたいとの意向を述べている(前掲「大佛次郎氏との一時間」)。ここでいう「三代の日本人の精神史」とは、明治維新に始まる明治・大正・昭和という三代の天皇による日本近代の「天皇の世紀」に他ならない。つまり、大佛の『世紀』の背景には、東京裁判のインパクトによって生じた歴史意識が存在したのである。

6 「罪」の意識と歴史叙述

大佛の歴史意識は、「被告とともに難破した私たち」という「罪」の意識と表裏をなしている。しかし、この「罪」の問題は、東京裁判の判決によって突然あらわれたのではなく、それ以前から存在していた。例えば、東京裁判の審理中に書かれた『黒潮』(一九四八・一～五)という現代小説がある。この作品の主人公・戸村勇彦は、「満州」で旧憲兵だった男を殺害しており、そこに「罪」という問題が出てくる。戸村は、「僕は裁きを人まかせにして安心できない、僕の罪を裁く者は僕以外に認めない」という。では、「自決する」のかと聞かれると、「いや、生きているつもりです」と述べる。この箇所について、大佛の創作覚書には、「刑罰では消える筈がないから生き抜く決意」と記されている。

また、それに続くように、『人間喜劇』四八年七月号に掲載された「土耳古《トルコ》人の対話」には、

第一、罪と云うことが我々東洋人には不可解のことです。刑法に規定したものじゃない。原罪と云う、あれですね。……日本人の罪意識の単純で軽快なること……みそぎとか水で体を洗濯すると消えて了うんでしょう。非常に廉く上ると思いますね。キリスト教徒に成り得なかった東洋人は驚くばかり実際的なのです。

多くの日本「国民」は、敗戦直後に「汁ばかり多いすいとんを喰った時」は、戦争に対するいくらか「心の憂悶」があったが、「鰻丼」か「豚カツ」を食べればけろりと忘れてしまうという。戯曲『神と人との間』（一九七〇）で戦争責任を問うた劇作家の木下順二は、その「忘却」こそが「罪」だと指摘している（「忘却の罪について」『朝日新聞』七〇・一一・九）。ここで、大佛は「刑罰で消えない」という「罪」を、キリスト教的な「原罪」意識に重ねている。この「罪」は侵略戦争についての責任に関して述べたものである。日本人の侵略戦争の受け止め方について、大佛は後年、次のようにも述べている。

> 一国の歴史に、恥辱や失敗が記録されたとしても、「国家」や民族の生命も人格もそのまま持続する。自分たちは過去の征服や戦争を知らぬ新しい日本人だとうぬぼれるのは、ひとりよがりである。戦争に手をぬらさなかった日本人も、その思い上がりや敗北に自分だけきれいでいられると考えるなら卑きょうである。自分は（戦争に）反対した。しかし、日本人として責任を負わねばならぬ、とするのが人間的に真実な立場であろう。……過去を否定するのはよいが、自分たちのものだったことに変わりない。それを認める勇気は成長のためにどこまでも必要である。
> （「日の丸のこと」一九六四）

大佛にとって、侵略という戦争責任から目をそらすことは、卑怯であり、怯懦《きょうだ》である。こうした「罪」を認める態度は、いかにも『鞍馬天狗』の作者らしい。鞍馬天狗が定義する卑怯さは少なくとも三つある。一つは、暗闇からピストルや鉄砲などの飛び道具で狙撃するというようなアンフェアなやり方。また一つは仲間を裏切ること（例えば『山嶽党奇談』「幽霊屋敷」参照）。もう一つは、正しいとわかっているのに目をそらして行動しない利己主義である（例えば『角兵衛獅子』「覆面の密使」参照）。大佛の戦争責任の受け止め方には、この三つ目の意味での鞍馬天狗の精神が反映している。

では、大佛は自分自身の戦争責任に関しては、具体的にどのように考えていたのだろうか。一九六〇年に『毎日新聞』に連載された現代小説『花の咲く家』をみてみよう。この単行本の「あとがき」（一九六二）で、大佛は次のように述べている。

未完に終った前作『橋』に続いて、この『花の咲く家』の中にも戦争の生き残りの軍人が出る。私に取って、まだ解決のつかぬ主題なので、現実の世界では当の軍人たちが最早卒業して了った問題に、いつまでも拘って取組んでいるらしい。満足するまで私は、これと格闘するつもりである。

大佛にとって、『帰郷』の牛木を始め旧軍人の問題は、戦後の日本社会における未解決問題として大きな主題であるという。では、その具体な内容は何か。ここで「生き残りの軍人」という表現に注目したい。死んだ軍人ではなく、なぜ軍人が生き残ってしまうことが問題なのか。『花の咲く家』では、「敗戦軍人」哲造が、姪の立子にこう語っている。

天皇陛下の為と言うのは合言葉になってたろうが、陛下の為に死ぬのだと考えてた人間は、その頃でもすくなかったろうよ。それでも死にに行ったのは、名誉も思ったろうが、自分の死が国や家族、残った他の者の為になると信じられたせいだ。その為に養われて来て、いざとなって後を見せて逃げることは出来ない。動員されて戦闘を知らない普通人が何千何万と死に就いている時に、職業軍人が死ぬのをやめて逃げられるか？……ところが、おれは、死なずに戦争が終わった。

大佛文学における戦後の旧軍人の主題とは、一言でいえば、「普通人」の「国民」が大勢死んだのに、戦争を指揮し、「国」のために死すべき軍人が生き残ってしまったという罪悪感の問題である。そして、それは、「当の軍人たちが最早卒業して了った」が、大佛は「満足するまで私は、これと格闘するつもりである」という。

なぜ、軍人ではない大佛がその問題を引き受けるのか。大佛は祖国防衛のために新聞・雑誌を通じて「国民」に必勝の覚悟を呼びかけ、戦争に動員した。そのなかには戦場から帰らぬ人々がいた。戦後の鞍馬天狗第一作『新東京絵図』では、海軍奉行を務めた勝海舟を通じて次のように語られる。

> もっと若い、これからという人間を、無駄に死なせて来た後だからなあ。俺などは、何とかして制《と》めたいと思って骨を折って来たつもりだが、ながさなくてもいい血をふんだんに流したものだ。世間の年寄りが、そいつを考えてくれればよいのだがね。

もとより、大佛は若い命を楯にして、自分だけ生き延びようとしていたわけではない。戦争末期にクレマンソーの口をついて出た大佛の本心は、「若い子供たちが血を流すことだと承知していた。我々年寄たちにもその順番がきてくれと私は望んだ」というものであった（前掲「虎の素描」）。空襲や原爆、本土決戦に備えて蔵書を疎開させていたように、「国民」と運命をともにし、戦死する覚悟はできていた。

だが、空襲は鎌倉を襲わず、原爆は広島・長崎以外で使用されることはなかった。そして、本土決戦は行われず、ついに敗戦となる。……ここに、自分だけが生き延びた、生き延びてしまったという罪悪感が生まれることになる。こうした、「罪」意識の文学的表現が、戦後の現代小説に何度も登場する旧軍人であったのだろう。

敗戦直後に書いた「英霊に詫びる」では、戦死者に対し、「明日の君たちの笑顔とともに生きよう。その限り、君たちは生きて我らと共にある」と誓っている（八月一八・一九日執筆）。戦後の大佛次郎は、戦死者とともにあり、自身の「罪」を消えることのない「原罪」として背負ったように見える。この意識は、戦後、あの戦争が何であったかを問いつづけ、日本人に対して戦争の忘却を指弾し、また、戦後もつづく思想のダンスや「群動」を批判する源泉ともなっている。

そして、さらにこの「罪」意識は歴史意識と結びついている。『花の咲く家』において、旧軍人の問題は、なお「解決のつかぬ主題」として提起されていた。この発言は六二年であり、そのとき、すでに『パリ』が『朝日ジャーナル』（一九六一〜六三）に連載され、『世紀』（一九六七〜七三）に到る晩年を飾る一連の歴史叙述が開始されていた。壮大な歴史叙述が、戦争という未清算の過去を追究しようとする意識と並行して執筆されていたことは、戦後の大佛文学を考えるとき、記憶されていいことだろう。

7 最後の日々

大佛は、武者小路実篤のように、戦後、一度も軍部に「だまされた」という免責の言葉をいわなかった。大佛の戦争協力は苦しみながら、自覚的に行われたのであり、戦後、その「罪」から逃れなかった。この「罪」を直視し、逃れようとしない態度は、影のない闊達な鞍馬天狗を書いた作家に相応しい。

この大佛次郎とほぼ同じ「罪」意識を背負って、戦後を迎えた知識人が英文学者・中野好夫である。中野は、一八九七年生まれの大佛と同世代の一九〇三年生まれであり、「天皇制支持者」として、大佛と同じような国家観をもっていた。そして、自ら日米開戦の「十二月八日以降は一国民の義務としての限りは戦争に協力した。欺されたのではない。喜んで進んでした」と述べているように（『怒りの花束』一九四八）、時局便乗ではなく、主体的に選択した積極的な戦争協力者であった。

戦時下に東大の教師であった中野は、多くの学生を戦争に送り出し、死なせてしまったことを、戦後、「背任の罪」として背負った。そして、「回心」するや、平和運動の先頭には、常に中野の姿があった。中野は、「天皇制は廃止されなければならぬ」と宣言し（「天皇制について」一九四九）、「憲法問題研究会」の一員として、日本国憲法の意義を強調した。また、日米講和条約の際には、「平和問題懇話会」の中心メンバーとして、全面講和を主張し、六〇年安保反対闘争、東京都知事選における革新派支持、反核運動、家永教科書支援などなど、重要な反戦平和・民主主義運動の先頭に立った。なかでも、沖縄への関心の高さ、沖縄から日本の平和を捉える視点は特筆されるべきであろう。戦争協力者であった中野は、戦後、積極的な戦後民主主義の担い手となったのである。

大佛の日記には、敗戦直後の九月に、中野と三度会っていることが記されている。そこで、この二人の間にどのような会話が交わされたのか……。極めて興味深いが、日記には詳しい内容が記されていないのが残念である。

中野も大佛も、戦争に協力したのは、軍国主義や「ファシズム」への積極的な支持や賛成ではなく、祖国に対する忠誠心、あるいは、「国民」との強い連帯感によるものであった。それが、彼らに傍観を潔しとさせなかった心的態度である。この心的態度がなければ、中野の場合、戦争協力しなかった代わりに、戦後民主主義への強いコミットも生まれなかった。そして、同じように、大佛の『パリ』と『世紀』も、生まれなかったのである。

『パリ』も『世紀』も、劇的効果を排除して事実に即し、歴史過程を複数の視点で捉えている。では、なぜ、大佛は歴史叙述に複数の視点を導入したのか。すでにみたように、大佛は戦時下の「満州」を訪れ、満鉄（左派）によって「東亜新秩序」という「大義」が実現されつつあると見、戦争協力に回った。しかし、東京裁判において、大陸では、そうした国内の「希望や意志とは別個に『歴史』が創作されて来た」ことを知らされた。つまり、大佛の目にみえなかった「暗い歴史」が存在したのである。

大佛が知らなかった「歴史」はそれだけではない。日本が「戦争に曳摺り廻されている間」に、パリ不戦条約以降、「日本にいては実現不可能の夢にしか信じられなかった理念と情熱が外の世界では築かれてい」た。つまり、大佛は東京裁判を通じて戦争という「歴史」の全体を知ったのである。「歴史」には、一つのパースペクティヴからは見えないものがたくさんある。

『世紀』において、重要なのは叙述の「美しさ」ではない。すでに見たように、大佛は、戦時中に特攻隊の「美」が「歴史」を創造していると日記に記している。また、大佛は、晩年まで自分が大陸で出会った満鉄の人々を「美しい」とする見解を捨てていない。しかし、そういう実感的な美意識から、戦後の「歴史」、すなわち、『パリ』も『世紀』も叙述しなかった。

重要なのは、異なる視点から見える諸事実＝「部分」を総合して、「歴史」の「全体」を構成したことである。しばしば、原史料がほとんど未加工なまま用いられ、文章の調和を破って、即物的に長々と引用される箇所があるのも、事実を尊重し、事実を総合しようとする意志の現れであろう。「歴史」の「全体」、あるいは、いくつもの視点が重要なのは、美的感覚を含めた主観や価値観の相対化・客観化に役立つからである。

現在、自国に都合のよい事実を寄せ集め、侵略戦争を肯定し、「国家」に献身する「国民」を造りだそうとする言説を「自由主義史観」と称する動きがあるが、本来の自由主義的《リベラル》な史観とは、『パリ』や『世紀』のように、マルクス主義史観を含めた複数の視点によって事実を照射し、そして複数の解釈を許容する寛容な精神に基づくものではないか。

さて、『世紀』について、大佛はその大きなテーマの一つを、「共通して日本人の心の動き方に在る無目的に一方的に雪崩れがちになる性格や今日も在る前々代の一遺産についても一々考えて行きたい」と述べている（「未知の友に」『朝日新聞』一九六九・一・一五）。『世紀』における「雪崩れ」現象とは何か。その一つは、「勝てば官軍」という力による正義の創出と、錦旗に象徴される「王土王臣」「王土王民」というイデオロギーによる「皇化」の波である。『世紀』では維新後、新政府に弾圧された浦上切支丹たちの抵抗の姿を克明に描く(『旅』)。そして、彼らだけが、自己の信仰を守り、「日本人としては珍しく抵抗を貫」き、その抵抗を通じて、「『人間』の権威を自覚し」、「権利という理念」を獲得しようとしたと最大級の賞賛の言葉を贈っている。

このように、一方向に雪崩れ、「群動」しがちな日本人の「国民」的性格への批判、それから、思想の「自由」は各個人が自ら闘い取るものだという主張は、敗戦後から晩年まで変わることがなく、戦後一貫したものであった。大佛は『パリ』と『世紀』を書く作業を、「賽の河原の地蔵の石だけを積んでいる」ような労苦な作業と表現している(「日暮れて」『大佛次郎集』一九七二)。晩年の大佛は、歴史叙述をほとんど「業」として背負ったように見える。

最後の作品『世紀』は、一九六七年一月、大佛が七〇歳のとき、『朝日新聞』に連載が開始されたが、その翌年春、下腹部に痛みを感じ、築地の国立がんセンターに入院し手術した。病名は告知されなかったが、肝臓がんに冒されていた。以降、『世紀』は、がんセンターの入退院を繰り返しながら書き続けられるが、五度目の入院となった七二年からは、ほとんど病床で書かれることになる。体重が減り細くなった指で、『復古記』など分厚く重たい史料をめくり、原稿用紙のマス目を埋めた。

七三年にはいり、ベッドに座って原稿を書くことが困難になる。しかし、「作家は仕事が生命だ。生命あるかぎり私は書かなければならない」と仰向けになって、書き続けた。視力の衰えと、筆が自由に運ばず、筆力がないために、マス目のない奉加帳にフエルトペンで文字を綴った。最後の原稿を『朝日新聞』の記者に渡したのが四月一六日、連載一五五五回目のことであった。

この新聞連載最終稿を『朝日新聞』学芸記者・櫛田克己に手渡すと、大佛は思わず涙ぐんだ。「これで一生の全部の仕事より解放なりあとのこと全部新しく考え直さん。パリ燃ゆ三巻世紀未完十冊なり。よくぞ勉強せしもの」(『つきぢの記』一九七三・四・一六)と感慨を述べている。大佛にとって、史資料に基づいて歴史を叙述した、『パリ』と『世紀』は、対象は異なるが、同じく十九世紀後半を舞台に繰り広げられた文学として、一連の仕事であったのだろう。原稿用紙にして、総計七七七五枚に及ぶライフワーク『世紀』は、こうして幕を閉じ、四月三〇日、息を引き取った。享年七五であった。

『世紀』の最後の場面、長岡藩と「官軍」の北越戦争の叙述を準備しているころの七二年八月、神奈川県である事件が起こった。日記には、「北ヴェトナム行タンクをのせし米トレラー、横浜にて社会党員に阻止せられ、昨十時基地に引返す。四十数時間振り」と記されている(『つきぢの記』一九七二・八・七)。『世紀』の執筆はヴェトナム戦争の時期と重なっていた。

この事件は、八月四日に、米軍が相模補給廠からヴェトナムへ向けてM48戦車《タンク》を港湾まで輸送しようとしたトレーラーを、飛鳥田一雄横浜市長と神奈川県の社会党員一五〇名が、座り込みで阻止したものである。八月六日、進行を阻まれていたトレーラーは補給廠へ引き返した。大佛はこの阻止行動を、「無抵抗の服従より遥かに佳し」と評価している(同)。その後、輸送阻止を訴える一万人以上の学生・労組・社共党員・市民らが集まり、一六〇〇人の機動隊と衝突する大きな闘争に発展した。

飛鳥田市長は闘争の先頭に立ち、米軍の車両重量違反・道路占用許可無申請など自治体長の権限と国内法を最大限に使用し、何度も輸送を阻止した。M48戦車は結局、九六日間、輸送できずに補給廠にとどまったことになる。大佛は「政府のすること前内閣と同じことにて決断なく、タンク輸送の問題にても米に追従する色著し」と、政府の米国追従政策を批判している（『つきぢの記』一九七二・八・一九）。『鞍馬天狗』の作家は、最後まで権力を批判する側に立ち、権力に抵抗する「国民」の側にいたのである。

ところで、あるとき大佛は、「僕は鞍馬天狗と心中することにする。ほかに、どんな仕事をするか知らないが、僕の一生の最終の作品も鞍馬天狗になることを、ここで約束します」と宣言している（前掲「生涯の友」）。しかし、最後の作品は、『鞍馬天狗』ではなかった。鞍馬天狗は、『世紀』が連載される以前に姿を消す。いったい鞍馬天狗は、どこにいったのだろうか？

終章　鞍馬天狗の行方

1　鞍馬天狗は「夜」動く

戦前戦中という時代のなかで、鞍馬天狗が尊皇攘夷派の倒幕の志士であったという設定はどのような意味をもったのだろうか。その思想は、戦前戦中の時代性、すなわち、王政復古史観・皇国史観といった天皇制国家思想と矛盾するものではない。

しかし、鞍馬天狗は、必ずしも尊皇攘夷という思想性ゆえに「国民」に迎え入れられたわけではない。鞍馬天狗が登場した一九二〇～三〇年代は、労働運動・社会運動の時代でもあった。この時代は、多くの左翼運動家が投獄されたが、彼らは獄中で幕末志士の伝記を読んでいたといわれる。それは思想的には反対の立場に立ちながらも、体制に対する反抗、権力の弾圧に対する抵抗という心的態度《エートス》において共通するからである。安政の大獄を治安維持法による言論弾圧に見立てることもできる。「国民」が鞍馬天狗を支持したのも、国家権力を擁護する新選組や見廻り組などの暴力的な弾圧に挫けず、日本の夜明けを信じて戦う点にあり、その明るい精神に喝采を送ったのであろう。

だが、戦後の鞍馬天狗の性格は複雑になる。ここで、「戦後」とは、作品のなかの戊辰戦争後という意味と、作品が書かれた時期の敗戦後という二重の意味を込めている。『新東京絵図』では、この「戦後」の鞍馬天狗の心境が、こう描写されている。

幕府を倒すのが、今日まで、悲願とも言い得るほどの盲目で強い熱情だったのだ。それが、できてしまうと、これしきのことかというような、あっけない感情がどこかから湧き、一代の願望と信じてきたものに、まだ大きく足りなかったものがあるような不安をにわかに知って、動揺したのである。……全部のものが不安定でいるせいもあろう。それでいて、正しく維新が成立したことに間違いない。夜の闇が舞台だった鞍馬天狗などという仮装の人物は、もう退場するのが当然の、夜の明け方が来たのだと自分も信じたのではなかろうか？　過去は、これで、きれいに切り離してしまえる。仕事は、これからという若い人間の手に渡す。

シリーズ戦後第一作で、鞍馬天狗というヒーローの退場が示唆されていることは、鞍馬天狗がもつ時代性、あるいは、そのフィクション性を考えるうえで重要である。大佛は、鞍馬天狗の活躍する「舞台」を、夜明け前の「夜の闇」のなかであると述べている。ここでは、幕府という体制における「闇」が、言論が弾圧された天皇制軍国主義国家体制の「闇」と重ね合わされているのだろう。大佛は、鞍馬天狗は「夜の闇に浮く白い馬」とも述べている（序章二〇頁参照）。この白馬は、時代状況の「闇」が濃ければ濃いほど輪郭がはっきりと浮かび上がるはずだ。鞍馬天狗が最も活躍したのが、一九三〇年代から言論弾圧がピークに達する四〇年代の「暗い谷間」の時代であったのは偶然ではない。

鞍馬天狗の闘志は、敵の力、弾圧の力が強ければ強いほど激しく燃える。だが、敗戦とともに、言論を統制していた軍部は壊滅し、軍国主義は地を払った。大佛は「戦後の鞍馬天狗は、抵抗したくなる敵を現実社会に失くしたので、力の入れどころに困ったらしく見える」と述べている（中央公論社版『鞍馬天狗』第九巻「あとがき」六二）。思えば、戦前戦中の天皇制という「闇」は、皇紀を始め神話に基づく大いなるフィクションであった。そのフィクションに対抗したのが、鞍馬天狗という「仮装の人物」によるフィクションではなかったか。作品のなかでは、幕府が倒れ、倒幕の悲願が達成する。闇の時代が終わり、夜明けが来たのである。「外」からの光が増すにつれて、鞍馬天狗の輪郭も朧《おぼろ》になってゆく。

そして、敵を失った鞍馬天狗は戦後やや思弁的になる。この点に関して、大佛は友人から「どうしたんです？　鞍馬天狗が、近ごろ、物を考え過ぎるようで、つまらなくなりましたよ」と指摘されている（前掲「鞍馬天狗と三十年」）。大衆が期待しているのは、頭巾を被って超人的な立ち回りをする行動的な鞍馬天狗であったのだろう。頭巾をあまり被らなくなり、思慮深くなった鞍馬天狗は、どこにゆくのだろうか。

2　パリ・コミューンに鞍馬天狗現る

鞍馬天狗は、一九六五年の長編『地獄太平記』が最後となった。それは、大佛が六八歳のときのことである。だが、その前に、五九年の『西海道中記』『深川物語』で一度中断している点に注意したい。鞍馬天狗は大佛の時代小説を代表する架空《フィクション》の人物である。一方、戦後のノンフィクション長編は、この後『パナマ』『パリ』『世紀』と書き継がれてゆく。

『パナマ』の連載が始まるのは、『朝日ジャーナル』五九年三月一五日号からである。これに対して、『鞍馬天狗』シリーズは、『西海道中記』が同年二月まで、『深川物語』が同年三月までの連載で終っており、『パナマ』の連載とともに鞍馬天狗は一旦姿を消す。その後、このシリーズでは最も長い六年というブランクを経て、最終作『地獄太平記』が書かれる。『パナマ』以降のノンフィクションが書かれた大佛の最晩年の一四年間に、『鞍馬天狗』は『地獄太平記』一作しかないのである。これは、何を意味するのだろうか。

『パナマ』以降、大佛は自ら創りだした鞍馬天狗を、しきりと自らの手で葬り去ろうとしている。大佛は死の前年、その生涯を振り返り、「『ドレフュス事件』を書いたのも、私が鞍馬天狗から離れて歩きたかったからだ。『詩人』も『地霊』も同じ理由から出た。これが四十年後になり、『パリ燃ゆ』に到り得た」と告白している。そして、「六十歳過ぎてからほんとうと思う仕事に入」ったという（『大佛次郎集』一九七二）。大佛にとって、『ドレフュス』から『世紀』に至るノンフィクション系列は、『鞍馬天狗』などの大衆小説とは別の仕事として意識されていた。『パナマ』執筆は六二歳である。それ以降の『パリ』『世紀』こそが「ほんとうと思う仕事」だというのである。

すでに触れたように、大佛は文学を、「作家が書きたくて書く文学」すなわち純文学と、「読者の興味の為に書く文学」すなわち大衆文学の二つに大別して、後者を擁護していた（前掲「西洋小説と大衆文芸」）。そして、大佛の場合、読者のためにというのは、一般の大衆のために、というのとほぼ同義であろう。つまり、鞍馬天狗などの時代小説は意識して「国民」大衆のために書かれたのである。

しかし、『パリ』に関して、大佛は「私はこの仕事を自分が知らない点を知りたいと思ってやった」という。つまり、読者のために書いたというよりは、自分のために書いたという。さらにその掲載誌は、『パリ』全六部のうち、一部〜五部が『朝日ジャーナル』（一九六一〜六三）、六部が

『世界』（一九六四）であった。『世界』が知識層に向けた総合雑誌であることは常識だろう。また、大佛は、『朝日ジャーナル』を「特殊な週刊誌」として、一般大衆誌と区別している（『パリ』「あとがき」一九六四）。さらに、「このような長々と面倒な本を読んでくれる方は、よほど篤志家で、すくなかろうと覚悟していた」という（ノンフィクション全集版『パリ』「あとがき」一九七一）。つまり、『パリ』は大衆ではなく、主として比較的少数の知識層の読者を対象としていた。

鞍馬天狗との決別は、大衆作家をやめることを意味している。果たして、大佛は『パリ』以降、鞍馬天狗と決別することができたのだろうか。答えは否である。大佛は、『パリ』を「石を積んだ重い車を手で押していくような……苦労な仕事」と呼んだが、「この仕事が終って解放されましたから、私は心楽しく自分の小説に戻ります」と述べている（同）。実際、『パリ』の後、『鞍馬天狗』シリーズの『地獄太平記』や『夕顔小路』などの時代小説、『道化師』という現代小説が書かれている。

大佛文学のダイナミズムは、『鞍馬天狗』か『パリ』か、フィクションかノンフィクションか、という二者択一ではなく、やはり、両者を書き分けたという点にあり、大佛という作家の精神が知識人と大衆作家の両義性を帯びていた点にある。知識層と大衆をつなぐ作家といってもよい。この両義性において注目したいのは、大佛が『パリ』『世紀』執筆中に次のようなことを考えていたという事実である。それは、一九六九年四月、『世紀』第一巻、第二巻の出版記念会での挨拶のことであった。

大佛次郎は『天皇の世紀』に鞍馬天狗を登場させれたら気楽でよかろうと思うと語った。さらに、謀叛気があったら鞍馬天狗を『パリ燃ゆ』に登場させることもできた、という……クラマノフスキーなり、またテングノフスキーと名のる人物を出して、コミューンの市街戦のバリケードで勇敢に戦って死なせます……夜があけて調べてみたら、維新当時の官軍の軍服に日本刀を差していたのが発見された。ほんとうにポーランド人だったかどうか、埋葬に際して疑問とされた……

（村上『大佛次郎』一九七七）

大佛は鞍馬天狗を「クラマノフスキー」、あるいは、「テングノフスキー」という名のポーランド人として登場させたかったという。大佛はノンフィクションの『パリ』『世紀』を書きながら、そこにフィクションの鞍馬天狗を登場させたらどうなるか、ということを夢想していたのである。パリ・コミューンは一八七一年、日本でいえば一八六七年の明治維新から四年後の廃藩置県の年であり、敵を喪失していた「戦後」の鞍馬天狗にとって、パリ・コミューンは格好の活躍の舞台であったろう。そして、パリの市街戦でも鞍馬天狗の活動の舞台は「夜」であった。

しかし、大佛は、『パリ』について、「自分の意見よりも、先ず事実を知ろうとする仕事でした」という。何が「事実」であったのかをつきとめ、もろもろの「事実」を積み重ねることで、『パリ』は成った。「事実」のディテールにこだわり、「事実」を緊密に組み合わせた大伽藍のごとき

『パリ』の世界に、鞍馬天狗登場などというフィクションを一滴でも垂《た》らせば、その世界が崩壊するということは、無論、大佛は十分に悉知《しっち》していたはずである。

にもかかわらず、なぜパリ・コミューンに鞍馬天狗なのか。

鞍馬天狗をテングノフスキー、あるいは、クラマノフスキーという名のポーランド人としてパリ・コミューンに登場させるというアイディアは、実際に、コミューンに参加した外国人がいたことから得たものであろう。

強大なプロシア軍とヴェルサイユ政府軍と闘ったコミューン軍には、外国人が多数含まれていた。コミューンの最後に逮捕された外国人は、一七二五人とされている。最も多かったのがベルギー人で、その他、イタリア人、ポーランド人、ロシア人などがコミューン軍に参加した。彼らの多くは自由を求めてパリへ亡命してきた人々とされている。

なかでも、前線の指揮官でポーランド人のドンブロウスキー将軍の戦闘は天才的とされた。だが、ドンブロウスキーは市民が築いたバリケードを防衛するなかで弾丸に腹部を射抜かれ、担架で後方へ移送される途中、腹膜炎を起こし死亡する。その勇敢な戦い振りが称えられ、亡骸《なきがら》がバスチーユ広場にほど近い革命記念の円柱のところまで運ばれ、それを各所のバリケードから集ったコミューン軍の兵士が松明《たいまつ》を掲げて礼拝したという。おそらくパリ・コミューンに、ポーランド名の鞍馬天狗が登場するという着想は、最後まで抵抗しつづけ戦死した、このドンブロウスキーから得たものに違いない。つまり、大佛は、鞍馬天狗をコミューン側の市民とともに闘う亡命闘士として夢想していたのである。ここには、『パリ』を叙述する作家の態度、あるいは、歴史を見る目が反映されている。

『パリ』の歴史叙述の視点は、『世紀』同様一つではない。まず、「金融資本と帝政とが築き上げた新しい外装のパリの底辺に、労働者と無産階級とが加速的に増加して来ていた」というように俯瞰的で巨視的な歴史観として、マルクスの『フランスにおける階級闘争』や『フランスにおける内乱』の視点が採用されている。その一方で、例えば、コミューンの前史である五一年のクー・デタに居合わせたユゴーの叙述を採用し、「マルクスは、ヴィクトル・ユゴーの記述が個人的で、……この事件を一個人の暴行としか見ていない、と批評している。実歴談とは、そう言うものに成りがちなもの、として、もうしばらく、ユゴーに随《つ》いて歩こう」と、当事者であった一個人の視点をくぐろうとする。一つの歴史観は、個々人の意志を越えて働く客観的な法則の把握を目指すものであり、もう一つは、極めて情熱的な詩人的直感の立場で、両者は相互に収斂しない二つの歴史の見方である。

また、事態の推移に関しては、空間的に主として三つの視点、すなわち、例えば、リサガレエ、ドレクリュウズ、ルイズらバリケードの「内側」の人々、それから、ナポレオン三世とヴェルサイユ軍、ビスマルクと独軍などバリケードの「外側」、そして、趣味人であり「秩序」派として、事態を詳細に記述したゴンクール兄弟の日記の「中立」的な観察者の目によって描きだされている。その他、多数の目撃談・体験談も用いられる。こうして、一つの視点、一人の人物に収斂せず、多様な視点で歴史のうねりの全体を描こうとする意志は、ほとんど執念に近いものを感じさせる。

大佛はこの点に関して、「私自身からは決定的な結論を下さず……結論は読者個々におまかせ」すると述べている。複数の視点は、客観的な諸事実を提示することにより、読者に判断をゆだねるためにとられたものである。しかし、この客観性は、ヴェルサイユ軍とパリ市民の中間に立つことを意味するものではない。

山本健吉は、『パリ』の魅力は、大佛が「コンミューンの歴史の跡を訪ねて、パリの街や広場を歩きまわったその靴音が聞こえてくるところにある」と述べている。大佛は、実際に『パリ』執筆のため、夫妻でパリを訪れている。それは、一九六一年四月のことで、ときあたかもアルジェリア戦争の最中であった。アルジェリア戦争とは、フランスの植民地であったアルジェリアの独立運動で、五四年から六二年までゲリラ戦を含めて激しい紛争が展開されたことを指している。大佛は二二日、オルリー飛行場に降り立った。その日、アルジェリアのフランス軍首脳がクー・デタを起し、翌日、オルリー飛行場とパリ市内の三つの駅で時限爆弾が炸裂、死傷者が多数出た。大佛は危機一髪、難に遭《あ》うのを免れたことになる。しかし、その後も、アルジェリア反乱軍がパリの空港に落下傘部隊を降下させるという不穏な情報が流れ、市内は緊迫したムードに包まれた。やがて、クー・デタに反対する一二〇〇万人もの労働者のストライキが起こり、「市街戦が起こっていたかも知れない」というような騒然とした事態となった（「アルジェリア反乱とパリの表情」『朝日新聞』一九六一・四・二七)。

しかし、このとき、大佛は、「今日のパリの労働者は九十年前と違って、武器はなくとも組織されています。落下傘部隊ぐらい、ふたたびコミューンの力で挫折させるぐらいわけないことでしょう」、したがって「安心して自分の仕事」ができると取材を開始した(同)。

大佛はこの取材旅行で、独軍と政府軍に銃撃され市民が殺戮された、ペール・ラシェーズ墓地にある「同志の壁」などの跡を訪ねている。五月二八日は、パリ・コミューン九〇周年にあたり、二万人ほどのパリ市民によるコミューン記念の行進を見た。そして、政府軍の包囲網が狭まり、コミューン側がバラバラになりながら、最後まで抵抗した、いくつかのバリケードの跡を探す。

しかし、通行人たちに尋ねても、誰もわからないという。そんななかで大佛は、バリケードを挟んでヴェルサイユ軍と市民が戦う画が書かれた一枚の古い絵葉書を手に入れ、たまたま入ったカフェのなかからその画中の建物とそっくりな家を発見する。

「あの家だぜ」

と、僕は叫んだ。

屋根の形を多少直したようだが、窓も戸口も画中のもののとおりである。探した効《かい》はあったのだ。画の中にある石を積んだバリケード、そこで闘ったらしく捨てて逃げた大砲が、今見る路上にないだけである。カウンターに立って酒を飲んでいた客の一人が、のぞきこんで見せてくれと言って手を出した。

「コミューン――一八七一年」

と彼は読んで、おどろいたように仲間の顔を見た。

「なるほど、この町だ」

と彼は画を見て、外と見くらべる。コミューンの一番最後まで残って抵抗したバリケードがここだったとは、そこのカフェの者も知らなかった。亭主までがカウンターの板から乗り出して絵葉書をのぞき込んだ。（同）

パリ・コミューン最後の一週間は、「流血の一週間」と呼ばれ、約二万五〇〇〇人もの市民が虐殺されたといわれる。大佛が「クラマノフスキー」あるいは「テングノフスキー」というコミューン側の架空の闘士として、鞍馬天狗を登場させたいと構想したのは、実にこの場所であった。すなわち、『パリ』において大佛は、コミューンの市民の側に立ち、その奮闘の事実を明らかにするために、客観的な叙述に徹したのである。それは、決して歴史の美化ではない。多様な視点から、コミューンの光と影の両面を明らかにすることこそが、コミューンの精神を歴史のなかに刻みこむことができると信じたのであろう。

パリ・コミューンに鞍馬天狗現る！　この夢想は、大佛が鞍馬天狗とともにパリ・コミューンを観て歩いたという証左であるとともに、日本の土壌のなかから生まれたヒーローのなかに、国境を越える普遍的な「自由」の精神、あるいは、抵抗の精神が備わっていたことを示すものといえよう。

3　鞍馬天狗を斬る

繰り返すが、『パリ』連載後、『地獄太平記』を最後に鞍馬天狗は姿を消した。だが、姿を消したということは、その死滅を意味するものではなかった。一九七〇年、『世紀』執筆中の大佛は、なお生き続ける鞍馬天狗を自分自身の手で斬ろうとしていた。

この前年から、NHKで高橋英樹が扮する連続テレビ・ドラマ『鞍馬天狗』が放映されており、この年、このドラマはクライマックスを迎えた。このとき、放送局から原作者の大佛に、「最終回をどうするか」について相談があったという。そこで、大佛は、自分が白頭巾、白足袋姿の老剣客役で出演し「英樹（高橋）の天狗を、えいと斬って了おう。そうすれば、否も応もなく大団円だ……僕がこさえた人間だから僕が斬ってしまう。悪いかね？」と告げたという（「一巻の終わり」『冬の花』一九七〇）。

面白いことに、斬られそうになった高橋のほうは、ドラマ製作発表の記者会見の場で大佛に会い、その瞬間、「鞍馬天狗というのは……大佛次郎先生だ」と直感した。そして、鞍馬天狗という役作りは、「大佛先生をそのまんま、かつら〔を〕かぶって演じればいいんだ」と考え、何度も大佛のもとに通ったという（「特別企画・高橋英樹インタビュー」『鞍馬天狗展』一九九八）。してみると、大佛は自分自身を斬ろうとしていたことになる。

鞍馬天狗を作者が斬る……。だが、無論、この申し出は却下され、鞍馬天狗はついに創造主である作者の虎口から逃れた。このとき、鞍馬天狗は永遠に不死身の存在となったのである。では、鞍馬天狗はどこへいったのか。

大佛の死の半年ほど前、七二年の初冬、横浜有隣堂で「大佛次郎・人と作品展」という展覧会が開かれた。病状が悪化し、背中の疼痛を痛み止めの注射によって抑えていた大佛は、やせ細った体を夫人に付き添われて、その会場へと足を運んだ。来場がないものと思っていた各新聞の記者たちは驚き、大佛を取り囲み質問を浴びせた。それに対して、大佛はこう述べている。

『天皇の世紀』は最後の仕事となるでしょうが、一〇〇歳をこえないとおわりませんね。いまはぼくの歴史観があらわれてくれればそれでいいと思っています。小林秀雄さんがあそこまで書いたんだから、仕事はできたんじゃないか、といってくれてるんですが、うれしかった。

（櫛田克巳『大佛次郎と『天皇の世紀』と』一九八〇）

大佛は残された命の短いことを悟り、未完に終わらざるを得ないことを覚悟していた。そして、『世紀』に自身の「歴史観」が表現できたことをもって満足するというのである。では、『世紀』

に示された歴史観とは何か。大佛をよく知る小林秀雄は、「フィクションの大家が遂に到達したリアリズムの興趣」であり、「フィクションの世界で、長年鍛え上げた作者の想像力」によるものと述べている（「歴史家の無私な目・大佛氏」『朝日新聞』一九七三・五・一）。小林の直感は、さすがに『世紀』の背後にあるものを捉えている。だが、優れた小説《フィクション》作家なら誰でも、『世紀』のような優れた歴史叙述をなしうるかといえば、必ずしもそうではないだろう。そこでは、大佛が書いてきた小説《フィクション》の具体的な内容が問題となってくるはずである。この点に踏み込んでいるのが加藤周一である。加藤は次のように述べている。

〔『世紀』における〕明治維新は、外部からの開国の圧力と、内部からの農民のつき上げに挟まれた武士支配層の分裂であり、一方の「佐幕派」集団に対する他方の「勤王派」集団の勝利であり、再統一の象徴として天皇を利用しつつ追求される「近代化」の計画である。歴史家〔大佛〕は、対立する二つの集団の一方の観点から歴史的過程を眺めようとせず、双方からの等距離を維持して、対象を客観的に眺める。すなわちその立場が、維新前後の派閥闘争を冷然と見まもりつつ維新後の世界を望見していた福沢〔諭吉〕や中江兆民の立場に似る。したがってまた鞍馬天狗の「自由」の立場にも似るだろう。『天皇の世紀』の歴史家は、鞍馬天狗の大衆歴史小説家から偶然生まれたのではなかった。

（『日本文学史序説・下』一九八〇）

加藤は、大佛の歴史観に鞍馬天狗の「自由」を見ている。ただし、鞍馬天狗の客観性とは、不偏不党、状況に対する「中立」性によって保たれているのではない。鞍馬天狗は、尊皇攘夷派の倒幕の志士として出発しており、封建制打倒という主張は明瞭である。しかし、党派に加わらず、集団主義に対して個人主義を貫く。また、イデオロギーによって現実を裁断しない。この幕末の政争・権力闘争に対する客観性は、権力から距離を置き、民衆の側に立つことによって生まれてくるものだ。それを一言でいえば、在野性ということになるだろう。この在野性が、福澤諭吉や中江兆民と共通するのである。大佛自身は『パリ』の歴史叙述と自己の小説の関係について、次のように述べている。

私は歴史には継続はあっても完全と見るべき結論はないものと考えます。……私は、もとが小説書きなので、これはこのとおりだ、そうでないものは間違っていると断定するのを恥辱とします。人間も、人間の社会も、もっと複雑で、完全にはとらえられず、網をくぐって逃げるものも必ず出てまいります。そうか、君はこれに反対か。それでもよいのだ。それでこそ我々の人生も学問も、もっと深くゆたかになることができるのだ。……

（前掲『パリ』「あとがき」）

複数の視点を採用し、史料間の矛盾を整理せず、史料に語るに任せた晩年の歴史叙述の方法は、自身が「小説家」であったことに由来するという。傍線部は、サン＝テクジュペリの言葉の引用であるが、この寛容の精神は、敗戦直後、言論・思想の「自由」のため、国家治安体制撤廃に立ち上がった小説家のものであり、その小説を代表する作中人物・鞍馬天狗の精神でもある。大佛は「最後の時まで、私は鞍馬天狗を道連れとして歩く」と述べているように（前掲「鞍馬天狗と三十年」）、鞍馬天狗は、『世紀』における大佛の歴史を見る目のなかに生きていたのである。

4　鞍馬天狗の時代

大佛は晩年、何度も鞍馬天狗の最期を書こうとして果せず、テレビドラマに出演し自ら斬ろうとしたがそれはできなかった。だが、果たして大佛は本気だったのだろうか。

大佛の鞍馬天狗に対する気持ちは両義的《アンビバレンツ》である。「私がこの世を終る時、彼も死ぬ」と述べる一方で、「彼は私を世に出してくれた……その彼を小説の上でも私が手をかけて終わらせるのは不実なことではなかろうか」、そして、「彼を私などよりも不死のものにしてやる努力を考えたい。せめて、それが、読者の思い出の中のものだけであっても」とも述べている（前掲「鞍馬天狗と三十年」）。つまり、大佛の心のなかでは、鞍馬天狗を終わらせたいという思いと、永遠の存在として残したいという思いが葛藤していた。

ここで大佛が鞍馬天狗が生き続ける場として、「読者」を想定していることに注意したい。鞍馬天狗は新聞・雑誌・映画など大戦間に勃興した大衆文化のヒーローであり、その作者は大佛であると同時に読者である大衆自身でもあった。大衆は、「大正デモクラシー」から戦中、敗戦と鞍馬天狗とともに歩んだ。しかし、その大衆の意識は、六〇年安保闘争を境に大きく変貌し始める。当時、この安保闘争に参加し、国会議事堂を取り巻いていた民衆の一人、安丸良夫は、こう述べている。

〔池田内閣は〕「所得倍増」をスローガンとして、国民意識を私生活の充足→「高度成長」のもとでの消費的満足の追求へと領導していった。十年間で「所得倍増」！　これだけむきだしの功利的で「唯物論」的（？）な目的が、一つの国家権力の主要なスローガンとなったことがかつてあったろうか。私は、ああ、この手か、この手でくるのか、と思った。そして、じじつ、安保闘争のひきおこした政治危機は、私がたまたま現場にたちあうという幸運をもったあの六月一八日をさかいとしてたちまち終焉し、国民意識の私生活主義化が顕著になっていった。……民衆は現存の体制のもとでの私生活的要求をもとめているという観察を主要なよりどころとして、ドラスティックな転換をとげた著名人たちのことも記憶にあたらしいであろう。（『日本の近代化と民衆思想』平凡社ライブラリー版「あとがき」一九九九）

この「私生活主義化」という「国民意識」の変化は、以降の高度経済成長のなかでさらに加速してゆく。五〇年代の「三種の神器」は、洗濯機・掃除機・冷蔵庫という生活便宜品であった。六〇年代後半には、「三つのC」すなわちクーラー cooler・車 car・カラーテレビ color television となり、さらに七〇年代には、「三つのV」、すなわち、別荘 villa・バカンス vacance・旅行 visit へと、より贅沢品・奢侈を求めるものへと変化してゆく。

この高度成長期に現れた「私」、つまり、マイカー、マイホーム（ともに和製英語）など、「マイ〜」を求める私生活中心主義は、戦後民主主義と平和運動を推し進めると同時に、ある段階からそれを空洞化させることになる。「公」より「私」を優先させることは、国のために戦争に巻き込まれたくないという「平和」願望へ結びつき、また、雇用が安定し所得が増えるなかで、「一億総中流」意識、一種の平等感をもつようになる。だが、ある段階を過ぎると、「私」的関心を超えた領域で起こっていることは「私には関係ない」というように、コップのなかで「平和」が保たれていれば安心であるから、私的関心のみをもつ個人は連帯せず、バラバラに散らばる。

この「私」化は、「祖国」観念の喪失とも関連している。この点に関して、藤田省三は、次のように鋭い指摘をしている。

機構のみが国家であるとき、軍事的敗北による機構の崩壊がもたらすものは、当然に国家それ自身の消滅である。天皇制の病理が生み出したものは、そのまま戦後日本の精神状況につながって、国家観念の喪失となって現われている。……天皇制においては、「天皇の支配機構」とは別個の「祖国」の観念は存在していなかったから、機構が崩壊すれば当然祖国も一緒に消失すべき運命が、本来、内包されていたのである。（「天皇制とファシズム」一九五七）

敗戦に到るまで、「国民」の忠誠心は天皇制軍国主義国家が独占し、そこでは「国民」の「臣民」化が起こった。しかし、敗戦により国家機構は解体した。同時にそれは、忠誠の対象である「祖国」観念そのものの消滅であった、というのである。そして、藤田は「祖国」観念がないことが、戦後の反戦・民主主義運動のひとつの盲点だという。つまり、「自己の又は自家の生活手段が直接脅かされている時と処では闘争はラディカルに行われても、その時間的・空間的範囲から外で生活している『国民』は、意外な程に無行為的であることは否めない事実である」というのである。

戦後の反戦平和・民主主義運動の先頭に立った中野好夫も、「自由のための闘い」（一九五二）と題するエッセイのなかで、「もとより一筋の大義に死んでいった特攻隊員たちの犠牲的献身の精神については、いやしくも冒瀆《ぼうとく》の言葉など許されぬ。正しい大義に対する献身こそは、今後いよいよ新しい市民精神に要求されるものでなければならぬ」と述べている。なぜなら、「市民精神とは単に利己安逸の追求」ではなく、「苛烈なまでの公共奉仕と人間尊重の精神でなければならぬ」からである。大佛が敗戦直後に「英霊に詫びる」で述べた、「君たちが遺して逝った神州不滅の愛国の信念を、日本の再建に直結する」という言葉も（第Ⅰ章1「ひとつの謎」参照）、この文脈のなかで理解されるべきであろう。「神州不滅」というスローガンを戦後に生かすことは出来ない。大佛がいわんとしたことは、そうではなくて、軍部から解放され、日本を民主主義国家として真に再建するためには、「私」的欲望を越えて「自由」という「大義」に飛び込む覚悟が必要だということであった。

戦時下の「国民」は、「滅私奉公」つまり「私」を棄てて、「祖国」に献身した。「国家」に盲従して没我的に奉仕する「滅私奉公」的な愛国心がいかに危険で、また、国を滅ぼす要因となったかはすでに歴史が証明している。その意味で、「公」より「私」を優先させる個人が現れたことは戦後の画期性の一つであろう。戦前・戦中は「公」を「国家」が独占していた。だが、「公」とは「国家」のみを意味するものではない。例えば、個人の関心が「私」的空間に尽きるのであれば、個人の交際の場である社会・コミュニティを作り出す公共心は生まれないし、「国家」的関心を欠いた「私」では、「国家」が戦争に向かうのを止めることができない。

藤田が「祖国」観念で着目しているのは、ともかくもそこに、「私」を越えて「大義」に向かうダイナミズムが存在しているという点であり、「祖国」への忠誠を支えた心的態度ethosである。一方、私的空間に満足して完結する「私化《プライヴァティゼーション》」された個人による民主主義は、「私的欲望の自己形式となり」社会的な広がりをもつことができない。そして、運動の外側にとっては、「私には関係ない」という無関心《アパシー》層をつくる危険性がある。相互に連帯せず、「私」的な欲望のみによって行動する、砂のようにバラバラに散らばる孤立した群衆ほど、「国家」にとって統合しやすいものはないだろう。

鞍馬天狗が消えたのは、六四年の東京オリンピックの翌年である。それは、七〇年の大阪万国博覧会にいたる高度経済成長期、「右肩上がり」の経済信仰のただ中であった。鞍馬天狗が高度成長期に姿を消すことは、どういう意味をもつのだろうか。

筆者は、序章で、鞍馬天狗には坂本竜馬という実在のモデルがあり、司馬遼太郎が描く竜馬像にバトン・タッチしたように見える、と述べた。しかし、当然のことながら、鞍馬天狗と竜馬像の間には、異なる面がある。

鞍馬天狗が活動したのは「夜の闇」のなかである。大佛が時代小説で描く主人公は、鞍馬天狗を筆頭に、基本的に権力と対峙し、権力に弾圧される側である。鞍馬天狗は、常に体制の外に立ち、体制の変革主体として闘った。そして、言論・思想弾圧による「暗い谷間」の一九三〇年代〜四〇年代に希望の光を灯し続けた。日本の夜明けを目指して闘う鞍馬天狗の敵は、時代の「夜と霧」そのものであった。

これに対して、司馬が創造した小説の登場人物は、自らその「あとがき」で「あかるい」時代を描いたと述べている『坂の上の雲』に象徴されるように、まぶしい太陽のもとを歩くヒーローである。また、司馬が描くヒーローは、「革命家」や「官僚」など、国家を作る立場、権力を握る実在の男たちを主人公としたものが大多数である（Carol Gluck, *The Past in the Present,* 1993）。斎藤駿は、六〇年代に本格的に登場した司馬文学のこの「明るさ」は、「欲望追求の明るさ」であり、「な

により も『私』の欲望を尊重することで生まれてくる明るさである」と述べている（前掲「戦後時代小説の思想」）。大佛は鞍馬天狗が対峙した権力・体制側の人々、例えば新選組を主人公とする小説は書かなかったが、司馬は竜馬も新選組も書いた。「無思想という思想」を提唱した司馬にとって、歴史人物の政治的な立場はあまり重要ではないのかもしれない（『手掘り日本史』一九七六）。

大衆作家は「国民」とともに歩むものである。司馬が描く群像は、幕末から日清・日露戦争に到る日本のナショナリズムの勃興期に象徴されるような「明るさ」を背景にしており、それが戦後、高度成長期に入り、再び坂の上の雲を目指して、上を向いて歩く「楽天主義」的な時代の空気のなかで、「国民」に受け入れられた。そして、白日のもとで実在のヒーローが闊歩しはじめると同時に、架空の「夜の闇」のなかでやっと浮かび上がる鞍馬天狗の輪郭はぼやけ、姿を消すのである。鞍馬天狗が消えたのは「国民」の側の意識の変化にもよるのだ。

しかし、中井正一が「『訣別する時に、初めてほんとうに遇《あ》えたのだ』というような世界が芸術にはある。近代の文学の人物はみな、こんな世界で描かれている」と述べているように（『美学入門』一九五一）、鞍馬天狗はその姿を消したことにより、時代における鞍馬天狗の意味、あるいは、鞍馬天狗の個性を改めてはっきりと浮かび上がらせた。

ところで、鞍馬天狗が消えた高度成長期は、本当に「明るい時代」だったのか。光があれば必ず影がある。高度成長期は自然破壊と公害の幕開けでもあり、軍事的政治的な対米従属が進む時期であった。そして、冷戦終結以降、二十一世紀に入った今日、この高度成長期に築かれた国家の体質は一層むき出しになってきたようにみえる。外交政策は米国一辺倒となり、市場経済万能主義によるグローバリゼーションの波が押し寄せ、「構造改革」や「規制緩和」というかけ声のもと、軍産官学が結びついた堅牢な体制が構築されている。

対米従属は、政治・軍事面のみではない。文化面では、大佛が最も警戒した「アメリカニズム」の波が、日本人の生活のあらゆるところに浸透し、ある自治体はディズニーランドで成人式を行うまでになった（拙稿「学生運動と「部分」人間」『テロリズムと日常性』二〇〇二参照）。そして、大佛が「勇気」をもって認めよと主張した「南京虐殺」を「まぼろし」と否定し、複数の視点による客観的な歴史叙述とはまったく違った、自国中心の言説によって新しく書き換えた教科書が「自由主義史観」と称して教育現場への浸透を図っている。この対米従属と自国中心史観は、国際社会、殊にアジア社会における日本の孤立化と軋轢をかつてないほど深刻なものにしている。さらに、戦後タブーであった自衛隊の海外派兵は恒常化し、平和運動と「国民」の「自由」の支柱であった、憲法九条を改定しようとする動きは活発となり、それは政治的な日程として具現化しつつある。

戦後は、社会のなかに「個人」と「自由」を成り立たせる、さまざまな組織・運動・制度があった。それらの総体が戦後の民主主義である。しかし、冷戦終結後、次々にその拠点が失われつつある。その最後の段階が、日本国憲法の改定であろう。

現在、「ポスト戦後」が叫ばれているが、その具体像はいっこうにみえてこない。ポスト戦後は戦前への回帰なのか。気がつけば、「明るい時代」はとうの昔に終わり、われわれの周りを濃い

「夜の闇」が支配しはじめているようにみえる。

鞍馬天狗は、「正義」の声が嗄《か》れようとするところ、どこにでも現れる。そして、決して諦めない不屈の精神と、飽くことのない執念で、明るさを絶やさず、自ら信じる「大義」のために闘いつづける。徹底した個人主義者であり、「国民」とともにありつづけた鞍馬天狗が、戦後憲法と民主主義の火が揺れている今日、再び姿を現すとすれば、それは、護憲派の志士としてであるに違いない。

……いや、耳を澄ませば、

「ははははは。久しぶりだね。いろいろな立場、意見の違いもあろう。しかし、人道の敵こそ、第一に滅ぼすべきではないか？　共同の敵を倒すため、最後まで闘おう」

という、鞍馬天狗の呼びかけが聞こえるのではあるまいか。深さを増している時代の闇のなかで、鞍馬天狗は再びその輪郭を現しつつある。鞍馬天狗とともに歩むのは誰か。

1943年	天狗倒し（長編）	週刊朝日
1944年	鞍馬の火祭り（長編）	毎日新聞
1945年	鞍馬天狗敗れず（長編）	佐賀新聞・東奥日報他
1947年	新東京絵図（長編）	苦楽→1948年まで
1950年	紅梅白梅（短編）	少年クラブ
1951年	海道記（短編）	オール讀物
	拾い上げた女（短編）	オール讀物
	淀の川舟（短編）	オール讀物
	風とともに（短編）	オール讀物
1952年	一夜の出来事（短編）	オール讀物
	青面夜叉（長編）	サンデー毎日→1953年まで
1953年	雁のたより（長編）	サンデー毎日
1954年	紅葉山荘（短編）	オール讀物
	夕立の武士（長編）	サンデー毎日→1955年まで
1955年	夜の客（短編）	サンデー毎日
	影の如く（長編）	サンデー毎日→1956年まで
1957年	女郎蜘蛛（長編）	サンデー毎日
	深川物語（長編）	家の光→1959年まで
1958年	天狗が出た（短編）	日本経済新聞
	黒い手型（長編）	週刊明星
	西海道中記（長編）	週刊明星→1959年まで
1965年	地獄太平記（長編）	河北新報他

『おさらぎ選書 第1集・増補改訂版・大佛次郎時代小説作品目録』（大佛次郎記念会、1992年）などを参照にして作成した。

附表２　『鞍馬天狗』シリーズ作品一覧（1924～65年）

発表年月	題名	発表紙・誌・書名
1924年	鬼面の老女（短編）	ポケット
	銀煙管（短編）	ポケット
	女郎蜘蛛（短編）	ポケット
	女人地獄（短編）	ポケット
	影法師（短編）	ポケット
	刺青（短編）	ポケット
	鬘下地（短編）	ポケット
	香りの秘密（短編）	ポケット
1925年	御用盗異聞（長編）	ポケット
1926年	小鳥を飼う武士	ポケット
1927年	角兵衛獅子（長編）	少年倶楽部→1928年まで
	鞍馬天狗余燼（長編）	週刊朝日→1928年まで
1928年	鞍馬天狗（＝剣侠閃光陣）未完中絶	文芸倶楽部
	山嶽党奇談（長編）	少年倶楽部→1930年まで
1931年	青銅鬼（長編）	少年倶楽部
	天狗廻状（長編）	報知新聞→1932年まで
1934年	地獄の門（長編）	講談倶楽部
	江戸日記（長編）	新愛知新聞→1935年まで
1935年	宗十郎頭巾（短編）	講談倶楽部
	雪の雲母坂（短編）	講談倶楽部
1936年	御存知鞍馬天狗（長編）	オール読物→1937年まで
	鞍馬天狗（＝幕末侠勇伝）（短編）	少年倶楽部
1940年	江戸の夕映（短編）	週刊朝日
1941年	薩摩の使者（短編）	週刊朝日
	西国道中記（短編）	週刊朝日

12月	十二月八日前後のこと	徳島新聞夕刊他 12・4→6	
	ペナンの開戦記念日	中部日本新聞夕刊他 12・10	
1944年1月	南の言語	河北新報夕刊 1・10→12	
2月	貫かん我が大義	東京新聞 2・26	
3月	冬に寄せて	朝日新聞神奈川版 3・5	
	Flowers in the evening glow.	Nippon-Philippines 3・25	
4月	馬拉加(マラッカ)	改造	
	スラカルタの時計	文藝春秋	
5月	鎌倉の夏	釧路"南"/[川谷潔遺稿集編集委員会]	
	印度洋の尖兵	中学生	
	戦闘一本の訓へ	週刊朝日 5・14	
7月	アンダンマン島一見	明朗	
9月	滅敵の議場にきく	朝日新聞 9・8	
10月	椰子だけの島	東京新聞 10・23	
11月	今は神々の曙――目白の話	東京新聞 11・8	
12月	浦島	新ジャワ	
1945年1月	暑いお正月	週刊少国民 1・14→不明	
3月	目白の話―神風特攻隊について	大洋	
4月	老虎出廬	朝日新聞 4・17→19	
	沖縄決戦を直視して	週刊朝日 4・22	
5月	沖縄の鱶	週刊少国民 5・20	
6月	虎の素描	週刊朝日 6・3	○
	鎮西八郎為朝	週刊朝日 6・17	○
8月	大詔を拝し奉りて	西日本新聞 8・17	○
	英霊に詫びる	朝日新聞 8・21	○
	合理・非合理	朝日新聞 8・31	
9月	日本の門出	東京新聞 9・9→11	
10月	忘れてゐた本	文藝春秋	
11月	「文化局」の創設を要望す	東京新聞 11・14→17	○

『大佛次郎時代小説全集・第24巻』(朝日新聞社、1977年)の作品目録、『おさらぎ選書・第6集・大佛次郎エッセイ作品目録』(大佛次郎記念会、1992年)、『大佛次郎エッセイ・セレクション2・人間と文明を考える――水の音』(小学館、1996年)の初出一覧、『大佛次郎エッセイ・セレクション3・時代と自分を語る――生きている時間』(小学館、1996年)の初出一覧、『十五代将軍の猫――大佛次郎随筆集』(五月書房、1996年)の初出一覧を参照した。(作成:凡人会・高田絵里　2004年5月)

	今は昔の仲間たち	週刊朝日 1・21	○
2月	現代日本文学選(序・まへがき等)	現代日本文学選／新潮社	
5月	個性を失くして行く町	銀座	
	四州老人	野球界	
7月	宜昌戦線を見て	東京朝日新聞 7・8→9	
8月	宜昌	文藝春秋	○
9月	〔書簡〕佐藤観次郎宛	自動車部隊／高山書院	
	小さい町	オール読物	○
	花を載せて行った飛行機	新青年	○
10月	愚かなる手帳	日本ゴルフドム	
11月	前線の北白川宮殿下を偲び奉りて	モダン日本	
1941年1月	足もとから	読売新聞神奈川版 1・12	
	歴史小説のこと	朝日新聞 1・18	
3月	大陸の空の旅から	空の旅	
6月	齊堂盆地	東亜新報 6・1	○
7月	北京の風	都新聞 7・5→8	○
	バイコフ氏の猫	週刊朝日 7・27	○
	生きてゐる歴史→「歴史」と改題	朝日新聞 9・22	○
10月	満州十年の変遷	報知新聞 10・14→16	
12月	大楠公を思ふ	少年倶楽部	
1942年1月	満州新聞社建国十周年記念事業懸賞長編小説選評	満州新聞 1・1	
	近ごろの収穫『日の丸船隊史話』	東京日日新聞 7・12	
9月	大佐・東宮鉄男	朝日新聞 9・15	
11月	日本人の心を知る	朝日新聞 11・1	
12月	大石内蔵助	週刊朝日 12・20	
1943年1月	勤皇史蹟行脚	週刊朝日 1・3／10→2・21	
4月	遺愛の柿の木紅し	日本の母／春陽堂書店	○
	坂本龍馬	読売報知夕刊 4・29	
	観兵式拝観記	西日本新聞 4・30	
7月	山本元帥	航空朝日	
	山本元帥の武運に寄す	新太陽	○
8月	猪熊氏と雑巾猫	新美術	
	楠公の秘密	東京新聞 8・22	
	誠実溢るゝ空気	朝日新聞 8・26	
	大東亜文学賞 第1回 推薦の言葉	毎日新聞 8・28	
9月	一市民として	東京新聞 9・24→25	
10月	舌に代へて	改造	
11月	京見物	銃後の京都 11・28	○

4月	好きな顔	文藝春秋オール讀物	
5月	銀座美人譜	銀座	
6月	シャム兄弟の話	現代日本小説全集月報／アトリエ社	
	奥行のある美	新女苑	
7月	花和尚	モダン日本	○
	リーグ戦の印象	アサヒ・スポーツ 7・1	
8月	古墳と貝殻	銀座特輯附録	
9月	ヨット	婦人之友	
	〔祝辞〕	せうがく三年生	
10月	明るい小松ちゃん	新潮	
1938年1月	大森義太郎君と僕	婦人公論	
	春場所観戦記	週刊朝日 1・30	
4月	明るい時代	改造	
	日記	新女苑	
	新潮社文芸賞第二部について　第1回	新潮	
5月	鎌倉の美しさ	観光の神奈川 5・10	
6月	三人の性格	前進座	
7月	フェアウェイの外に	講談倶楽部	
8月	内然機関	三田文学	
	宇都宮	週刊朝日銷夏読物号 8・1	
	野心と冒険と	東京朝日新聞 8・17	
10月	満州の旅を終へて	東京朝日新聞 10・13→16	○
12月	朝鮮にて	文藝春秋オール讀物	
1939年1月	松花江	改造	○
	開城一見	モダン日本	
2月	望郷	スタア 2・1	○
5月	リーグ戦余談	週刊朝日春の大衆読物号 5・1	
6月	藤の花と猫	新女苑	
	新鮮なものを	週刊朝日 6・4	
8月	鎌倉	大洋	
	球友さまざま	大洋	
9月	犬の詩	会館芸術	
	涼宵	文藝春秋オール讀物	
	阿波狸合戦	東京朝日新聞 9・9	
10月	第一歩	アサヒ・スポーツ 10・1	
11月	海洋思想普及映画原作小説選評	映画朝日	
	旅のアルバムより	モダン日本臨時大増刊・朝鮮版 11・1	
1940年1月	新日本文芸選者の言葉　第1回	週刊朝日新年特別号 1・1	
	期待する人	東京朝日新聞 1・6	

1934年1月	スキー初年兵	婦人公論	
4月	絵の国豊前豊後／田中純共著	絵の国豊前豊後／九州風景協会	
	真の日本人	文藝春秋オール讀物	
5月	新しい家族	東京日日新聞5・7	
6月	ホテルの猫	玉藻	○
7月	僕の推奨する新人	衆文	
	わが家のアバレ	少年倶楽部	
	古風な玩具	富士	
	鎌倉勢出陣	東京日日新聞7・30	
9月	秋の絵を観る	週刊朝日9・9	
	空の紀行リレー	読売新聞夕刊9・15→19	
10月	日向の今昔	神国日向／九州風景協会	
	帝展を観る	週刊朝日10・28	
11月	新興と私	キネマ旬報11・30	
12月	「瓦解の人々」に就て	新国劇	
1935年1月	カメラの文学選後感	アサヒカメラ	
	猫の獵師	短歌と方法	
3月	土耳古人の手紙	東京朝日新聞3・22→25	○
9月	映画筋書　審査員の言葉	映画と演芸	
	海と山と	婦人倶楽部	
	直木三十五賞経緯　第1回	文藝春秋オール讀物	○
	ダグラスのドン・ファン	スタア9・15	
12月	酒場のある袋路地	新青年	
	行ってらっしゃい　小さいお嬢さん！	週刊朝日12・15	
1936年1月	毀れたアンテナ	短歌と方法	
	春の芝居	東京朝日新聞1・15→22	
2月	キャメラの思ひ出	令女界	
4月	四国四日記	文藝春秋	
5月	猫々痴談	ホームライフ	○
7月	水の白蝶	文藝春秋オール讀物	
8月	夏の日の夢	改造	
	望むもの	文芸懇話会	
	千葉亀雄賞選評　第1回	サンデー毎日8・2	
9月	最後の戦闘機	スタア9・1	
10月	小島君の小説	現代日本小説全集月報／アトリエ社	
11月	ベストからライカまで	週刊朝日大衆読物号11・2	
	秋の近江路	週刊朝日11・15	
1937年1月	年頭の予感	東京朝日新聞1・4	○
2月	直木賞への希望	東京朝日新聞2・19	

附表1　戦時下における大佛次郎随筆作品一覧（1931～45年）

発表年月	題名	発表紙・誌・書名	戦後の再発表
1931年1月	放言	キネマ旬報1・1	
5月	大衆文芸を語る	文学時代	
7月	猫のこと	新青年	○
8月	早慶戦と妻の病気	婦人サロン	
	南伊豆の海岸	時事新報夕刊8・26→9・13	
9月	僕の秋	文学時代	
11月	どんなものを読むか	サンデー毎日臨時増刊11・10	
	にんじん	東京朝日新聞11・10	
12月	マドロスと白い墓	アサヒグラフ12・23	
1932年1月	花形作家とその年頭感	文藝春秋オール読物号	
3月	熱海の猫	セルパン	○
	私の猫	婦人サロン	
5月	僕の好きな女優	冨士	○
1933年1月	他人に譲るまい	大阪朝日新聞1・6	
	ジャニユスの神	大阪朝日新聞1・29	
2月	トルコ人の手紙	東京朝日新聞2・12→16	
3月	白露の将軍	人物評論	
4月	明るき洋装	三越	
5月	時代に光あれ	読売新聞5・28	○
6月	早慶戦私議	中央公論	
7月	「物語」台本選評	調査時報7・1	
8月	Mea Culpa	新選大衆小説全集月報／非凡閣	
	専太郎を描く	新青年	
	甲子園雑記	大阪朝日新聞8・22→24	
9月	執筆諸家の抱負　僕の使命	新文芸思想講座内容見本／文藝春秋社	
	いざ鎌倉	文藝春秋オール読物	
10月	スポーツの魅力	現代	
	ひとりごと	大衆倶楽部	
	僕の秋	婦人公論	
	今月の大衆文芸	東京日日新聞10・13→18	
	ハムレットと僕	時事新報10・18→21	
	「花火」について	曙10・27	○
11月	西洋小説と大衆文芸	日本文学講座第14巻／改造社	○
	弥次馬心理	日の出	
12月	現代物研究	新文芸思想講座第3～10巻／文藝春秋社1933・12→1934・9	
	新人都田鼎君を推奨す	相談	

あとがき

本書は、これまで不問に付されてきた大佛次郎の戦争責任追及という、気の進まない内容を含んでいる。しかし、大佛が時代と格闘する真の姿は、その事実を見据えることによってのみ描けるのではないか。そして、鞍馬天狗という架空の像も、作者がその時代をどのように生きたのか、その実像を前提とすることで、一層はっきりと捉え直すことができるのではあるまいか。

書き終えてみて改めて気づくことは、この作家の規模の大きさである。それは、さまざまなジャンルを書き分けたということもさることながら、その文学構想のスケールを指している。大佛文学は、西欧文学の教養と日本の大衆の土着的な世界観を折衷したものではない。大佛文学のなかの勝れて日本的なものは、普遍性をもっている。それは、作者の精神の普遍性を示すものであろう。

本書は、大佛次郎の『敗戦日記』に負うところが極めて大きい。この日記がなければ、本書は成立しなかったであろう。日記を読むのは難しい。本書の大半は、この日記にでてくる事柄、人物などのウラをとる作業であり、日記を読み深めることで成立したといっても過言ではない。

日記の原本は第一書房発行の「自由日記」帳二冊に綴られたものである。総革製で金の箔押しが施された贅沢な装丁帳で、書き出しは四四年九月である。一冊を書き切って、二冊目に及び四五年一〇月一〇日にその半分を空白にして終っている。そこで、気になってくるのは日記帳の発行年がそれぞれ一九三一年、一九三五年と一〇年以上もさかのぼるものであることである(福島行一『敗戦日記』「解題」)。その装丁の様式や判型など、大佛はこの日記帳にこだわりをもっていたのではないか。とすれば、日記帳はこの二冊以外にも買い置きがあり、四四年より前の日記帳が存在する可能性も考えられる。日記といってもさまざまあり、単に事柄だけを書き連ねたものもあるが、大佛の日記は一種の告白文学になっており、もし新しい日記帳が発見されれば、それは大佛像の再考を迫るものとなるはずである。

また、本書では、戦時下の大佛の軌跡を探るのに、戦後未公刊の資料、特に随筆を用いている。これらは戦後公刊されていないが、当時活字化された資料であり、申請すれば閲覧可能なものだ。しかし、例えば大佛次郎記念館には、四三年一一月から四四年一月にかけての南方視察のときのノート六冊、四四年九月前後にとられたトルストイの『戦争と平和』の自筆ノートなど、未活字で大佛の戦時下を知るために貴重な資料がまだたくさんある。こうした資料は、原則として公開されていない。また、約五万五千冊ほどの蔵書もある。今後、そうした多数の資料から、新たな事実が発見され、新たな大佛論が描かれる可能性は十分にある。

さて、読んでいただければお気づきのように、本書の記述は、戦時下から東京裁判の判決までが中心となっている。高度成長期以降は駆け足になっており、資料的な裏付けも十分とはいえず、なお仮説の段階にとどまっている。戦後の大佛に関しては、『世紀』を中心に改めてとりあげてみたい。
大佛作品群の間口は広い。どの作品からも入っていける。そして、一度、その作品を潜れば、その奥行きと規模に驚嘆するだろう。大佛文学の可能性は、まだまだ広がっている。その作品の向こうには、背筋を伸ばした大佛次郎がすっくと立っている。

本書を刊行することができたのは、多くの方々のお陰である。本書の母体となっているのは、市民サークル・凡人会で、「『戦争と知識人』再考——大佛次郎の場合」と題し、二〇〇三年七月から、約一年間、計八回行われた勉強会の報告と討論である。凡人会とは、学生や一般市民が集まり、読書会を中心に活動をしているサークルである。年齢層は、東京オリンピックから大阪万博まで高度成長期以降に生まれた者たちで、二〇代から、四〇代前半までと幅広い。各回の報告者とレジュメの表題は次のとおり。

宮川ちおり「戦後と大佛次郎」
同「大佛次郎の描いた『旧軍人』像——『花の咲く家』を読んで」
同「内田義彦『知識人の諸類型』を読んで」
五藤かおり「言論統制下の知識人——大佛次郎の場合」

同　「大佛次郎を読む——戦争をどうとらえたか・敗戦日記から」
高田絵里　「大衆と共に戦争を体験する小説家——戦中から敗戦直後の随筆を読んで」
濱田宏美　「『国民主義（運動）』の継承——丸山眞男『陸羯南——人と思想』（一九四七）・『明治国家の思想』（一九四六）より」
小川和也　「戦時下の大佛次郎と民主主義の問題」

この場を借りて、各回の興味深い報告と熱心な討論を行った凡人会のメンバーに、改めて感謝する。本書は、凡人会と加藤周一との共著『「戦争と知識人」を読む——戦後日本思想の原点』（青木書店、一九九九）の続編である。戦時下の知識人の動向について興味がある方は参照いただきたい。

また、単に大佛作品の読者であった筆者を、研究の場に引き出してくださったのは、「大佛次郎研究会」の会長で、フランス文学者の村上光彦氏である。村上先生のご紹介で、筆者も同研究会の末席に連なることができた。本書の戦時下の文献は、大佛次郎記念館と国会図書館で閲覧しているが、記念館では文献の所在確認や複写など、手厚い便宜を図っていただいた。特に、新聞・雑誌の大佛の手書きのメモを閲覧できたのは貴重であった。この研究会に所属できなければ、本書の前提となる資料を読み込むことができなかった。

村上先生は、生前の大佛をよく存じておられる。大佛の『パナマ』『パリ』などの仏文資料の訳出をするなど、大佛の右腕として戦後の仕事をサポートされた。昨年（二〇〇五）の冬、東京国立博物館で「唐招提寺展」が開かれた折、先生に誘われ、展示をみながら、大佛に関する話を伺うことができた。鑑真和上像・盧舎那大仏などの仏像が照明によって浮き上がる幻想的な雰囲気のなか、時の経つのも忘れ、「あの作品は、どういう意図で?」などと、思いつくままに質問した。いつしか先生を通じて、大佛本人と対話しているような気分になったのは不思議な体験であった。

筆者に大佛次郎という作家の魅力を最初に教えてくれたのは、映像評論家の江藤文夫氏である。一九九二年冬、銀座セゾン劇場で木下順二作『子午線の祀り』第五次公演が行われた。観劇を終えての会食の場で、氏が特に『帰郷』を激賞され、「主人公・守屋恭吾は、戦後の鞍馬天狗なんだな」といわれたのが強く印象に残っている。それから幾星霜、本書の草稿が成ったのは昨年冬である。ただちに拙稿をお送りしたが、氏は病床に伏され、ご覧いただくことが叶わないまま訃報が届いた。いまとなっては、間に合わなかったのが心残りである。

また、卓絶した時代・歴史小説論を著しているカタログハウスの斎藤駿氏から伺った、「文章を書く」ときの心構えについての話は強烈に印象に残っている。

史料に基づく立論は、歴史学のものである。思想・思想史研究においてもテキスト分析だけでなく、史料による実証・論証が重要であることを、一橋大学大学院社会学研究科の若尾政希教授・渡辺尚志教授、および、そのゼミ生から学んだ。本書にも、歴史学的な手法を取り入れたつもりである。両教授と呑み仲間でもあるゼミ生からうけた学恩に対し記して感謝したい。

それから『「戦争と知識人」を読む』出版以来のつきあいとなった書店営業マンの佐藤貞男氏か

らの励ましは、実に心強く有り難かった。平凡社の保科孝夫氏、元岩波書店の後藤洋一氏、同成社の山田隆氏、その他の方々からも本稿に対する貴重なアドバイスや温かい励ましの言葉をいただいたいている。これら本書の刊行までにお世話になった方々に、この場を借りて、お礼を申し上げる。

なお、本書は、二〇〇五年に新設された、第一回「河上肇賞」奨励賞の受賞作品が土台になっている。同賞の主催は藤原書店。審査員は一海知義、岩田規久男、住谷一彦、中村桂子、鷲田清一、藤原良雄の諸氏である。刊行に際して、審査員の方々から特にご指摘とご批判が集中した終章を書き換え、全体に加筆訂正をした。書き換えに関しては藤原氏と刈屋琢氏から重要なご示唆を頂戴した。また、受賞時のタイトルは、「鞍馬天狗と憲法――大佛次郎の『個』と『国民』」であったが、書き換えによる内容の変化にともない本書のタイトルに変更したことを付記しておく。

二〇〇六年六月二四日

小川和也

著者紹介

小川和也（おがわ・かずなり）

1964年群馬県館林市生まれ。大佛次郎研究会会員。

成蹊大学文学部文化学科卒業。現在、一橋大学大学院社会学研究科・博士課程後期に在学中。専門は、日本思想・近世思想史。

主要論文に、「天明期越後長岡藩の藩政改革と農書――読書による藩家老の政治構想」（『歴史評論』664、2005）、「牧民官の時代――近世中後期における『牧民忠告』の展開と領主思想」（『一橋論叢』134-4、2005）、「近世前期・『牧民後判』の成立と「仁政」思想の確立――伊勢桑名藩主・松平定綱を事例に」（『書物・出版と社会変容』第1号、2006）がある。

共著に、『「戦争と知識人」を読む――戦後日本思想の原点』（1999、青木書店）、『テロリズムと日常性――「9・11」と「世直し」68年』（2003、同）がある。

鞍馬天狗《くらまてんぐ》とは何者《なにもの》か　大佛次郎《おさらぎじろう》の戦中《せんちゅう》と戦後《せんご》

2006年7月30日　初版第1刷発行©
2006年9月30日　初版第2刷発行

著　者　小　川　和　也
発行者　藤　原　良　雄
発行所　株式会社　藤　原　書　店

〒162-0041　東京都新宿区早稲田鶴巻町523
電　話　03（5272）0301
ＦＡＸ　03（5272）0450
振　替　00160-4-17013

印刷・製本　中央精版印刷

落丁本・乱丁本はお取替えいたします
定価はカバーに表示してあります
Printed in Japan
ISBN4-89434-526-9

日韓友情年記念出版

「アジア」の渚で
〈日韓詩人の対話〉

高銀・吉増剛造
［序］姜尚中

民主化と統一に生涯を懸け、半島の運命を全身に背負う「韓国最高の詩人」、高銀。日本語の臨界で、現代における詩の運命を孤高に背負う「詩人の中の詩人」、吉増剛造。半島と列島をつなぐ「言葉の架け橋」。「海の広場」に描かれる「東北アジア」の未来。

四六変上製　二四八頁　**二二〇〇円**
（二〇〇五年五月刊）
◇4-89434-452-1

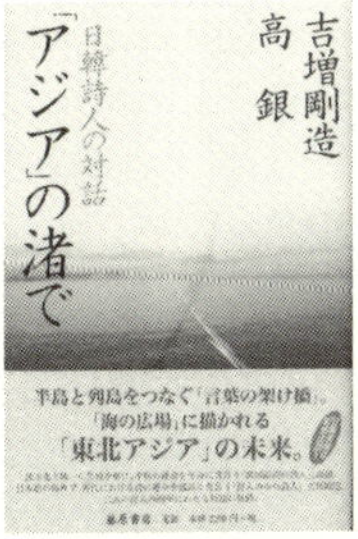

「人々は銘々自分の詩を生きている」

金時鐘詩集選
境界《きょうがい》の詩
〈猪飼野詩集／光州詩片〉

［解説対談］**鶴見俊輔＋金時鐘**

七三年二月を期して消滅した大阪の在日朝鮮人集落「猪飼野」をめぐる連作詩『猪飼野詩集』、八〇年五月の光州事件を悼む激情の詩集『光州詩片』。「詩は人間を描きだすもの」（金時鐘）
〈補〉鏡としての金時鐘（辻井喬）

A５上製　三九二頁　**四六〇〇円**
（二〇〇五年八月刊）
◇4-89434-468-8

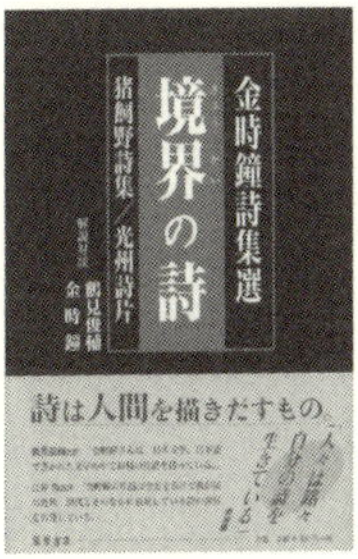

「在日」はなぜ生まれたのか

歴史のなかの「在日」

藤原書店編集部編
上田正昭＋杉原達＋姜尚中＋朴一／金時鐘＋尹健次／金石範ほか

「在日」百年を迎える今、二千年に亘る朝鮮半島と日本の関係、そして東アジア全体の歴史の中にその百年の歴史を位置づけ、「在日」の意味を東アジアの過去・現在・未来を問う中で捉え直す。日韓国交正常化四十周年記念。

四六上製　四五六頁　**三〇〇〇円**
（二〇〇五年三月刊）
◇4-89434-438-6

激動する朝鮮半島の真実

朝鮮半島を見る眼
〈「親日と反日」「親米と反米」の構図〉

朴一

対米従属を続ける日本をよそに、変化する朝鮮半島。日本のメディアでは捉えられない、この変化が持つ意味とは何か。国家のはざまに生きる「在日」の立場から、隣国間の不毛な対立に終止符を打つ！

四六上製　三〇四頁　**二八〇〇円**
（二〇〇五年一一月刊）
◇4-89434-482-3

真の「知識人」、初の本格評伝

沈黙と抵抗

（ある知識人の生涯、評伝・住谷悦治）

田中秀臣

戦前・戦中の言論弾圧下、アカデミズムから追放されながら『現代新聞批判』『夕刊京都』などのジャーナリズムに身を投じ、戦後は同志社大学の総長を三期にわたって務め、学問と社会参加の両立に生きた真の知識人の生涯。

四六上製　二九六頁　**二八〇〇円**
（二〇〇一年一一月刊）
◇4-89434-257-X

回帰する〝三島の問い〟

三島由紀夫vs東大全共闘 1969-2000

三島由紀夫
芥正彦・木村修・小阪修平・橋爪大三郎・浅利誠・小松美彦

伝説の激論会〝三島vs東大全共闘〟(1969)、三島の自決(1970)から三十年を経て、当時三島と激論を戦わせたメンバーが再会し、三島が突きつけてきた問いを徹底討論。「左右対立」の図式を超えて共有された問いとは？

菊変並製　二八〇頁　**二八〇〇円**
（二〇〇〇年九月刊）
◇4-89434-195-6

真の戦後文学論

戦後文壇畸人列伝

石田健夫

「畸人は人に畸にして天に侔《ひと》し」——坂口安吾、織田作之助、荒正人、埴谷雄高、福田恆存、広津和郎、深沢七郎、安部公房、中野重治、稲垣足穂、吉行淳之介、保田與重郎、大岡昇平、中村真一郎、野間宏といった時流に迎合することなく人としての「志」に生きた戦後の偉大な文人たちの「精神」に迫る。

Ａ５変並製　二四八頁　**二四〇〇円**
（二〇〇二年一月刊）
◇4-89434-269-3

豊饒なる書物の世界

午《ご》睡《すい》のあとで

松本道介

辛口の文芸評論家が鋭利な斬り口で書く読書エッセイ。永井荷風、夏目漱石、金子光晴、阿部昭、幸田文、野呂邦暢、渡辺京二、司馬遼太郎、室生犀星、三島由紀夫、太宰治、トーマス・マン、ゲーテ、カフカ、カミュ、ウォーレス、『老子』、『平家物語』、『万葉集』、『古今和歌集』他。

四六変上製　二一六頁　**一八〇〇円**
（二〇〇一年九月刊）
◇4-89434-301-0

〝本当に生きた弾みのある声〟

竹内浩三全作品集（全一巻）日本が見えない

小林察編　［推薦］吉増剛造

太平洋戦争のさ中にあって、時代の不安を率直に綴り、戦後の高度成長から今日の日本の腐敗を見抜いた詩人、「骨のうたう」の竹内浩三の全作品を、活字と写真版で収めた完全版。新発見の詩・日記も収録。

菊大上製貼函入　七三六頁（口絵二四頁）　八八〇〇円
（二〇〇一年一一月刊）◇4-89434-261-8

「マンガのきらいなヤツは入るべからず」

竹内浩三楽書《らくが》き詩集　まんがのよろづや

よしだみどり編　オールカラー

［絵・詩］竹内浩三
［色・構成］よしだみどり

一九四五年、比島にて23歳で戦死した「天性の詩人」竹内浩三。そのみずみずしい感性で自作の回覧雑誌などに描いた、15〜22歳の「まんが」や詩をオールカラーで再構成。浩三の詩／絵／マンガが、初めて一緒に楽しめる！

A5上製　七二頁　一八〇〇円
（二〇〇五年七月刊）◇4-89434-465-3

唐木から見える〝戦後〟という空間

反時代的思索者

粕谷一希

哲学・文学・歴史の狭間で、戦後の知的限界を超える美学＝思想を打ち立てた唐木順三。戦後のアカデミズムとジャーナリズムを知悉する著者が、「故郷・信州」「京都学派」「筑摩書房」の三つの鍵から、不朽の思索の核心に迫り、〝戦後〟を問題化する。

四六上製　三二〇頁　二五〇〇円
（二〇〇五年六月刊）◇4-89434-457-2

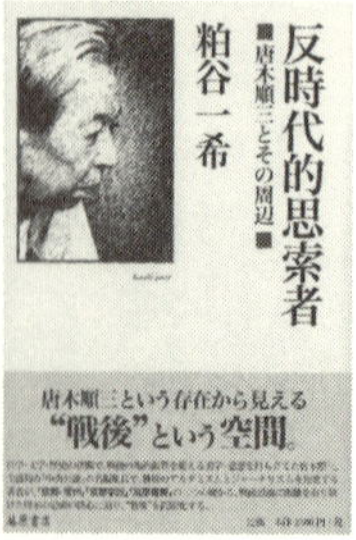

本音で語り尽くす

まごころ（哲学者と随筆家の対話）

鶴見俊輔＋岡部伊都子

〝不良少年〟であり続けることで知的鍛磨を重ねてきた哲学者・鶴見俊輔。〝学歴でなく病歴〟の中で思考を深めてきた随筆家・岡部伊都子。歴史と学問の本質を見ぬく眼を養うことの重要性、来るべき社会のありようを、本音で語り尽くす。

B6変上製　一六八頁　一五〇〇円
（二〇〇四年一一月刊）◇4-89434-427-0

1989年11月創立 1990年4月創刊

一九九五年二月二七日第三種郵便物認可　二〇〇六年九月一五日発行（毎月一回一五日発行）

月刊
機
2006
9
No. 175

発行所　株式会社 藤原書店©
〒一六二―〇〇四一 東京都新宿区早稲田鶴巻町五二三
電話　〇三・五二七二・〇三〇一（代）
FAX　〇三・五二七二・〇四五〇
◎本冊子表示の価格は消費税込の価格です。

編集兼発行人
藤原良雄
頒価 100 円

ヨーロッパ全史を言語から解き明かしたベストセラー、遂に完訳！

ヨーロッパと多言語社会

——『西欧言語の歴史』の著者H・ヴァルテール女史に聞く——

（聞き手）加藤晴久

ギリシア、ケルト、ラテン、ゲルマン——民族の栄枯と軌を一にして盛衰を重ねてきた西欧の諸言語。数多存在する言語のルーツ、影響関係をつぶさにたどり、異なる言語同士の意外な接点を発見しながら、言語の運命というものの不思議さ、面白さを説き尽くしたベストセラーが、遂に完訳！

豊富な地図や図版で、言語の地理的分布をわかりやすく紹介し、随所に挟まれた「コーヒーブレイク」で楽しく読めるように工夫された「目から鱗が落ちる」本書の魅力を著者自身に聞く。

編集部

● 九月号目次 ●

言語の多様化と統一

■あなたが『西欧言語の歴史』を書き始めた意図は何ですか。

私はフランス語が母語のフランス人ですが、フランス語の専門家にはなりませんでした。英語とイタリア語を専攻としたわけです。ゲルマン語の英語とロマンス語のイタリア語の研究が、ヨーロッパという枠組みに関心を広げるきっかけになりました。アンドレ・マルティネの影響もあります。マルティネのセミナーでは、**インド・ヨーロッパ語の変遷、インド・ヨーロッパ語がどのように分化したか、多様になっていったのか**が常にテーマになっていました。それに、言語が多様化したあとに、接触と、接触による同化の現象もあったのです。**多様化と統一といった複雑な過程がそれぞれの言語でどのように進んだのか、その詳細を理解**したいと思いました。

イタリア語　イタリア語を例にしますと、トスカナ方言がなぜイタリア語となったのか、シチリア方言はイタリアで初めて詩の言語となったのに、イタリアが統一されたとき、なぜイタリア語とならなかったのか。その理由は文学的な理由です。フィレンツェに生まれた、ですからトスカナ方言を話し、トスカナ方言で書いた三人の大作家、ダンテ、ペトラルカ、ボッカチオのおかげなのです。

スペイン語　スペインの場合は文学の歴史とはまったく関係ありません。宗教と戦争の歴史が関与した話です。スペイン北部のカスティーヤの人々がアラブ人に対して国土回復運動《レコンキスタ》を始め、その言語と共に南下し、アラゴン方言、アンダルシア方言といったラテン語起源のすべての言語を圧倒していった。カスティーヤ語の天下になったわけです。

フランス語　フランス語の場合は政治です。国王がイル=ド=フランス地方に君臨していて、そのフランス王国が拡大していくにつれてフランス語が浸透していったのです。そのことはフランス語の語彙が英語の語彙に入っていった過程を見れば明らかです。

フランスの言語は一〇六六年にウイリアム征服王とともにイギリスに上陸しましたが、イギリス人が最初に出会ったのはフランス語ではなく、ノルマンディー方言でした。ラテン語起源のもう一つの形態の言語です。たとえば動詞carry「運ぶ」ですが、発音は「チャリー」ではなく「キャリー」、「k」で発音しています。イル=ド=フランス地方の語形でなく、ノルマンディー方言の語形です。たとえば

catch も同様です。これも「キャッチ」であって、「チャーチ」ではありません。しかし一世紀後には catch と同じくラテン語の CAPTIARE「捕る」が語源の chase はフランス語から英語に入りました（**訳注** ラテン語 CAPTIARE→ノルマンディー方言 cachier→英語 catch　ラテン語 CAPTIARE→古フランス語 chacier→英語 chase「狩る」）。ラテン語は、フランス語を通して英語に入ったということです。つまり貴族は自分たちの地域の言語に加えてフランス語を学んだということです。

ドイツ語　ドイツ語の場合はまったく違います。これは方言を越えたところで形成された言語の歴史なのです。特にルターによる聖書翻訳が大きく貢献しています。

こうしてみると、それぞれの国の中で特定の言語が頭角を現してきたのには、それなりの理由があることがわかります。

▲ベストセラーとなった原書

ベストセラーの理由

この本が多くの人の興味を引き、成功を収めたことをどのように説明されますか。

この本が出版されたのはちょうどマーストリヒト条約の締結（一九九三年十一月）の直後で、出版社はとても悲観的だったのです。これは売れない、と言うのです。条約批准の是非をめぐって、それはかしましい議論になっていましたから、みんなもう、ヨーロッパがどうのこうのにうんざりしている、と言うのです。

ベストセラーになったのは、この本は高度な学問を基礎にして書かれているのですが、それが見えないように工夫されている。学問的なものは隠れていて、読みやすく変化に富んだ説明、ゲーム感覚の遊びや地図なども入れ、常に誰もが知っていることから始めて、その上で知らないことを導入するようにしたからであると思います。

たとえば、イタリア語の章では、誰もが関心を持っているものは何か、パスタだ、ということで、数ページを割いてパスタのいろいろな名前を並べました。イラストも入れました。みんながマカロニ、スパゲッティ、ラヴィオリなどといったものをよく知っているからです。スペイン語ではパエリヤでしょうが、これは多様性がありません。パエリヤ・オ・チョリソでおしまいです。ですから、スペイン語の章では、アラビア語との関係を論じました。スペイン語はロマンス語で、ラテン語からの派生ですが、アラビア語の影響で大きく変わりました。そこで私は国土回復運動《レコンキスタ》の経過を説明する一方で、スペイン語の中にはアラビア語が大きな場を占めていることを囲み記事の形で示しました。

移民と言語

移民と言語の問題です。フランスは移民受け入れ大国ですが、社会への同化のためにフランス語教育に力を注いでいます。

移民の人たちがフランス語を学べるように全国各地に多くの講座が組織されています。同時に彼らの言語に価値を認めようとしています。アラビア語はきれいな言語ですし、トルコ語もきれいな言語ですし、ベトナム語もそうでしょう。教育の場では移入してきた人々の言語を軽視しないよう努力しています。

アメリカではすでに四千万のスペイン語を話して暮らしている人々がいます。アメリカも以前は英語教育を通して移民を統合する政策を取っていました。言語的統合の面で寛容になりすぎるとマイナスの影響がでてくるのでは。

一般的にフランスに来る人々はフランス語を学びたいと思っています。もちろん例外はあります。でも大体の場合は違います。皆、フランスに同化することを強く望んでいます。というのも、彼らはフランスに強い魅力を感じて来た人たちだからです。経済的なこと、仕事のためもあるでしょうが、フランスに来るということ自体に一種の権威があるのです。

EU統合と言語状況

EUを語るとき二つの軸があります。拡大と深化です。いずれの面でも言語の問題は重要です。現在十五ヵ国で九言語が公式言語ですね（二〇〇三年現在）。いろいろな会議のとき通訳の問題はどうなっているのですか。

わたしの知る限り、すべての言語が直接すべての言語に訳されています。ですから大勢の通訳担当公務員がいます。大変な経費です。基軸言語を決めようという話もあります。しかし、少なくとも現在主流の考え方は**多言語主義を維持していく**ということです。**一言語ないし数言語に制限すると多くの大切なものが失われる、欧州統合の理念に反する**、ということだと思います。

EU統合を進めようとすれば、この言語の多様さというものが難しい問題を引き起こすのではないですか。

多言語主義を維持しようとするなら、翻訳を維持しなければなりません。これは本質的な問題です。そこで**言語教育の推進が重要になります。どのような教育法を用いて教育するかという課題**があります。一つの言語から始めて、それと近い言語に行く、つまり一連の近接言語を学ぶというやり方が考えられます。たとえばラテン語から派生したロマンス語をひとつ学び始めたら、おなじロマンス語をどのように組み込んでいくか、フランス語から始めたら、どのようにイタリア語、スペイン語、ポルトガル語、ルーマニア語などを組み込んでいけるか、といった工夫です。こうした対策がEUレベルで模索されているのです。

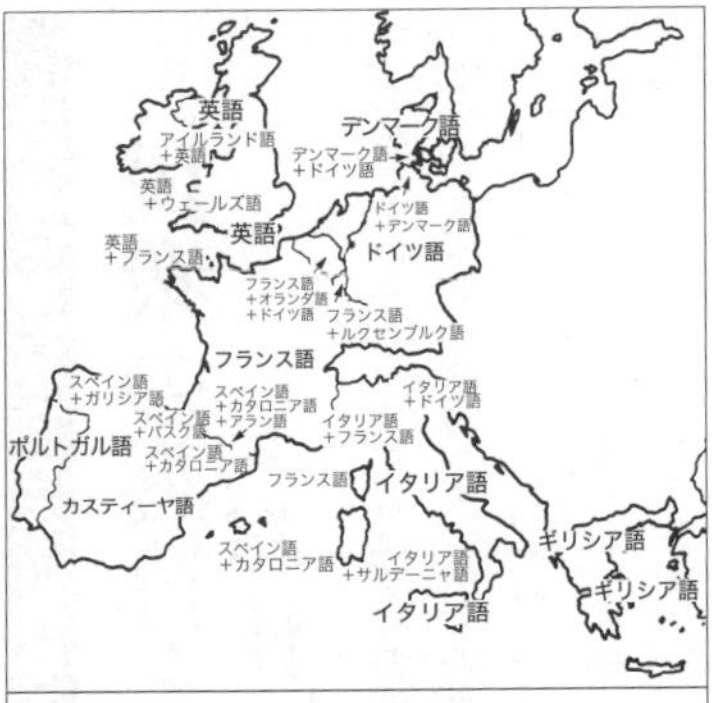

▲ヨーロッパ12ヵ国の公用語

■今後ヨーロッパの言語状況はどのようになっていくとお考えですか。

十五ヵ国に新しい国々が加わってくれば新しい問題が生ずるでしょう。現在、ロマンス語あるいはゲルマン語を話している人たちの間では、お互いの言語を習得するのは比較的やさしいはずですが、スラブ語を話す国が加われば、これは難しくなるでしょう。インド・ヨーロッパ語のなかでスラブ語との分化が始まったのはずっと前のことですから、それぞれの進化がすすんで差異が拡大しています。ただ、スラブ諸国では十八世紀にはすでにフランス語が共通言語でしたし、系統的にはより近いドイツ語が学校教育では重視されています。十年くらい前まではスラブ諸国ではラテン語が国際的な共通言語だったのですよ。

スラブ諸国ではラテン語はかなり最近まで国際的な言語であり続けたのですね。フランス語はそれなりのポジションを維持すると思います。十五ヵ国でなくまだ十二ヵ国だったときのことですが、ヴァランシエンヌで行われたEUの言語問題についての国際会議でドイツの代表が言いました。「英語が第一ですが、でも二番目は議論の余地なくフランス語です。ドイツ語ではありません」。ドイツの代表が言ったのです。興味深いことだと思います。フランス語の歴史的な重みというものがあるわけです。　（平野和彦訳）

（Henriette Walter／レンヌ第二大学名誉教授）

大好評を博した『日本仏教曼荼羅』(8刷)待望の第二弾、今月刊行!

民衆の護符としての「お札」の集大成

仏蘭久淳子

「お札《ふだ》」というものは、昔はごく普通に一般の人々の間に流布していたものだった。お寺に参詣し、その寺の本尊(時には本尊でなくても)の姿が刷られた木版画に寺印を押してもらって、それを頂いて帰る、**御本尊の代替のようなもの**で、自家の仏壇や台所の壁、門柱などに貼っておき、一年過ぎればまた新しいお札を頂いて取り替え、**護符**としていたものである。

▲三宝荒神

例えば、「三宝荒神《さんぽうこうじん》」のお札は火と竈《かまど》の神として台所を護っていたし、有名な札所の千手観音のお札を仏壇にまつっておいたりしたものである。それらの紙片は寺でまつられている礼拝尊の形を伝え、たとえ本尊が秘仏であってもそのお姿が刷られていた。ところがこのお札は庶民の間の消耗品のようなものであったし、多くは素朴な版画で、美術史家も学者も大して注意を払っていなかった。

しかし、そこにこそ普通の人々の熱い祈りの心が反映していたのである。博物館のいかに有名な国宝仏でもそれに祈る人がなければお札は存在しない。街角の小さなお堂でも、そこのお地蔵様やお薬師様を信仰する人々がいればお札はあった。つまり「御絵札の神仏たち」は民衆の心の中で実際に信仰され、生きていた神仏たちだったのである。

ベルナール・フランクが初めて日本に着いた一九五〇年代といえば敗戦からまだ遠からず、衰えつつあるといえども、日本にはまだ昔の習慣が残っていた。フランクは正統的な経典の中の仏教を学ぶと共に、インドから伝わったこの宗教が、日本の各地では実際にどのように受け取られ、信仰されているのかを現地で知ろうと、北は青森から南は鹿児島まで、四十年の歳月をかけて精力的に寺々を廻り、住職や参詣者と語り合い、その雰囲気にふれ、お札を買って帰った。

こうして集めた千枚余りのお札は、二十世紀後半の日本にまだ生きていた信仰の証明であり、庶民が信仰した神仏のほ

▲1989年鳥取県麻尼寺にて、フランク氏。

とんどを網羅している。その種類が大変多く、さらにイコノグラフィーが実に多様であったことに驚かされる。フランクはこれらのお札を伝統的な分類法に従って（例えば『仏像図彙』のように）、如来部・菩薩部・明王部・天部・権現部・高僧部の六部に分類した。

お札にはその崇拝尊にまつわる霊験、縁起なども具象化されていることが多く、そういうことなども含めた総体的な解説を付した集大成をつくるという意図をもって用意をしていた。つまり、**お札による「日本仏教パンテオン解説」**である。しかし、その志は遂げられずに故人となった。学問は無限であり、人の命は限りある以上、致し方ないことである。

この度、藤原書店から出版される『「お札《ふだ》」にみる日本仏教』の図版は、現在コレージュ・ド・フランス日本学高等研究所にある「**ベルナール・フランクお札コレクション**」**の中から二百点余り**を選んでいる。文はフランクが生前、ギメ美術館仏教パンテオンのために書いた各尊の解説を抄訳したものである。

インドの源泉から始まって日本の庶民の視野も入れた解説はユニークであろうと思われるが、彼が予定していた豊かなパンテオンの全貌からは遠いものであろう。今日では多くの立派な仏像解説書が出版されているので、一外国人が書いたものなど……と思われる向きもあろうが、予備知識のないフランス人も対象に入れた解説が、案外明晰でわかり易いということもあろう。稚拙だと思われているお札もこうして眺めてみるとなかなか興味深いもので、そこに表象されている国際的な文明史の一面を味わって頂きたいと言えば少々大げさであろうか。

（ふらんく・じゅんこ）

未発表資料を駆使し、光彩を放つ印象派女性画家を描く、画期的評伝！

黒衣の女流画家、ベルト・モリゾ

持田明子

パリのオルセー美術館の至宝の一つ、エドゥアール・マネの《**スミレの花束をつけたベルト・モリゾ**》（一八七二年）。さほど大きくないこの作品（五五×三八㎝）を、後にポール・ヴァレリーは、「マネの勝利」（一九三二年）で、画家の最高の作と評した。

艶やかな黒のドレスと帽子。首に巻いた帽子のリボン。胸元には宝石の代わりにスミレの花束。微笑んではいない女性の顔。半ば甘えて、半ばすねたように小さくとがらせた唇。黒色を帯びた目に金色の輝き。大きく見開き、画家に真っすぐに向けられた確かなまなざしに浮かぶ誇りと、抑制された情熱……

見る者の視線を集め、心をとりこにするこのまなざしに導かれるように、著者ドミニク・ボナは、マネがカンバスに永遠にとどめた一人の女性の物語——自らも印象派の主要メンバーであり続け、一八七四年の第一回印象派展から一八七六年の最後の印象派展（第八回）まで総数八十余点を出品したベルト・モリゾの物語を、そして、**全部で十一点**（**油彩**）の**ベルトの肖像を制作したマネとベルトの秘密の物語**を明かそうとする。フランス学士院図書館に残された未発表の原資料、多数の書簡や私的なノートを通して。

厳格な社会的規範の中で、女性が職業に就くことは決して推奨されず、どれほど豊かな才能に恵まれていようとも絵筆を持つことはたしなみでしかなかった十九世紀ブルジョワ階級の、そして、官立美術学校が女性に門戸を閉ざし、私塾か、ルーヴル美術館での模写を通してしか技法を学ぶ手段のなかった時代の物語。

ベルトの物語は、遠くジャン＝オノレ・フラゴナールから始まる。印象派の画家たちに一世紀先んじて、光のあらゆる輝きを観察したこの偉大な画家の、直系ではないにしても、子孫だから。

一八四一年、ベルトは知事職にあった父の任地ブールジュに生まれる。一八五二年以降、モリゾ家はパリに居住。

官展《サロン》に公然と背を向けて世間の揶揄嘲笑を浴び、「精神異常者たち」のレッテルを貼られながらも、新しい旗印のもとに集まったグループにひるまずに身を置き、職業画家として自らの理想——過ぎゆくつかの間のものを瞬時に捉えてとどめる——に向かう道を歩み続ける自由をついに手にしたベルト・モリゾ。その内面の軌跡を著者のペンが丹念にたどる。時に息苦しさをおぼえるほどに、ベルトの心のひだに近づきながら。

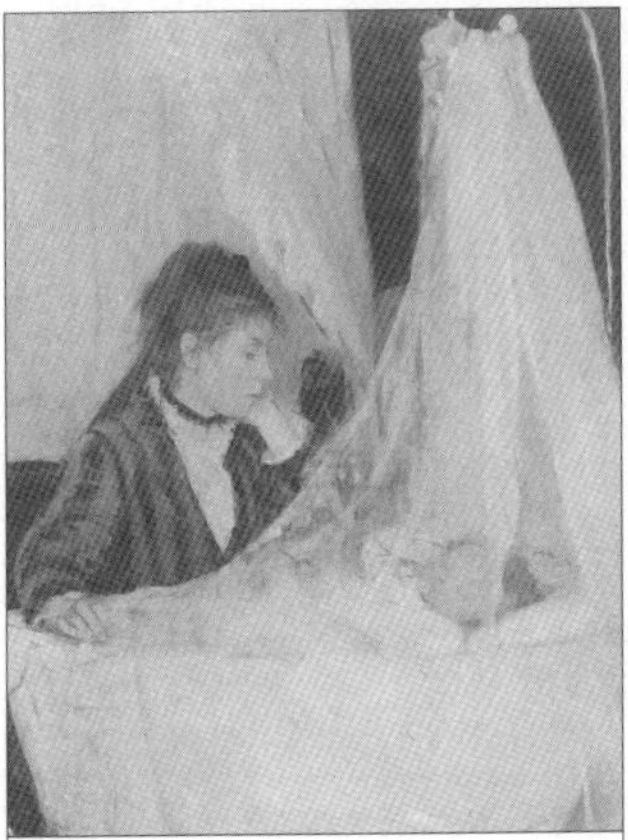
▲モリゾ《ゆりかご》(1872)

ベルト・モリゾはエドゥアール・マネの弟ウジェーヌと結婚し、娘ジュリーを得た。画家としての使命に加えられた母の強い思い。成長する娘のひととき、ひとときの姿をとどめておこうとするかのように、ジュリーの姿が数限りなくカンバスに写される。

だが、本書の著者のまなざしはベルトだけに向けられているのではもちろんない。

マネの周りに、バティニョル界隈に集まった、いわば体制に反逆する多くの若い画家たちの群像が、彼らの賑やかな話し声や笑い声とともに、マネが近くのカフェレストランから運ばせるビールのにおいとともに、現出する。ファンタン・ラトゥールが、ピュヴィ・ド・シャヴァンヌがいる……ドガが、モネが、ルノワールがいる……画家ばかりではない、ロッシーニが、ボードレールが、マラルメがいる……。著者の生彩あるペンが描き出すのは、印象派の誕生を中心にした、まさしく十九世紀後半の画壇や文壇の大フレスコ画だ。普仏戦争前夜、敗戦、それに続く流血のパリ・コミューンに揺れるフランス社会を背景にして。

（もちだ・あきこ／フランス文学）

黒衣の女 ベルト・モリゾ
1841–95
D・ボナ／持田明子訳
図版約三五〇点
カラー口絵8頁
四六上製　四〇八頁　三四六五円

天皇論から近代日本のダイナミズムを描き出す！

天皇と政治

御厨 貴

天皇の存在をどう語るか

天皇と皇室・皇族の存在を抜きにして、近代日本の政治を語ることはできない。こう言うと、戦前はまだしも戦後はそんなことはないとの反論にあうかもしれない。しかしそれは、戦後日本がある時期から、憲法改正、象徴天皇、戦争責任といった国家とイデオロギーに関する議論を放棄してきた事実を忘れている。これら三つの問題は、むしろ語ることさえタブー視され、敬遠されてきたと言ってよかろう。

ところが二十一世紀に入って、小泉純一郎という特異な前例破壊主義の首相が登場するや、知らず知らずのうちに、以上の国家とイデオロギーに関する問題をたぐり寄せる結果となった。今や、憲法改正、女帝論、戦争責任の三課題は、相互に密接不可分の争点群として我々の前に立ち現われつつある。しかもこれらの問題は、いずれも近代日本の歴史の見方とこれまた不即不離の関係にある。

確かに二十一世紀に入ってから、昭和天皇を想起する場面が多くなった。それもその筈、二十世紀最大にして最長の日本のシンボルとして、昭和天皇の存在にはゆるぎないものがあったからである。

もっともこうした天皇の存在は、いわゆるアカデミックな体裁の論文では、到底捉えることが不可能だ。いかにすれば、天皇を論じて近代日本のダイナミズムを描き出すことが可能か。本書は、これまで以上により大胆にかつ縦横に「天皇と政治」をテーマに論ずるものである。

終わらない「戦後」からの脱却の可能性

第Ⅰ部は、主として**戦前**をカバーする。明治国家の完成とその変容を五章構成で展開し、戦前日本のダイナミズムに迫りたい。そこで明治天皇、大正天皇、戦前期の昭和天皇の三人のそれぞれの陰影を感じとることができるか否か。また個々の天皇の存在を超えて、そもそも前近代から連綿と続く天皇なる存在の意味についても考察している。個々の天皇でさえ、すんなりと明治憲法に規定されないとすると、連綿と続く天皇なる存在は非合理的活力をもって、戦前の日本国家の暗部を構成することとなろう。

第Ⅱ部は、**占領期**と、その延長の時代として戦後を捉える。戦後政治の展開の中で、いつしか憲法、講和、安保、そして天皇といったイデオロギーと歴史をめぐる争点は鎮静化し、忘れられた。人はイデオロギーと歴史なくして生きられるか、一九七〇年前後の日本はそんな状況にあったのではないか。

▲明治天皇 ◀昭和天皇 ▲大正天皇

第Ⅲ部は、**現代**を扱う。歴史に向きあうこと、イデオロギー上の問題にも向きあうこと、それこそが「占領」から、そして「戦後」からの脱却を可能とするための現代の課題ではないか。

しかし東京裁判が日本にとっていかに言語道断のものであったとしても、**日本は「あの戦争」に敗れたという事実を直視**せねばならない。しかも「あの戦争」が帝国主義最後の戦争であったが故に、「戦後」はいまだに終わらないと言える。そして昭和天皇は終わらない「戦後」の中に、晩年くり返しくり返し「戦争責任」の問題を見出し、苦悩し続けたのである。今上天皇夫妻の「祈る」行為がごく自然のふるまいとして受けとめられるのに対し、昭和天皇は余りにも不器用すぎたのかもしれない。

おそらく「左」がことさら強調する**「歴史問題」に本当に対応するためには、天皇や国家や憲法の存在を今一度真正面から考え直す**他はなかろう。さらに「右」が天皇や国家や憲法のあり方をあくまでも優先させるのならば、「歴史問題」をこれまた排他的でない形で引き受けるしかない。これによって、ある意味、今なお続く「占領」状態の蒙昧から脱却し、終わらない「戦後」に明確に終止符を打ち、日本は新たなステージに立つことになるのだと思う。

果たして、多様な表現形態でアプローチする『天皇と政治』という作品の出来映えや如何。

（みくりや・たかし／東京大学教授）

『杉原四郎著作集　第Ⅲ巻　学問と人間――河上肇研究』、今月刊！

河上肇の自叙伝

杉原四郎

東の福田、西の河上

河上肇《はじめ》（一八七九―一九四六）は、戦後になくなったのだから、そう過去の人でもないのだが、彼の存在を知らない人が多くなっている。岩国に生まれ、十九歳のとき東大法科大学に入学、経済学を勉強、二十三歳のとき大学院に進んで社会主義論や農政学の論説を発表する傍ら、社会政策学会に入って、福田徳三と論争を続ける。二人は日本に経済学という新しい社会科学を欧米から導入し、根づかせるために協力。東の福田、西の河上とよばれた。その意味で今経済学を学んでいる人にとって、河上は日本経済学形成の恩人の一人である。河上はアメリカからの経済学導入にとくに熱心で、マルクス経済学の最初の紹介者の一人でもあった。

人道主義的社会政策の実現

二十九歳の時、京大の戸田海市の推薦で京都帝大法科大学講師となり、京都へ移転、その後助教授、外国留学、学位を得て教授に昇格、経済原論と経済学史を担当する。留学で社会問題、貧困問題の重大性に注目、帰国後『貧乏物語』を公刊、ベストセラーとなる。本書は今も岩波文庫に入って版を重ねているが、マルクスの社会主義の影響はまだ薄く、河上の立場は人道主義的社会政策の実現であった。マルクス主義に移行するのは四十歳で創刊した個人雑誌『社会問題研究』でのマルクス研究への沈潜からである。

傍ら、五十九歳で友愛会京都支部で講演以来、啓蒙運動への参加を決意する。また学生有志と『共産党宣言』の講読会を開始、京大社会主義研究会の創設につなげた。四十三歳のとき論文集『社会組織と社会革命に関する若干の考察』を刊行、ロシア革命に関する考察を発表、マルクス主義左派陣営の批判をうける。四十六歳の頃、櫛田民蔵《たみぞう》や福本和夫からの批判をうけ、レーニンの『唯物論と経験批判論』によりながら、唯物史観に関する自己清算を行う。傍ら、宮川實との共訳で『資本論』を岩波文庫で発表。『資本論』の系統的研究を本格化させた。

京大辞職、そして下獄

四十九歳の時、「既に教授会の議を終て総長より辞職の勧告を受けたる以上、……茲《ここ》に辞意を決定す」。河上は、総長が示した辞職勧告の三つの理由は「毫《ごう》も辞職の必要を認めざるものなりとも」、教授会の議に従って辞職した。経済学部同好会・送別謝恩会がひらかれたのだが、共産党を支持する学生が、河上の新労農党支持を非難したので白けた空気であった。

▲河上肇（1879-1946）画・津田青楓

五十四歳のとき、逮捕されて中野警察署へ連行、後に豊多摩刑務所に移され、「今後の方針」を帝審判事に提出。市ケ谷刑務所に送られ、七月二日、検事局に『獄中独語』を提出。それは新聞各紙に頒布される。八月一日、公判で懲役七年の求刑、またこの日『赤旗』に河上除名のことが掲載され、八月八日、懲役五年の判決が出る。一回提出した控訴状を取り下げ、九月二十六日、下獄。一九三四年一月、「現在の心境」を提出して、今後実際運動には全く関与せず、マルクス主義の研究・邦訳を断念するが、基礎理論は堅持するとのべる。

獄中での「宗教と科学」

五十四歳、独房で「感想録」を書くことを許され、「宗教（仏教）と科学（マルクス主義）」についての読書記録として書きのこした。「私ぐらい熱心にマルクス主義を研究した者で、しかも私ぐらい真面目に宗教に対し――真実の宗教に対し恭敬の念を掲げ得る者は、極めて稀であろう」と自負する河上は、獄中で「宗教的真理と科学的真理」をテーマとして書くことにし、五十七歳の七月、「一マルクス主義者の獄中生活（上篇）」を脱稿、十二月に下篇を書き終える。五十八歳の一月より『獄中贅語』を執筆、五十八歳の五月、例言、目次を付して当局に提出するが、当局はこれを無視した。やがてこの清書は外部に出て、末川博のはしがきをつけて河原書店から一九四七年九月に、河上の病死（一九四六年一月）後、遺著として公刊された。

近代日本文学史上の名作、『自叙伝』

もう一つの重要な遺著は、やはり獄中で執筆を思い立った『自叙伝』（四冊、世界評論社、一九四七—四八年）である。「幼年・少年時代」から遺言「小国寡民」にいたるまで、「自画像」を中心に心血をこめて書き綴ったこの『自叙伝』は、近代日本文学史にも残る名作であろう。

めまぐるしい時代の変化を生き抜いた明治の青年たちは、一生をふりかえって後世の青年に供すべく、自叙伝を書きのこしている。河上の『自叙伝』と対比されるものとして、福沢諭吉や石川三四郎のそれなどが思いうかぶが、河上のものは文章の冴えという点でも抜群で、『貧乏物語』の筆力は彼の晩年にいたっても決しておとろえていないことは、この長い分量を決してあきさせないことでわかる。

ところで大正時代になると、河上は学界のみならず評論界でも活躍の幅をひろげていったので、河上を同時代の文人と比較してその特徴を論ずる河上肇論が雑誌の特集号として出現したが、河上は『自叙伝』の中で多くの河上論を紹介しつつ、一方では自分の特色をよくつかんで紹介してくれている文章には謝意を表しながら、他面では自分の行動を奇行と説明しているものに対し、それは決して奇をてらうものではなく、あることに心を動かされるとそれを自分のこととして考え、とことん考え抜くところに他人には奇行と見える行動が生まれてくるのであると応えている。家族との生活も仕事もすてて無我苑にとびこむのも、象牙の塔を出て政治という未知の世界に移り住むのも、治安維持法にふれるのをおそれず命をかけて共産党に入るのも、河上にとってはそれより他には考えられぬ選択肢だった。

生涯河上を支えた妻、秀のこと

河上の書いたものは一つももらさず読んでいたのは肇の父忠《すなお》で、河上は発表した文章はすべて父に送っており、留学中の手紙はまず父におくられ、それが家族の間に回覧されることになっていた。

『自叙伝』の中には、肇の弟二人暢輔と左京や、子政男、シズ、芳子らも出てくるが、一番多く登場するのは妻秀である。二十三歳で秀と結婚した肇は、大学生活を送った頃も獄に入ってからも、秀に愛され支えられながら共に人生を歩んできたことをあたたかい筆致でかきしるしており、肇の一途でひたむきな行動が道をふみはずさないように見守ってくれていることを多としている。裏方の秀が時に重大な機会には堂々と肇とわたり合って、主張すべきはしているところは『自叙伝』の中でも特に印象的な箇所である。肇はマルクスの妻のことを書いた文章で、マルクスの妻が夫のきびしい亡命生活を支え通したことをのべて、この妻あっての夫だったと書いているが、その時おそらく秀のことを思いうかべていたことであろう。四年をこえる長い獄中生活の間、秀は制限で許されている範囲で出来るだけしばしば手紙をおくり、また面会に来て獄中で当局と戦いながら苦しい生活に堪えている夫の激励を惜しまなかった。夫婦の生活を描く『自叙伝』は夫婦一体となっての生活の記録としても人の胸をうつものがある。

▲杉原四郎氏（1920-　）

獄中生活事情を詳しく活写

最後に、肇の『自叙伝』のうち、最も興味をそそるのは、やはり獄中の囚人の生活で、彼らの衣食住の生活がくわしく紹介されているところであろう。肇がのべているように、転向をそそのかすために普通の規則からみれば優遇されているのだが、それにしても牢獄というところのきびしさ、とくに思想犯の処遇について書かれている所を読むと、河上がこの場所からのがれたい、家に帰りたいと衷心から願うことを訴えているのは忘れがたい。河上は何がつらいかといって、独房に一人入れられて他人との対話の機会がほとんどない生活を強いられることをあげているのは、おそらく日本の監獄とくらべて囚人の人権が守られている外国の牢獄でも基本的には同様であろう。まさにそこに監獄の存在の本質があるのだろうと思われる。『自叙伝』は治安維持法に死刑が加わってよりきびしくなり、更に保釈後や満期の後もなお行動の自由を束縛するよう改悪された時代に、控訴をとりさげて所定の任期を果たして出獄したという体験に基づく叙述である。

河上の時代にくらべて現在の新憲法下の刑務所はどのように変わったのか、変わらないのか。鈴木宗男氏や堀江貴文氏の獄中生活を報道する新聞を、河上のそれを念頭において読むと、いろいろなことを考えさせられるのである。

（すぎはら・しろう／経済学）

■二〇〇六年度第二回「後藤新平の会」シンポジウム

21世紀と後藤新平 *Part2*

【世界構想と世界戦略】

七月二十二日(土)
日本プレスセンタービル
ABCホール

昨年発足し、小社に事務局を置く「後藤新平の会」主催の定例シンポ。二度目の今回は、パネリストに経済学者の榊原英資氏、東大助教授の加藤陽子氏、拓大教授の木村汎氏、JR東日本相談役の松田昌士氏、元財務大臣の塩川正十郎氏という豪華な顔ぶれを迎え、御厨貴東大教授の司会のもと、熱のこもった議論が展開された。会場には昨年の倍の二五〇人を超す聴衆が来場、後藤新平への関心の高まりを感じさせた。

▲榊原英資氏

第一部の問題提起。最初に**榊原氏**が、元大蔵官僚としての経験から、徹底したリアリズムと戦略性をもった行政官として後藤を評価。戦前の日本外交の失敗から学ぶためにも、後藤の「アジア主義」の今日性を問う必要を強調。それを受け**木村氏**も、後藤の本質が多元主義的《プルーラリズム》・商業的世界観にあり、そこから英米のみならず露・中・独との提携も重視する、イデオロギーを超えた国益追求・共存共栄型の行動が導かれたと分析した。現在『後藤新平日記』(小社近刊)の筆耕に携わる**加藤氏**は、政治学の先行研究を振り返りつつ、日清・日露戦後に活躍した後藤を「戦後の人」と規定、とりわけ第一次大戦後は産業・社会・生活へと視点をシフトしたとみる。**松田氏**は、国鉄入社時にも社に流れていた後藤の精神について触れ、自らのルーツも北海道や東北、つまり賊軍の地や「植民地」にあると指摘、「きらきらするぐらい」有能なテクノクラート後藤の背景にある、賊軍＝敗者のみがもちうる反骨精神と冷静な発想力について興味深い議論を披瀝した。**塩川氏**もまた、日露戦争当時の後藤の建白書に注目、その卓越した外交・経済感覚と教養に舌を巻きつつ、満洲事変以降の「それ行けどんどん」の政治指導者からは消えていった「バランス」が後藤にはあったと示唆。

▲木村汎氏

▲加藤陽子氏

▲松田昌士氏

▲塩川正十郎氏

▲御厨貴氏

第二部の討論では、これら提起を踏まえさらに議論白熱。後藤の重視したような現場主義的な調査研究・情報収集能力を欠き、公的領域でいい意味でのエリートが育ちにくくなった現在の日本で、いまいちど後藤の遺した仕事から学び直すことが未来を模索するヒントになると実感させる、議論百出の有意義な会となった。(記・編集部)

リレー連載　今、なぜ後藤新平か　13

尾崎秀実の肩越しに見え隠れする後藤新平

映画監督　篠田正浩

後藤新平との出会い

私が後藤新平の名前を知ったのは故郷の岐阜である。織田信長が天下布武の号令を発した金華山の山麓に広がる公園の一角に、板垣退助の銅像が聳えている。私たち小学生はその銅像の写生を命ぜられ、私は板垣の鼻下に蓄えられた髭の形を写すのに苦労したものである。

一八八二（明治十五）年四月六日、市内の集会所で民権運動の演説の最中、板垣は暴漢に襲われ「板垣死すとも自由は死せず」の名言を吐いて、一躍その盛名を世に鳴り響かせた。実際の発言はジャーナリストの修辞によって喧伝されたものであり、受けた傷もたいしたことではなかったという。しかし政界の大物の遭難ということで、急遽、岐阜に呼び出されたのが名古屋の愛知病院院長である後藤新平だった。

岐阜提灯と長良川の鵜飼でしか知られていない町に板垣退助が、歴史を運んでくれたことが私は嬉しかった。後藤新平の名はそれに関係づけて覚えた名前である。

六十余年後の再遭遇

その頃、小学五年生の心を奪ったのは真珠湾奇襲であった。さらにその翌年、掲載された新聞記事は更に私を驚愕させた。尾崎秀実《ほつみ》という岐阜県出身の新聞記者がリヒャルト・ゾルゲというソ連のスパイと共謀したとして検挙されたという。同郷人に売国奴が出た、というショックは私の生涯から消えることはなかった。

▲尾崎秀実（1901-44）

あれから六十年余が経った二〇〇三年、私は映画「スパイ・ゾルゲ」を完成させた。その研究の途上で、しばしば後藤新平の名前に遭遇した。

尾崎秀実と後藤新平の台湾

尾崎秀実の本籍は岐阜とされているが、少年期は台湾で過ごしている。父の秀真《ほつま》が後藤新平と旧知の仲で、日露戦争の名参謀であった児玉源太郎が台湾総督のとき後藤は民政局長（のちに民政長官）に起用され、尾崎の父はその文才を後藤に買われて台湾日日新報の記者に迎えられたのである。「これが後藤民政長官か」とヨチヨチ歩きの秀実が口走って周りをあわてさせたと、弟で文芸評論家だった尾崎秀樹《ほつき》は『ゾルゲ事件』（中公新書）に書き残している。

　台湾は日本がはじめて植民地経営を体験した土地である。後藤新平は民政長官として風土病の根絶やサトウキビの栽培で住民の生活向上に努力したことは知られている。日本降伏直後の台湾を描いた侯孝賢《ホウシャオシェン》監督の「悲情城市」（一九八九年）でも、日本人が経営していた病院や日本人教師の家族の姿を好意的にみつめる本省人が描かれており、それらの光景から私は後藤新平の台湾を想像したものである。

▲篠田正浩氏

▲台湾時代の後藤新平

　尾崎秀実が入学した台北中学は、彼の感想によれば「後藤さんの初《はつ》ものぐいの結果である西洋式の中学」（風間道太郎『尾崎秀実伝』法政大学出版局）であったという。この生意気盛りの中学生は、宴会から人力車で帰宅した父が、チップをねだる台湾人の車夫をステッキで追い払うのを目撃してはげしく父にくってかかった。尾崎は少年時代に見た植民地に君臨する宗主国の人間の後ろめたさや原罪につき動かされ、それが遠因となってゾルゲ事件にはまり込んでいったのではないか。

震災後の後藤と尾崎

　彼は関東大震災に東京帝大法学部の学生として遭遇する。大杉栄、朝鮮人虐殺の悲劇を揺曳《ようえい》した震災直後、内務大臣として復興事業に辣腕を振るっている後藤の姿を、尾崎はどのように眺めていたのだろうか。

　後藤が死んだ一九二九（昭和四）年、尾崎秀実は朝日新聞記者として上海でアグネス・スメドレーやゾルゲの知己となっており、尾崎の前途は危険が満ちあふれていた。その二年後の満州事変がどんな意味をもったのか、後藤新平は知る由もない。

（しのだ・まさひろ）

リレー連載　いのちの叫び　92

もし自分だったら

片山善博

二〇〇〇年十月六日、鳥取県はマグニチュード七・三の大地震に襲われました。この地震の被災地は高齢化が進み、過疎化が進行している地域でしたので、いきおい被災者も高齢者が中心です。長年住み慣れた家が損壊した高齢者の多くは、これを建て替えたり、修繕したりする気力も資力も持ち合わせていません。「お年寄りから相談を受けても、何一つ希望をかなえてあげることができません。ただ同情するしかない自分が惨めです。どうか知事さん助けてください。」と、被災地の町役場の住宅相談窓口の女性職員は、顔をくしゃくしゃにして泣きながら窮状を訴えました。

現に、「ここでこれまでどおり暮らしたいのですが、家がこんな有様では一体どうしたらいいのか。今さら身を寄せるところもない。」と、多くのお年寄りが肩をうな垂れて私の前で涙を流しました。もし自分がこの目の前にいる七十歳を越えた被災者と同じ境遇だったらどうするか。もはや絶望して死を選ぶしかないかもしれない、というのがその時の私の心境でした。

災害復興の要諦は、不安と絶望に沈む被災者になんとか希望を持ってもらうことです。そのためには住宅再建支援策を講じるしかないことは、被災地に行ってみればすぐにわかることです。それに対し、阪神淡路大震災の際、住宅再建支援を講じなかった政府からは、「憲法違反だ」などと猛烈な横槍と妨害を受けました。それを毅然として跳ね返し住宅再建支援を実施できたのは、「もし自分が目の前にいるお年寄りだったら」と想像したときに覚えた絶望が力になったからです。

住宅再建支援のおかげで、この地震によって地域を去った被災者は殆どありませんでした。元気を出して住宅を建て替え、あるいは修理して、それまでと同様皆さんで支え合い、地域を守っています。その逞しさに驚き、感謝せずにはいられません。（かたやま・よしひろ／鳥取県知事）

リレー連載　いま「アジア」を観る　45

世界も「アジア」、ネットワークの活力

板垣雄三

小泉首相が残した功績のおかげ（？）で、対「アジア」関係の危機が日本社会の重大関心事となった。だが日本社会の「アジア」認識は、依然として古い殻を引きずったままだ。

①「日本はアジアの国」という感覚では、「日本―東アジア―アジア―世界」という同心円的拡張が頭にこびりつき、②「アジアと向かい合う日本」という感覚では、脱亜かアジア主義かの選択肢しか思いつかず、どちらも同じ穴のムジナということには思い至らない。①は、本朝・唐土・天竺の組み合わせが世界だと考える「三国」意識とそれを支える自国中心主義を受け継いでおり、②のほうは、ヨーロッパ・オリエンタリズムの「二つの世界」論（十字軍以来の二項対立的「世界」二分法）という舶来の権力政治観を模造したものだ。

日本外交の失敗は、根源的には、経済大国の気取りに見合わぬ「内向き」姿勢のために、地球世界政治の構造的連関をつかみ損ねている日本社会全体の責任に帰するのではないか。

今年七月半ば、北朝鮮のミサイル発射をめぐる国連制裁決議の取り付けに気をとられていた日本社会は、イスラエル軍のガザついでレバノンへの侵攻を、最初はイスラエル兵「拉致」事件や石油価格高騰などの次元でしか受けとめず、また小泉首相の中東訪問の無残な結果もほとんど顧みることがなかった。東アジアと中東とはバラバラのまま、ときどき勝手な思い込みに従って恣意的に繋ぎあわされる。北朝鮮の脅威があるからイラク戦争は支持しなければならない、というように。

イスラームへの視角を欠いたアジア像は欠陥品である。一九四五年を境に日本のアジア研究はこのことを忘れてしまったようだ。一般に地域概念は、異なる動機付け・意図・志向性、拮抗する歴史認識と未来戦略が交錯するアリーナなのだ。七世紀以来イスラーム的「近代」性が推進してきた人類・地球のネットワーキングとその功罪を捉えかえし、絶えざる「アジア」組み換えを柔軟自在にコントロールできる主体的力量が問われている。

（いたがき・ゆうぞう／東京大学名誉教授）

Le Monde

■連載・『ル・モンド』紙から世界を読む　43

したたかな国際公務員

加藤晴久

世界貿易機関（WTO）の多角的貿易交渉（ドーハ・ラウンド）は、パスカル・ラミー事務局長の八面六臂の活躍にもかかわらず、七月二四日、無期限凍結と決まった（『ル・モンド』紙七・二六付）。

ラミー氏はフランス人である。一九四七年生まれ。高等商業学校（HEC）、パリ政治学院（Sciences Po）を経て、国立行政学院（ENA）を七五年に二番で卒業した超秀才。八一年のミッテラン政権以後、経済財務省官房、首相官房勤務を経て、八五年から九四年にジャック・ドロール欧州共同体委員長の官房長、九九年から〇四年に通商担当の欧州委員を勤め上げた輝かしい経歴の持ち主。欧州委員任期満了後のポストとして国際通貨基金（IMF）総裁あるいは欧州委員長のポストを狙ったが、六九年以来社会党員であること、また、欧州委員の立場からフランス保守政権の財政運営を批判したことがたたって、政府の後ろ盾を得られなかった。それにめげずかなり強引に立ち回って、〇五年九月、WTO事務局長に選任された。

年来の党員ではあっても、社会党内では「アングロ・サクソン流のリベラル」というレッテルを貼られている。フランスでは、特に左翼のあいだでは“libéral”と“anglo-saxon”という言葉は軽蔑的なニュアンスを付与されている。それに対しラミー氏は、国際公務員としての長年の経験から「国家ができることの限界」を学んだ、と反論する。「ひじょうに高くつく、しかし効率の悪い巨大な国家」を批判する。そして「市場資本主義に欠陥はあるが、それに代わるものとしてわれわれが百五十年間試みてきたことはすべて失敗した」ことを認め、そのうえで「資本と労働、リベラリズムとレギュラシオンのあいだの妥協」を模索する社会民主主義を模索すべきだ、と主張する（〇五・十二・二一付）。

自分の「キャリア・デザイン」でも、世界貿易の舵取りでもしたたかな人物と見受けられる。日本のお役人さんからもこういう人材が輩出してほしいと思うが、ないものねだりだろうか。

（かとう・はるひさ／東京大学名誉教授）

triple ∞ vision

ブラジルの木

64

吉増剛造

カピバラ、カピバラ。

七年ぶりに、ブラジルを、二十日間程、サンパウロを起点に、ブラジリア、リオ、パラチ、カンピーナス、またサンパウロと、講演と文学祭参加等の旅をしていて、ブラジル風ポルトガル語に、不図、芳香のように混じる土《ツチ》の風《カゼ》の言葉に、もうひとつ別の耳のアンテナを立てるようにして、ブラジルの芳香を聞いていた。

どういう言葉をつかって説明したらよいのか、……あるいは、この不思議な動物の蔭《カゲ》のような静かさは、……緩《ゆる》い影《かげ》の命《いのち》、……ともいうべきか、しなう、たわむ命《いのち》の影《かげ》の床《ゆか》し、火影《ほかげ》よ、濡れた毛並の美しい水辺の奇蹟、……と粒焼くように口遊《くちずさ》み、我ながら、何語で口遊んでいるのか判然としないような口付（くちつき、……）、それもまた、おそらく先住ブラジルインディアンの命名の際の、この動物の佇まいへの、驚きとも接している筈だ。

カピバラ、カピバラ。

一語の音楽に似た、この名をもつ動物の辞典の説明を、ほとんど、この動物の命の蔭と静かさと濡れ方と火種《ヒ》とは、無関係だとは思いつつも、添えて置きます。*capybara*（現地語から。ネズミ目カピバラ科の哺乳類。体長一・五メートル、体重五〇キログラムに達し、この目（もく）で最大。尾はほとんどない。頭が大きくずんぐりした体形で、赤褐色の荒い毛をもつ。南アメリカ東部の森林近くの湿地に群れをつくって生活。泳ぎが巧みで、敵にあうと水中に避難する。肉は食用にもする。――広辞苑）

もっと、何処からか聞こえて来ているのか、聞こえて来ないのか、……香りがするのか、しないのか、涯知れぬ、未聞の蔭《かげ》の音楽によって、不思議に濡れた、この命のひかりの静かさを、表したかった、……。

カピバラ、カピバラ。

ブラジルの名園、東山《とうさん》農場（ファゼンダトーザン）に、三泊四日、昼下りの、……ほぼ二十米程からの撮影（二〇〇六年八月十五日、……）だったのだが、心躍りの刹那の景色が、仲々消えようとしない。空気を嗅ごうとしていたのか、光に頭をむけようとしていたのか、……濡れた背の毛並みの艶（ツヤ、……）が、實に、美しい、……。そうか、カピバラは、誰も、みたことのない、赤児（あかご、……）に近い。

カピバラ、カピバラ。

〝バラ、……〟は、たぶんパウ（香木）ブラジルの香り。ここまで、わたくしは、今月の『機』の小文を、糸巻きの精霊オドラデクを創成した、……きっと、縫い包みがすきだった、フランツ・カフカに向かって綴っているような気がする。そういえば、カフカも、オドラデクを〝黙りこくったままのことがある。木のようにものをいわない。そういえば木でできているようにもみえる。〟と書いていた。カピバラも、また、静かな、ブラジルの木だ。

（よします・ごうぞう／詩人）

連載　帰林閑話　142

常時武士

一海知義

山藤章二さんの『論よりダンゴ』（二〇〇六年三月岩波書店刊）を読んでいたら、次のような話が載っていた。

小泉首相が山藤さんに、ブッシュ大統領の似顔絵を描いてほしいと、直接頼みに来た。近く来日するので、お土産に渡したいというのだ。

絵柄に注文があり、明治神宮で流鏑馬《やぶさめ》を見せるので、大統領が馬上で弓を引いている図がほしいとのこと。

首相みずから身体を運んで頼みに来たのだから、五日後にという無理な注文を、引き受けざるを得なかった。

山藤さんは書いている。

「似顔絵といってもふだんのような、面白おかしい誇張や歪曲は危険だ。相手がフランスのシラク大統領なら笑ってくれるが、アメリカの大統領はだめだ。多分。怒らせたら日米関係にヒビが入る」

いろいろな準備をクリアして、絵はできあがった。

ところがあらためて眺めていると、何か足りないな、と気づく。「戯《ざ》れ絵師」としての「遊び」が入っていないのである。

山藤さんはいう。

「文字を入れてやるか、《常時武士》と。勿論、ジョージ・ブッシュの語呂合わせである」

中国では、欧米人などの名前を漢字で書くとき、第一字目は必ず中国人の苗字にある字を使う。馬克思《マルクス》、孟徳爾《メンデル》のように。「武士」の「武」は、その法則にもかなっている。現に外務次官の名、武大偉。

文字を書き入れようとした時に、秘書官が絵を取りに来たので、間に合わなかったのだが、山藤さんは、もし書いていたら、と想像する。

首相は大統領に「貴殿は常にサムライのように毅然として勇ましい男」だと説明するだろう。だが裏読みしたいムキは、「刀を抜きたくてうずうずしている男」と読むかも知れぬ、と。

文字なしで渡されたことは、一読者としても、まことに残念。

（いっかい・ともよし／神戸大学名誉教授）

（バールベック神殿／レバノン、ベカー高原）

連載・GATI 80

兵戈《へいか》の絶え間ない神々の戦場《いくさば》

―― バールの神域に襲いかかるヤハウェ神との契約者／「龍と蛇」考 ❷ ――

久田博幸
（スピリチュアル・フォトグラファー）

龍蛇《りゅうだ》との抗争神話はバビロニアのマルドゥクに始まる。嵐神マルドゥクは女神ティアマトを殺害し、その死骸から天地を創造した。ティアマトとは塩水を意味し、全ての混沌《カオス》の母胎だった。

中東の真珠といわれたレバノンにその神話を継承した神がいる。カナンの主神、天候神バールである。

レバノンとは遊牧民の糧《かて》、家畜の乳（白＝ラバン）を意味する。南北に並走する地中海側のレバノン山脈とシリア側のアンチ・レバノン山脈の狭間にあるベカー高原にバールベック神殿が忽然とそびえる。

祭神バールは地母神の象徴、蛇を殺す姿で表され、埃及《エジプト》からユダヤ人を率いたモーゼが契約した神ヤハウェと競合した神である。人間界の戦いは今も続く。

ウガリト*出土の粘土板史料にはバールと海神ヤムの戦いでバール（秩序）がヤム（渾沌《カオス》）に勝利したとある。マルドゥクの勝利がそうだったように秩序と王権の確立を意味している。敗北したヤムは別名を海龍のレヴィアタンという。ホッブズの『リヴァイアサン』*のことである。この幻獣はH・メルヴィルの神秘小説に『白鯨《モービィ・ディック》』として甦る。

*現・トルコ共和国

*一六五一年ロンドンで出版

八月新刊

満州ハルビンでの、ロシア人たちとの楽しく美しい日々の追憶が、今鮮明に甦る。

ハルビンの詩《うた》がきこえる

忽ち重版

加藤淑子 著
加藤登紀子 編

一九三五年、結婚を機に満州・ハルビンに渡った、歌手加藤登紀子の母・淑子。ロシア正教の大聖堂サボール、太陽島のダーチャ（別荘）、大河スンガリー——十一年間のハルビンでの美しき日々を、つぶさに語りつくす。

Ａ５変上製　二六四頁（口絵８頁）　写真多数　二五二〇円

本書を推す

「女たちの満州」　作家 なかにし礼

満州の歴史とは、実は女たちの物語なのである。
満州建国を夢見たのは男たちであったが、その夢破れたのちのあとかたづけはすべて女たちがやった。
その一つの証言をここに見る思いがする。
加藤登紀子も私も、阿修羅のごとく戦った母によって守られ、日本に流れついた命なのだということをあらためて痛感する。

日本の「少子高齢化／人口減少型社会」到来のゆく末の真の問題とは？

環

学芸総合誌・季刊
【歴史・環境・文明】

vol. 26　2006年夏号

[特集]「人口問題」再考

四大紙社説が一斉に「少子高齢化／人口減少型社会」への危惧を論じ幕を明けた2006年の日本。だが、表層的な焦燥感に基づく政策が、本当に将来を見通したものになるだろうか。本特集では、「人口動態《デモグラフィ》」を手がかりに、この数百年の日本社会を読み直し、未来に向き合うための手がかりとしたい。

菊大判　320頁　3360円

〈鼎談〉「少子高齢化論の盲点」
速水融＋宇江佐真理＋片山善博
〈インタビュー〉「先進国における少子化と移民政策」E・トッド（石崎晴己訳）
〈特別論文〉「死を奪われ、生も奪われた人々」I・イリイチ（高島和哉訳）
〈寄稿〉鬼頭宏／柳沢哲哉／立岩真也／長谷川眞理子／三砂ちづる／太田素子／浜野潔／宮坂靖子／中里英樹／苅谷剛彦／J－P・ギュトン（伊藤綾訳）／村越一哲／溝口常俊／内田青蔵／佐藤正広／濱砂敬郎

〈特別鼎談〉「祈りと語り」
石牟礼道子＋伊藤比呂美＋町田康
〈寄稿〉鶴見太郎
〈インタビュー〉H・ヴァルテール
〈連載〉鶴見和子（絶筆）／金時鐘／〔往復書簡〕石牟礼道子（→多田富雄）／榊原英資／子安宣邦／石井洋二郎／浅利誠／能澤壽彦／石牟礼道子

読者の声

米寿快談■

▼本著の編集に協力されました俳人黒田杏子主宰のおすすめにより購入いたしました。頁の端に両氏の句と歌が載っているのもさりげないのに、とても良かった。勿論対談内容の充実と、若々しさと、後を歩く者へ大きな励ましを与えてくれるものです。お二人の対談を実現されたこと、それも素晴らしい。杏子先生、藤原書店さまありがとうございました。

（三重　**松川ふさ**　66歳）

▼この本はゆっくり読んだ。金子・鶴見両氏とも、短詩型世界の侵入者であり、ある意味での破壊者であろう。第一級の二人の知性が、米寿を目前の対談で自由奔放に語らい、老いの影さえ感じさせない。これは凄い。（東京　**小澤雄次**　90歳）

いのちを纏う■

▼頁をめくる毎にドキドキしながら読みました。色の秘密を打ちあけられたと思います。若い頃『一色一生』を読んだ感動が思い出され、再び心がリフレッシュされた感じです。（東京　**小川幸子**　59歳）

セレンディピティ物語■

▼三人の王子の心は哀しみでいっぱいになり、涙があふれでて頬をつたい、初めは涙の粒だったのが、やがてひとすじの川となって流れだしました。三人の王子の涙は、岩のくぼみを小さな池にしてしまいました。――本書における印象ぶかい一節。幸せを支える〝涙〟の、深さや重さなどといってしまうのも物足りない。息もつがせず最後のページまで至りついて感ずる安堵を誰かに伝えたいと、今、書いています。「なみだこぼれている、なんのなみだぞ」と詠んだ山頭火の句に、是非もなく答えてみたいと、無闇に思っています。アメリカ版も覗いてみたい気がしました。

（愛媛　教員　**西耕生**）

遺言のつもりで■

▼若い時から岡部さんの本を読んでいました。私の生まれた姓が岡部という事もありまして何となく親しい気持で読んでいました。八十一になって広告みて、『遺言のつもりで』を求め読んでみて、先生も私と同じ八十を越えていらっしゃる事と大阪の新町の事も書かれている事を知り、もう一気に読んでなつかしく昔の事が思い出されて本当に嬉しかったです。瀬戸物町、四つ橋の電気科学館、大丸、十合《そごう》、何となつかしい事でしょう。まさかこの年になって大阪の生まれたところの事をこんなに書いた本に会えるなんて、涙涙です。大阪の生まれです。

（愛知　**伏見良子**　81歳）

▼自分の考えを貫いて生きて行く姿に感動する。

（福岡　**内山吉治**　71歳）

▼岡部さんの本は、今までにも数多くよみましたが、この本は、総まとめ、のつもりで、書いておられ、心して、拝読しました。

（大阪　**赤畑博**）

〈中国語対訳〉シカの白ちゃん■

▼贅沢につくられた佳い本だと思います。「書物も消耗品（商品）にすぎない」というような昨今の風潮にさおさす企画。好ましく感じました。独学で中国語を学び始めて三年目の学習者です。今の自分に合った、この本の活用法を見つけていこうと思っています。朗読のバックのささやかな音楽も、邪魔にならず、いい効果となっています。朗読CDは中国語か日本語

を選べる形で、価格がもう少し安くなれば、希望にぴったり、というところです。
（大阪　大学講師　**辻本千鶴**　45歳）

ドキュメント占領の秋 1945■

▼国民の目線から見た戦後を、再認識する事が出来、田舎の農家に生れ、学校の教科書でしか知らない世代に取りましては大変に感動しました。今後も、埋もれ廃れつつあるドキュメントの出版をお願い致します。
（広島　**和井弘希**　61歳）

サルトルの世紀■

▼二十世紀が「サルトルの世紀」と呼ぶに相応しいほど、どこから読んでも、すぐに魅了されます。ただ、ページ数がかなりのものなので、時間をかけて読んでいきたいと思います。
（富山　塾講師　**黒田貴之**　33歳）

時代の先覚者・後藤新平 1857-1929■

▼貴重な、たいへんにおもしろい本です。
（東京　会社役員　**斉藤修一**　60歳）

※みなさまのご感想・お便りをお待ちしています。お気軽に小社「読者の声」係まで、お送り下さい。掲載の方には粗品を進呈いたします。

書評日誌（七・一〜七・三一）

(書)書評　(紹)紹介　(記)関連記事
(TV)紹介、インタビュー

七・一　(記)生涯学習あびこ学校ニュース「竹内浩三全作品集 日本が見えない」（「オープン講演会」／「竹内浩三 23歳 生涯の叫び 人間らしさって？ 生きるって？」）

七・二　(書)読売新聞「雪」（「トルコの現状描く傑作」／布施裕之）

(書)共同通信社配信「雪」（「伝統と西欧化の相克」／野中恵子）

(書)信濃毎日新聞「セレンディピティ物語」（「不死鳥のようによみがえる力」／吉永良正）

(記)朝日新聞（大阪本社版）『海霊の宮――石牟礼道子の世界』上映と講演の集い」（「情報ラック」）

七・四　(記)読売新聞（大阪本社版・夕刊）「ＤＶＤ『海霊の宮――石牟礼道子の世界』上映と講演の集い」（「よみうり抄」）

七・六　(記)聖教新聞「石牟礼道子全集・不知火」「苦海浄土」（「水俣病の五〇年を考える 7」／「祈りから出てくる言葉」／「人間という大自然に埋もれた英知」／「見失った〝魂〟の絆の再生を」／石牟礼道子）

七・九　(書)東京・中日新聞「脱デフレの歴史分析」（「政策間『競争』から見る近代」／中村宗悦）

七・一三　(紹)中日新聞「わが真葛物語」（「ひと・仕事」／『わが真葛物語』を刊行 門玲子さん」／「資料集めに奔走 真葛の思索解く」／市川真）

(書)聖教新聞「いのちを纏う」（「多彩に語る、染色・きもの・文化」）

七・一三　(記)産経新聞（大阪本社版）「シンポジウム『いのちを纏う』」（『いのちを纏う』出版記念シンポ」／「きものは自然との〝和〟」／服部素子）

七・一四　(紹)毎日小学生新聞「セレンディピティ物語」（「新刊コーナー」）

記 秋田魁新報（夕刊）「シンポジウム『二十一世紀と後藤新平 Part2』」（「雑記帳」／「後藤新平の世界構想シンポ」）

七・一五〜二三 書 共同通信社配信「米寿快談」（「詩歌の言葉の不思議な力」／吉川宏志）

七・一六 記 毎日新聞（大阪本社版）「DVD『海霊の宮』」「DVD『海霊の宮』上映と講演の集い」（「文化という劇場」／「石牟礼文学の底に流れる『悶え』と『夜の闇の深さ』」／有本忠浩）

七・一九 記 日本経済新聞（夕刊）「シンポジウム『二十一世紀と後藤新平 Part2』」

七・二〇 記 朝日新聞（夕刊）「シンポジウム『二十一世紀と後藤新平 Part2』」（「会と催し」）

七・二二 記 読売新聞「シンポジウム『二十一世紀と後藤新平 Part2』」（「後藤新平のシンポジウム」）

七・二二 紹 産経新聞「DVD『海霊の宮』」「DVD『海霊の宮』上映と講演の集い」「苦海浄土」（「制作五年『海霊の宮』」／「水俣病の悲劇、映像で後世に」）

七・二三 書 毎日新聞「中世の身体」（「『肉体の抑圧』が生んだカーニバル」／藤森照信）

紹 サンデー毎日「いのちを纏う」（「本棚の整理術」／「ゆっくり悠々といこうよ」／阿武秀子）

紹 信濃毎日新聞「ヒトの全体像を求めて」（「書評委員おすすめ」／「夏休みの一冊」／中牧弘允）

七・二三〜三〇 書 時事通信社配信「乳がんは女たちをつなぐ」（「人生ドラマが患者結ぶ」／大橋由香子）

七・二四 記 京都新聞「乳がんは女たちをつなぐ」（「『いとしいおっぱい失っても……』」／「乳がんに負けない女性生き生きと」／「京の主婦体験本を出版」／「仲間とのきずな描く」）

七・二七 記 河北新報「強毒性新型インフルエンザの脅威」『機』二〇〇六年七月号」（「河北春秋」）

七・二八 記 東京新聞「強毒性新型インフルエンザの脅威」（「筆洗」）

七・二九 紹 図書新聞「脱デフレの歴史分析」（「二〇〇六年上半期読書アンケート」／吉田司）

七・三〇 書 朝日新聞「脱デフレの歴史分析」（「『松方財政』に遡る現代への警告」／高橋伸彰）

書 読売新聞「『知識人』の誕生」（「言葉の起源を探る」／竹内洋）

七月号 記 ゆうゆう「鶴見和子氏インタビュー」「鶴見和子曼荼羅」「歌集 回生」「邂逅」「歌集 回生」「『対話』の文化」「いのちを纏う」（「人生の試練が心を耕す」／「病は天啓、老いは至福。人生二度目の試練をプラスに転じた生き方」）

紹 ニコスマガジン「雪」（「話題の話題。」／「トルコ文学の旗手が描く最初で最後の政治小説。」）

紹 楽しいわが家「セレンディピティ物語」（「わが家の本だな」）

記 和楽「鶴見和子氏インタビュー」（「今、素敵なひとの夢中」／「人間は、死ぬまで成長できるということを信じてほしい」）

書 産業新潮「セレンディピティ物語」（「今月の本棚」）

十月新刊

＊タイトルは仮題

『苦海浄土』は何を描きたかったのか?

苦海浄土 第二部 神々の村

『苦海浄土』完結!

石牟礼道子　解説＝渡辺京二

第1部「苦海浄土」、第3部「天の魚」に続き、四十年の歳月を経て完成した、三部作の核心をなす第2部。単なる公害告発でなく、哲学や宗教でもない、生身の肉声で語られる神々しいまでの民の世界。「私が描きたかったのは、海浜の民の生き方の純度と馥郁《ふくいく》たる魂の香りである。」と。

創始者が初めて語る、その全体像

入門・世界システム分析

I・ウォーラーステイン
山下範久訳

地球規模の「近代世界」を位置づける最も包括的なツールの、来歴、分析枠組み、そして、その可能性。初学者から、既にこの理論に触れた読者にも応える、待望の書がついに登場。

好評「言語都市」シリーズ、第三弾!

言語都市・ベルリン 1861-1945

和田博文・真銅正宏・西村将洋・宮内淳子・和田桂子

戦前「学都」として近代日本の知に圧倒的影響力を持った都市ベルリン。森鷗外、寺田寅彦、山田耕筰、千田是也、和辻哲郎など25人の体験から、日本人の「ベルリン」を浮き彫りにする。

自筆の絵で立体的に構成

よく生きてきたと思う

竹内浩三　よしだみどり編

「骨のうたう」の竹内浩三の文に自筆の絵を組み合わせ、新しく構成。人間の暗い本質を鋭く抉りつつ、天賦のユーモアに恵まれた言葉の数々。

本嫌いを吹き飛ばすベストセラー

新しい読書術

著者来日記念

D・ペナック
浜名優美・木村宣子・浜名エレーヌ訳

「読まなくてもよい権利」「飛ばし読みしてもよい権利」など「読者の権利一〇ヵ条」を打ち出して、本嫌いを吹き飛ばすと絶賛されたベストセラー。林望氏『知性の磨きかた』(PHP新書)で「この方法は一〇〇%正しい」と絶讃紹介!

開発・基地・観光の連鎖を断つ道とは?

琉球の「自治」は可能か

松島泰勝

基地・補助金・観光依存の経済では、琉球は永遠に自立できない。「琉球弧」という島嶼性の自覚から、自らの対日・対米関係と発展モデルを問い直し、自治への道を切り拓く!

9月の新刊

タイトルは仮題

西欧言語の歴史 *
H・ヴァルテール／平野和彦訳
［序］A・マルティネ
A5上製 五九二頁 六〇九〇円

「お札《ふだ》」にみる日本仏教 *
B・フランク／仏蘭久淳子訳
四六上製 三六八頁 三九九〇円 図版多数

黒衣の女 ベルト・モリゾ 1841-95 *
D・ボナ／持田明子訳
A5上製 四〇八頁 三四六五円 カラー口絵8頁

天皇と政治 近代日本のダイナミズム *
御厨貴
四六上製 三一二頁 二九四〇円

〈杉原四郎著作集〉III（全4巻）
学問と人間 河上肇研究 *
A5上製 五六〇頁 一二六〇〇円 ［第3回配本］

〈社会思想史研究〉30
「啓蒙」の比較思想史 *
思想史の方法論的視座を問う(2)
社会思想史学会編
A5判 二一六頁 二一〇〇円

近刊

苦海浄土 第二部 **神々の村** *
石牟礼道子

入門・世界システム分析 *
I・ウォーラースティン／山下範久訳

言語都市・ベルリン 1862-1945 *
和田博文・真銅正宏・西村将洋・宮内淳子・和田桂子

新しい読書術 *
D・ペナック
浜名優美・木村宣子・浜名エレーヌ訳

よく生きてきたと思う *
竹内浩三／よしだみどり編

琉球の「自治」は可能か *
松島泰勝

好評既刊書

学芸総合誌・季刊
『環 歴史・環境・文明』㉖ 06・夏号 *
〈特集・「人口問題」再考〉
菊大判 三二〇頁 三三六〇円

ハルビンの詩《うた》がきこえる *
加藤淑子著 加藤登紀子編
A5変上製 二六四頁 二五二〇円 口絵8頁

強毒性新型インフルエンザの脅威 緊急出版
岡田晴恵編
速水融＋立川昭二＋田代眞人＋岡田晴恵
A5判 二〇八頁 一九九五円

漢詩逍遥
一海知義
四六上製 三二八頁 三七八〇円

『〈決定版〉正伝 後藤新平』（全8分冊・別巻一）
8 **「政治の倫理化」時代** 一九二三〜二九年
鶴見祐輔／校訂・一海知義
四六変上製 六九六頁 六五一〇円 本巻完結

鞍馬天狗とは何者か
大佛次郎の戦中と戦後
小川和也 第一回「河上肇賞奨励賞」受賞作品
四六上製 二五六頁 二九四〇円

〈藤原映像ライブラリー〉
海霊の宮 *UMIDAMA NO MIYA* DVD
石牟礼道子の世界
カラー95分＋冊子 一八九〇〇円

レーニンとは何だったか
H・カレール＝ダンコース
石崎晴己・東松秀雄訳
四六上製 六八八頁 五九八五円 口絵4頁

中世の身体
J・ル＝ゴフ／池田健二・菅沼潤訳
四六上製 三〇四頁 三三六〇円 カラー口絵8頁

「知識人」の誕生 1880-1900
Ch・シャルル／白鳥義彦訳
A5上製 三六〇頁 五〇四〇円

〈ジョルジュ・サンドセレクション〉5（全9巻・別巻一）
ジャンヌ 無垢の魂をもつ野の少女
持田明子訳＝解説
四六変上製 四四〇頁 三七八〇円 ［第6回配本］

*の商品は今号に紹介記事を掲載しております。併せてご覧戴ければ幸いです。

書店様へ

▼いつもお世話になっています。▼鶴見和子さんが逝去されました。それを受け、TVやラジオ、新聞・雑誌での鶴見さんの死を悼む特集が続いています。**『歌集 花道』**(六刷)、**『歌集 回生』**(三刷)、**『邂逅』**(八刷)、**『いのちを纏う』**(三刷)、**『鶴見和子曼荼羅 IX 環の巻』**(二刷)を緊急増刷。また、長く品切れていました**『南方熊楠・萃点の思想』**を復刊。鶴見さんの姿と肉声も収録されている映像作品**『回生――鶴見和子の遺言』**と**『自撰朗詠・鶴見和子 短歌百選』**も是非ともお客様にお勧めください。この機会に、鶴見和子フェアはいかがですか？▼先月刊行の**『ハルビンの詩《うた》が聞こえる』**早くも重版決定。著者の加藤淑子さんが娘の登紀子さんと「徹子の部屋」に出演。大反響。今年は満鉄百年でもあり、「満州」に関心のある方にお勧め下さい。（営業部）

DVD『海霊の宮』上映会

海霊の宮　石牟礼道子の世界
水俣で「上映と講演の集い」開催

詩人・石牟礼道子の原点を、本人のインタビューや自作品朗読、原郷・不知火海、水俣の映像を織りまぜ描く初の映像作品。

〈日時〉二〇〇六年九月二十三日（土）午後七時半〜（午後七時開場）
〈場所〉水俣市総合もやい直しセンター「もやい館」（水俣市牧ノ内）
〈定員〉三〇〇人（先着順）
〈参加費〉五〇〇円（中学生以下無料）
〈講演〉**金大偉**氏（本作監督）

＊お問合せ・お申込は「本願の会」事務局（℡〇九六六―六三―二九八〇）まで。

出版随想

▼編集そして出版という仕事、著者と編集者及び出版社の呼吸が合わないとなかなかいい仕事ができない。著者の自己満足でも作り手側の自己満足でもいけない。出版 publish という〈公〉public なる仕事をさせていただくわけだから、公共の利益に浴さなければならない。今、その公共性なるものがあらゆる分野で失われてきている。〈公〉職についているものもその意味がわからず（わかろうとせず）、私利私欲だけを追い求める国や社会になってしまった。甚だ嘆かわしいことだ。

▼「もやい（催合）」という言葉が昔から民衆の中で使われてきている。呼吸《いき》を交わし合いながら共同で事を為す、とでもいった意味だ。今そういう〝場〟が、日本から喪失してきている。そういう場で、種々の通過儀礼が行われ、大人は子供に生きるための智恵を教え、子供は成人していったのだ。

▼今、日々言葉では語れないほどの悲しい〳〵出来事が伝えられる。「人間」という人と人の間にある存在であることすら見えなくわからなくなってきているのだろうか。親が子を殺したり、又逆の事件も頻繁だ。嘆かわしいなんてことでは済まない。もう地獄に堕ちるしかない世の中であり、人間社会になってしまった。

▼鶴見和子を失った。脳出血で倒れてこの十年余、彼女の眼《まなざし》と脳《あたま》は以前にもまして冴え渡っていった。「私にはもう失うものが何もないの、だからいま本物か贋物《にせもの》かはっきりとわかるのよ」と話されたあと、いつもの天真爛漫の笑い。そういう彼女の眼からみると、日本の今日的状況は「贋物」ばかりが縦横無尽に横行し、政財官界から末端に至るまで一色に覆われている惨状だ。

▼鶴見さんにお会いすると必ず、今の政治批判から始まった。特に小泉政治には手厳しかった。一九三〇年代末から日米開戦後しばらく、アメリカのヴァッサー、コロンビア大学で哲学を学び、六〇年代初、女性入学を初めて受け入れたプリンストン大学で、社会学の Ph.D. を首席で取得された経験からして、今のブッシュ政権のアメリカに対峙できない小泉政権は、余程腹に据えかねるものがあったのだろう。

▼父祐輔が、娘和子を初めてアメリカに送る時の言葉は、「根無し草になるな。」だったという。日本を離れても、日本の良き伝統・慣習・文化を決して忘れるなということだった。生涯、その言葉を忘れず生き抜かれた女性《ひと》だった。合掌。（亮）